SCHWEDENLICHT

Jesper Lund ist »40 something« und lebt seit einigen Jahren an der deutschen Ostseeküste. Als Unternehmensberater arbeitet er für eines der größten Unternehmen Dänemarks. Er entwickelt Strategien und plant die Zukunft für Unternehmen im gesamten Ostseeraum. Das Schreiben verfolgt ihn seit mehreren Jahrzehnten. Seit 2006 hat er bereits mehr als zwanzig Romane veröffentlicht. »Schwedenlicht« ist nach »Schwedensommer« der zweite Fall mit dem Malmöer Kommissarenpaar Niklas Zetterberg und Emma Steen.
www.jobst-schlennstedt.de

JESPER LUND

SCHWEDENLICHT

Kriminalroman

emons:

Bibliografische Information der Deutschen Nationalbibliothek
Die Deutsche Nationalbibliothek verzeichnet diese Publikation
in der Deutschen Nationalbibliografie; detaillierte bibliografische
Daten sind im Internet über http://dnb.d-nb.de abrufbar.

© Emons Verlag GmbH
Alle Rechte vorbehalten
Umschlagmotiv: pixabay.com/Marie Sjödin
Umschlaggestaltung: Nina Schäfer
Gestaltung Innenteil: DÜDE Satz und Grafik, Odenthal
Lektorat: Hilla Czinczoll
Druck und Bindung: CPI – Clausen & Bosse, Leck
Printed in Germany 2023
ISBN 978-3-7408-1659-9
Originalausgabe

Unser Newsletter informiert Sie
regelmäßig über Neues von emons:
Kostenlos bestellen unter
www.emons-verlag.de

Es gibt Maler, die die Sonne
in einen gelben Fleck verwandeln.
Es gibt aber andere, die dank ihrer Kunst und Intelligenz
einen gelben Fleck in die Sonne verwandeln können.

Pablo Picasso

Hammerschlag

Vier Jahre zuvor

Die Idee war derart einfach, dass es ihm auch selbst in diesem Moment noch immer unmöglich erschien.

Die unterschwellige Unsicherheit, die er plötzlich verspürte, kam ihm irgendwie absurd vor. Sie hatten sich schließlich penibel vorbereitet, immer wieder alles gedanklich durchgespielt und jede Eventualität mit eingeplant. Keiner von ihnen hatte schon einmal so etwas getan, aber sie fühlten sich trotzdem sicher. Sie hatten bislang nicht geglaubt, dass es schiefgehen könnte. Und auch jetzt, wenn er sich umsah und in die Gesichter der beiden anderen blickte, erkannte er Entschlossenheit und Zuversicht. Keine Spur von Zweifeln. So sollte es sein, waren sie doch nur Statisten, die dafür sorgten, dass alles ganz normal wirkte und niemand überhaupt in Erwägung zog, hier würde ein großer Kunstbetrug stattfinden.

Was sie wohl dachten, wenn sie ihn betrachteten? Vielleicht strahlte er nicht diese innere Ruhe aus, die sie an den Tag legten, aber möglicherweise lag das ganz einfach daran, dass er jünger war als sie. Die beiden waren mit allen Wassern gewaschen, so erschien es ihm zumindest. Und trotzdem war er es, der den Ton angab, der sagte, wie sie vorgehen sollten. Weil schließlich ihm eines Abends die Idee gekommen war. Der Plan, an den er anfangs kaum glauben wollte, an dem er sogar jetzt noch zweifelte.

Sein Blick wanderte weiter durch die Reihen, während vor seinem inneren Auge Bilder der vergangenen Monate vorbeiliefen. Sie waren eine Zweckgemeinschaft. Die meisten von ihnen keine engen Freunde. Menschen, die sich teilweise kaum kannten. Mehr oder weniger stellte jede dieser Personen ein potenzielles Risiko dar. Konnte er ihnen vertrauen? Er hätte es gern allein gemacht oder nur mit der wichtigsten Person an seiner Seite. Aber er hatte sich nicht dagegen wehren können. In Kivik schienen so einige

Menschen nur auf den Moment gewartet zu haben, ans große Geld zu gelangen. Völlig egal, auf welche Weise.

Er hatte darauf bestanden, dass sie von Anfang an klar festlegten, wer wie viel vom Kuchen abbekommen sollte. Dass sein Stück dabei am größten sein würde, hatten sie zwar geschluckt, aber er hatte sofort gespürt, dass sie von seinen Vorstellungen alles andere als begeistert waren. Ihre Gemeinschaft stand auf wackeligen Beinen, das wurde ihm in diesem Augenblick erst so richtig bewusst.

Der Mann mit dem Mikrofon ergriff wieder das Wort. Mit seiner tiefen Stimme zog er die Vokale lang, fast wie ein amerikanischer Ringansager, dachte er schmunzelnd. Eindrucksvoll, aber irgendwie auch ein wenig lächerlich angesichts der wenigen Dutzend Anwesenden, die noch dazu in etwas altmodischen Anzügen und mit ernsten Mienen auf die nächste Versteigerung warteten.

Es war so weit, jetzt galt es. Sein Plan stand kurz davor, in die Realität umgesetzt zu werden. Bei dem Gedanken wurde ihm einen Moment regelrecht schwindelig. Würde es ihnen wirklich gelingen, den Preis des Bildes hochzutreiben? Diesen vor Kurzem verstorbenen Künstler, den sie nach sorgfältiger Recherche ausgesucht hatten, auf diese Weise zu pushen?

Dass sie es nicht bei Sotheby's oder Christie's, sondern im Auktionsverk in Göteborg versuchten, verstand sich von selbst. Sie hatten es nicht auf die ganz großen Künstler abgesehen, sondern auf diejenigen, die bislang noch unter dem Radar flogen. Sie mussten den Namen des Künstlers groß machen, sodass der Preis für einen echten Arto Kallaste stieg. Und sie besaßen jede Menge Kunstwerke von Kallaste, wenn auch keine echten. Genauer gesagt nicht einmal Fälschungen, sondern in seinem Stil gemalte Bilder. So gut imitiert, dass niemand auf die Idee käme, sie stammten nicht aus seiner Feder. Doch damit Kallastes Kunst überhaupt das Interesse anderer auf sich zog, mussten sie zwingend bei dieser Auktion mitwirken.

Er hob die Hand, um auf das Bild des estnischen Künstlers zu bieten.

Zweihundertfünfzigtausend Kronen. Bei dieser Summe wurde ihm noch schwindeliger. Er beruhigte sich aber schnell wieder. Er tat das Richtige. Schließlich hatten sie wochenlang Erkundigungen angestellt. Über den potenziellen Interessenten und den möglichen Preis, den das Bild erzielen konnte. Ein finnischer Unternehmer, der bereit war, bis zu fünfhunderttausend Kronen auf den Tisch zu legen. Für eine abstrakte Wald- und Seenlandschaft.

Ohne ihn würde der Plan nicht funktionieren.

Sie brauchten jemanden, der ernsthaftes Interesse hatte, dieses Bild zu ersteigern. Dass sie dabei mit verschiedenen Tricks nachgeholfen hatten, würde dieser Mensch niemals erfahren, hoffte er.

Bis zu diesem Betrag würde er ihn also treiben müssen, das hatten sie vorher besprochen. Und falls es weitere Interessenten gab, wäre es ihnen egal, wer den Zuschlag erhielt. Sie würden das Wettbieten genüsslich verfolgen, bis der Hammer dreimal fiel.

Jemand hob die Hand.

Dreihunderttausend Kronen wurden aufgerufen.

Er kannte den Mann mit den dunklen kurzen Haaren nicht. Es handelte sich nicht um den finnischen Unternehmer, da war er sich sicher. Aber meistens schickten solche Leute ohnehin nur Stellvertreter, die über einen Knopf im Ohr mit ihren Auftraggebern verbunden waren und nur als Sprachrohr dienten.

Wieder ließ er seinen Blick schweifen. Außer diesem Mann schien es niemanden im Raum zu geben, der Interesse an dem Bild hatte. Der Hammer fiel zum ersten Mal.

Er hob die Hand.

Vierhunderttausend.

Sein Puls fuhr hoch. Was, wenn er nicht mehr überboten würde? Sie konnten unmöglich so viel Geld für ein Bild auf den Tisch legen, von dem sie sich nur erhofften, dass sie es zu einem guten Preis verkaufen konnten. Es gab keinerlei Garantie.

Er schloss die Augen.

Wieder das dumpfe Pochen des Hammers.

Einmal.

Und ein zweites Mal.

Warum rührte sich dieser Typ mit dem teuren dunklen Anzug und den goldenen Manschettenknöpfen an seinem hellblauen Hemd denn nicht? War ihm das Bild etwa doch nicht mehr wert? Verdammt, so hatte er sich das nicht vorgestellt. Der erste Deal – und gleich ein Desaster, das ihn in den Ruin führte. Alles war vorbei, bevor es richtig begonnen hatte.

Obwohl er die Augen noch immer geschlossen hielt, konnte er den herabrauschenden Hammer förmlich erahnen. Er wollte sich gerade die Ohren zuhalten, als er die Stimme des Auktionators hörte.

»Fünfhunderttausend Kronen sind aufgerufen.«

Er riss die Augen auf und sah sich um. Keiner der anderen verzog eine Miene. Die Spannung im Raum war so groß, dass er Probleme hatte, ruhig sitzen zu bleiben. Dabei musste er jetzt einfach nur noch seine Klappe halten und darauf hoffen, dass die nächsten Schritte ebenfalls nach Plan laufen würden.

Der Hammerschlag dröhnte durch den Raum.

Einmal. Zweimal. Dreimal.

Er atmete tief durch. Das Bild war verkauft. Vollkommen egal, an wen, wichtig war, dass es einen ausreichend hohen Preis gab, um mit Bildern von Arto Kallaste auf dem Markt, auf dem sie aktiv waren, ordentlich Geld zu verdienen.

Die Mienen der anderen entspannten sich, auch wenn noch nichts erreicht war. Erst wenn sie ihren ersten eigenen Kallaste verkauft hatten, würden sie ihren Coup richtig feiern. Aber zumindest anstoßen würden sie heute Abend, wenn sie zurück in Kivik waren. Und aus der zweckgebundenen allmählich eine verschworene Gemeinschaft machen.

Sie würden noch eine Weile hierbleiben, vielleicht sogar bis zur letzten Auktion, um nicht aufzufallen und den Schein zu wahren, dass sie nicht nur wegen Arto Kallaste gekommen waren. Und wenn alles gut verliefe in den kommenden Wochen, würden sie schon bald wieder hier sein und den Wert eines weiteren Künstlers steigern.

Schockstarre

Drei Tage zuvor

Er zitterte. So stark, dass sich seine Finger am Lenkrad versteiften. Nacken und Hals schmerzten vor Anspannung. Er spürte, dass seine Adern auf der Stirn hervortraten. Er war nicht imstande, sich dagegen zu wehren. Es geschah einfach, genau wie damals, als sich sein Leben für immer verändert hatte.

Es war ein warmer Samstagmittag gewesen, den sie wie so oft auf dem kleinen Spielplatz neben der Schule verbracht hatten. Er war auf dem hölzernen Gerüst immer weiter nach oben geklettert und hatte nicht weiter auf seine kleine Schwester geachtet, als sie von der Wippe abgestiegen und Richtung Straße gelaufen war. An diesem Tag war Maja für immer verschwunden.

Er konnte sich jetzt natürlich nicht mehr daran erinnern, denn diesen Augenblick hatte er an einem Ort tief in seinem Unterbewusstsein geparkt und den Schlüssel dorthin noch in dem Moment, als es passiert war, weggeschmissen. Aber seine Eltern und die vielen Psychologen, zu denen man ihn geschickt hatte, hatten all die Jahre kein Blatt vor den Mund genommen und immer und immer wieder mit ihm über den Vorfall gesprochen. So wollten sie erreichen, dass er den Schlüssel wiederfand und die Tür einfach öffnete. Denn er war der einzige Zeuge, nur er konnte etwas beobachtet haben. Vielleicht würde er sich an ein Fahrzeug erinnern, in das Maja gezerrt worden war, hofften sie. Ohne zu ahnen, dass er gar nicht danach suchen wollte. Die Erinnerung an diesen Tag war von ihm höchstpersönlich weggesperrt worden. Und dort, wo er sie abgelegt hatte, war sie gut aufgehoben.

Einen grünen Geländewagen, den hatte er wohl irgendwann erwähnt. Aber mehr falle ihm wirklich nicht ein, hatte er damals gesagt. Das war auch nicht gelogen gewesen. Und ob das mit dem Wagen überhaupt stimmte, dafür konnte er auch nicht seine Hand ins Feuer legen. Der Wagen war ihm ein halbes Jahr nach Majas Verschwinden im Traum erschienen. Ein Traum, der aber nur zum Teil mit dem Vorfall zu tun hatte. Glaubte er jedenfalls, denn wie das mit Träumen eben so war, blieben nur Fetzen übrig, die keinen Sinn ergaben, wenn man aufwachte. Und irgendwie war das Ganze dann zu einem seltsamen Erinnerungsbrei verschmolzen.

Er hatte es aber als ein Zeichen angesehen und seinen Eltern davon erzählt. Natürlich auch, weil sie ihn so sehr bedrängt hatten, sich zu erinnern. Der größte Fehler, den er begehen konnte. Denn die nächsten Wochen hatten sie ihm erst recht keine Ruhe gelassen. Er musste sich Dutzende Bilder und Videos von grünen Geländewagen ansehen, dabei konnte und wollte er sich doch gar nicht erinnern, was damals geschehen war.

Irgendwann hatte er nur noch geschwiegen. Es tat ihm nicht gut, wenn diese Sache immer wieder hochkam. Er hatte sich schon als Jugendlicher eingestehen müssen, dass er allmählich seinen Verstand verlor.

Die ersten beiden Klinikaufenthalte ein paar Jahre später hatten ihm nicht geholfen, ganz im Gegenteil. Die verabreichten Medikamente hatten in seinem Kopf nur noch mehr Brei verursacht. Er hatte eine Zeit lang bedrohlich auf der Kippe gestanden, der Gedanke daran, seiner Schwester einfach dorthin zu folgen, wo sie wahrscheinlich war, war anziehend wie ein starker Magnet gewesen. Aber trotz alledem war er irgendwie halbwegs wieder auf die Beine gekommen.

Seine Eltern dagegen waren zu keiner Zeit eine Stütze gewesen. Majas Verschwinden und die Aussicht, dass sie vielleicht niemals in Erfahrung bringen würden, was ihr zugestoßen war, hatten ihnen so stark zugesetzt, dass ihre Ehe nach ein paar Jahren kaputtgegangen war. Während sein Vater an der Flasche hing und längst die Arbeit verloren hatte, war seine Mutter in krude Verschwörungstheorien abgeglitten. Beide waren verlorene Seelen, am Schicksal ihrer Tochter zerbrochen.

Er versuchte jetzt, seine Atmung zu regulieren und die Erinnerungen an die Vergangenheit beiseitezuschieben. Angestrengt kämpfte er noch immer gegen seinen verkrampften Körper an.

Er schloss die Augen, um sie nach einigen Sekunden wieder zu öffnen. In der vergeblichen Hoffnung, er bilde sich das alles nur ein. Denn das, was er vor sich sah, konnte eigentlich nicht wahr sein. Er kniff sich in die Haut seiner rechten Hand, um sicherzugehen, dass es kein Traum war. Er versuchte, klare Gedanken zu fassen, um auszuschließen, dass seine Psyche verrücktspielte und er sich Dinge einbildete. Aber zweifellos parkte vor diesem Haus der grüne Geländewagen, der ihm damals im Traum erschienen war. Wie aus dem Nichts hatte er ihn plötzlich in Brösarp gesehen und war ihm bis hierher gefolgt.

Sein Kopf schien zu platzen, weil Emotionen in ihm losbrachen, die er seit dem verhängnisvollen Tag vor fast sechzehn Jahren all die Zeit zu unterdrücken versucht hatte. Hinzu kam die Frage, was er nun tun sollte. Denn er war nicht vorbereitet auf diesen Moment. Er hatte keinen Plan. Keine Vorstellung davon, mit wem er es zu tun haben würde.

Überhaupt musste er sich erst einmal aus dieser Schockstarre befreien, in der sich sein Körper befand.

Kopfkino

Oscar Fredriksson fingerte umständlich mit seiner grobschlächtigen Hand in der Dose herum, bis er endlich einen der kleinen Beutel zu fassen bekam. Zufrieden hielt er ihn zwischen Zeigefinger und Daumen seiner rechten Hand und führte ihn unter seine Nase, um einen tiefen Zug zu nehmen. Er roch erdig und malzig. Doch erst im Mund würde der Tabak sein ganzes Aroma entfalten.

Ettan Original – nicht nur der älteste und bekannteste Snus Schwedens und wahrscheinlich der Welt, sondern seiner Meinung nach auch der beste. Nicht zu stark und trotzdem unvergleichbar im Geschmack. Während er den kleinen Beutel zwischen Oberlippe und Zähne schob, atmete er tief durch. Als würde das Nikotin über die Schleimhaut genauso schnell in die Blutbahn gelangen und seine Wirkung entfalten wie ein Schuss. Er kannte den Unterschied nur allzu gut, aber die Abhängigkeit vom Snus war hartnäckiger als alles andere, was er über all die Jahre zu sich genommen hatte. Und das war weiß Gott nicht wenig.

Schon seltsam, dass er sich trotz allem ausgerechnet hier in Kivik niedergelassen hatte. Ganz im Südosten des Landes, wo er doch viel weiter im Norden geboren war und dort in Östersund auch die ersten fünfzehn Jahre seines Lebens verbracht hatte. Skåne im Süden war nicht Schweden, fand er. Für Touristen natürlich schon, aber wer wie er aus Jämtland oder gar Norrbotten stammte, dem war dieser südliche Landstrich nicht rau und einsam genug. Und dennoch kamen mittlerweile auch die Leute von dort, um hier unten ihre Sommerferien zu verbringen.

Er mochte sie alle nicht. Nicht die eigenen Landsleute aus dem Norden und schon gar nicht die ausländischen Touristen, die jedes Jahr in Kivik und ganz Österlen einfielen. Als würde es in Deutschland oder anderswo nicht genauso schöne Orte und Gegenden geben. Solange er lebte, würde er dafür sorgen, dass Kivik nicht zu einer dieser Entdeckungen werden würde, auf die sich Marketingmenschen gern stürzten. Hier sollte alles so bleiben, wie es war. Wenn es nicht längst zu spät war – Investoren oder zumindest Leute, die Profit aus diesem Ort schlagen wollten, waren allgegenwärtig.

Er war nur ein einfacher Mensch. Jemand, der da war, aber den wahrscheinlich niemand vermissen würde, wenn er tot war. Der sich Snus in den Mund schob und trotzdem auch manchmal rauchte. Der gern morgens schon sein erstes Bier trank und abends lieber Wodka. Der sein Geld damit verdiente, ein paar Fische zu angeln und zu verkaufen. Und der manchmal noch ein paar andere Dinge tat, von denen nicht jeder wissen musste.

Fredriksson wusste alles über Kivik. Er kannte jeden hier, und zwar besser, als den Leuten lieb war. So gut, dass sich manch einer sogar vor ihm fürchtete. Denn zu viele Menschen hier hatten nun mal Dreck am Stecken. Nicht so viel wie er – die Sachen, die er mitunter tat, waren längst keine Kavaliersdelikte mehr.

Aber so war das eben. Die Leute hier verpfiffen sich nicht gegenseitig. Egal, ob sie sich mochten oder nicht – und manche hassten sich sogar, wie er wusste –, alle hier hielten zusammen, wenn ein Sturm aufzog. Und der Sturm, der sich am Horizont zusammenbraute, würde sich womöglich zu einem ausgewachsenen Orkan entwickeln. Denn anders ließen sich das Blaulichtgewitter und die ohrenbetäubenden Martinshörner aus der Ortsmitte nicht erklären. Was auch immer in Kivik vorgefallen war, es würde die heile Welt seiner Bewohner nicht nur ins Wanken bringen, sondern sie womöglich für immer zerstören, hatte er das untrügliche Gefühl.

Er spuckte aus und schob den kleinen Beutel noch etwas fester zwischen Oberlippe und Zahnfleisch. Sofort spürte er, dass das Nikotin ihn beruhigte. Das war auch bitter nötig, denn das Adrenalin war vorhin durch seinen Körper geschossen, als er aus der Ferne gesehen hatte, wie die unzähligen Einsatzwagen der Polizei in den Ort gefahren waren. Sein Kopfkino war sofort angesprungen. Schließlich hatte er in den letzten Monaten mehr gesehen, als er eigentlich wissen wollte, so viel, dass er am liebsten einen Schalter in seinem Kopf umgelegt hätte, um das Gesehene wieder zu löschen.

Aber diesen Schalter gab es nicht, und so musste er mit seinen Gedanken und Vermutungen leben. Natürlich würde er mit niemandem darüber reden, so wie es hier in Kivik üblich war. Denn niemand verriet den anderen. Und schon gar nicht an die Polizei. Egal, welche Fragen sie stellen würden, er würde sich an diese eiserne und unausgesprochene Regel halten müssen. Auch wenn es ihm schwerfiel und er sich eigentlich schon längst bei der Polizei hätte melden und dafür sorgen müssen, dass bestimmte Personen aus Kivik zur Rechenschaft gezogen würden. Tief im Innern widerstrebte es ihm, den Mund zu halten, wenn dieses riesige Polizeiaufgebot tatsächlich etwas mit dem zu tun hatte, was er beobachtet hatte.

Aber gut, dann könnte er sein Schweigen zumindest für ihn selbst erträglicher gestalten, fuhr es ihm durch den Kopf. Der Zeitpunkt schien ihm gekommen, auch dieses Wissen so einzusetzen, dass es ihm zugutekam. Er musste ganz einfach nur den Preis bestimmen, den sein Schweigen kostete. Und er musste wissen, wer das größte Interesse daran hatte, dass er schwieg.

Zuvor musste er allerdings sichergehen, dass er richtiglag mit der Vermutung, dass die Lage weiter eskaliert war und heute Morgen offenbar in einem dramatischen Vorfall geendet hatte. Er wusste, was zu tun war. Ein kurzes Gespräch sollte ausreichen, und wenn es glattlief, würde er schon in ein paar Minuten wissen, was geschehen war.

Oscar Fredriksson pulte den Beutel aus seinem Mund hervor und warf ihn ins Hafenbecken. Voller Entschlossenheit spuckte er noch einmal hinterher. Dann wandte er sich um und ging die wenigen Meter hinüber zu dem kleinen Backsteingebäude. Hier würde er mehr erfahren.

Pochen

Sie schwebte in waagerechter Haltung über die Menschen hinweg wie eine Feder. Die Stimmen, das Gelächter und der Klang der aneinanderstoßenden Gläser drangen an ihre Ohren und hinterließen ein Gefühl der Zufriedenheit. Alles war gut, als hätte es die letzten Wochen gar nicht gegeben.

Da unten waren diese ganzen Menschen, von denen sie kaum jemanden leiden konnte. Mit ihren Gin Tonics und Negronis in den Händen. Und den aufgesetzt interessierten Blicken über ihre viel zu weit unten auf der Nase sitzenden Brillen hinweg. Kjell und sie waren niemals Teil von diesem ganzen Theater gewesen, hatten sich immer gefühlt, als stünden sie an der Seitenlinie und sähen ihnen nur zu. Und sie waren sich einig gewesen, dass dies auch so bleiben sollte.

Langsam bewegte sie sich weiter fort. Wie ein Luftschiff, so leise. Kjell lehnte an der Bar und unterhielt sich mit jemandem. Einer Frau, aber sie konnte ihr Gesicht nicht erkennen.

Er lachte. Trank wahrscheinlich zu viel Alkohol, aber das war nach allem, was passiert war, vollkommen verständlich. Und er flirtete!

Konnte das wirklich sein?

Statt einen Blick zu ihr nach oben zu werfen, galt seine Aufmerksamkeit nur dieser Frau mit den dunklen Haaren. Allmählich dämmerte ihr, wer sie war.

Sofort spürte sie, dass ihre Leichtigkeit verschwand. Sie hatte augenblicklich Probleme, ihre Position zu halten. Ob sie einfach direkt auf dem Tresen landen und ihn zur Rede stellen sollte?

Das plötzliche heftige Pochen in ihrem Kopf hielt sie jedoch davon ab. Was zum Teufel geschah hier gerade? Ihr Schädel schien zu explodieren, die Bilder unter ihr verschwommen bis zur Unkenntlichkeit. Es kam ihr beinahe so vor, als würde jemand sie mit einem schweren Gegenstand angreifen. Sie konnte sich nicht mehr halten und fiel.

Im nächsten Moment riss sie die Augen auf. Aber alles um sie herum war auf einmal schwarz. Und sie schwebte nicht mehr, sondern lag. Auf einem Bett. Auf ihrem Bett.

Hektisch tastete sie nach dem Schalter der Nachttischlampe, aber sie hatte Probleme, sich zu orientieren. Und das Hämmern gegen ihre Schädeldecke ließ sie keinen klaren Gedanken mehr fassen.

Sie versuchte, sich zu beruhigen. Verstand allmählich, dass sie nur geträumt hatte. Vom gestrigen Abend, der ihr in diesem Moment viel verschwommener als noch vor ein paar Sekunden erschien. Wie viele Negronis hatte sie bloß getrunken, dass ihr Kopf förmlich zu platzen drohte?

Plötzlich zersplitterte etwas.

Was zum Teufel ging hier vor? Sie malte sich aus, ihr Kopf befände sich in einer Schraubzwinge. Und jemand drehte die Schrauben dieses Folterinstruments so fest, dass die Knochen ihres Schädels barsten.

Die Geräusche wurden immer lauter. Ein nicht auszuhaltender Krach. Licht blendete sie plötzlich. Und Stimmen waren zu hören. Sie schnellte hoch. Und erstarrte sofort.

Männer stürmten ins Haus. Männer in schwarzen Uniformen. Mit schweren Helmen auf den Köpfen und Maschinengewehren im Anschlag. Sie saß einfach regungslos da. Unfähig, das zu tun, was die Männer schrien. Die Arme zu heben und sich zu ergeben. Was wollten sie von ihr? Was geschah hier überhaupt?

Es brauchte Zeit. Denn wie sollte sie das alles begreifen? Wie sollte sie damit klarkommen, dass sich ihr schwer bewaffnete Menschen näherten und ihr befahlen, sitzen zu bleiben und die Arme hochzunehmen? Als wäre sie eine Schwerverbrecherin.

In dem sich mit einem Mal erhellenden Raum sah sie an sich herunter. Überall war Blut. Auf der Bettdecke, auf dem Leinentuch und an ihren Händen. Es war längst nicht überall getrocknet. Zwischen ihren Fingern war es noch feucht. Und es roch. Metallisch, nach Eisen.

Verlor sie allmählich den Verstand? Ihr wurde schwindelig.

Vor allem verspürte sie einen Würgereiz, dem sie im nächsten Augenblick nichts mehr entgegenzusetzen hatte. Weil sie nur für den Bruchteil einer Sekunde den Blick nach rechts gewandt hatte.

Zu Kjell.

Er war tot. Daran gab es keinen Zweifel.

Neben ihr lag seine blutüberströmte Leiche, getötet durch unzählige Messerstiche.

Und die Tatwaffe befand sich direkt zwischen ihnen.

Lachs mit Kräuterkruste

Gustaf blickte ihn aus seinen funkelnden grünen Augen an, und längst war Niklas Zetterberg versucht, sich ebenfalls vor ihm aufzubauen und ein für alle Mal die Spielregeln festzulegen. Obwohl er ganz genau wusste, dass es zwecklos war. Gustaf legte es nämlich nur darauf an, sich mit ihm zu messen. Ihn herauszufordern und zu provozieren. Ihn zur Weißglut zu bringen.

Niklas fixierte sein Gegenüber jetzt. Eigentlich war dieser Kater ein schönes Tier. Schwarz bis zu den Krallen, sich anmutig bewegend und durchaus bereit, sich anzuschmiegen. Nur eben nicht an ihn.

Er versuchte, so unauffällig wie nur möglich zu agieren, während er langsam in die Knie ging. Als sie sich schließlich auf Augenhöhe befanden, hatte er das Gefühl, der Kater würde jeden Moment eine giftige Flüssigkeit aus seinen Augen speien. Er konnte sich nicht erinnern, jemals so viel Feindseligkeit bei einem Tier beobachtet zu haben. Gustaf schien wie ein kleines Kind zu sein, das auf einmal versteht, dass das neue Geschwisterchen für immer bleiben wird und es fortan die Aufmerksamkeit der Eltern mit jemandem teilen muss. Bei dem Gedanken an seine eigene Kindheit lächelte er verbittert.

Der Kater machte keinerlei Hehl aus seiner Abneigung gegen ihn.

»Ich sitze am längeren Hebel«, flüsterte Niklas leise. »Wenn du denkst, du könntest dich mit mir anlegen, hast du dich gewaltig geschnitten.« Er fletschte jetzt selbst die Zähne und machte ein Geräusch, das sich anhören sollte wie ein Fauchen oder wenigstens ein Knurren, aber er spürte sofort, dass es erbärmlich klang. Auf jeden Fall nicht wie etwas, wovon sich dieser Kater beeindrucken lassen würde.

Für einen kurzen Moment schüttelte er den Kopf über sich selbst. Was um Himmels willen tat er hier bloß? Doch dann landete vollkommen unvermittelt Gustafs rechte Pfote auf seiner Wange.

Niklas sprang hastig auf und fluchte. Was bildete sich dieser Kater eigentlich ein? Er behandelte ihn wie eine Maus, mit der er seine Spielchen trieb. Dabei gehörte er mittlerweile genauso zum Haushalt wie dieses aggressive und widerspenstige Katzenvieh. Und wenn Emma vielleicht in ein paar Monaten bei ihm einziehen würde, wie sie es bereits besprochen hatten, würde Gustaf sich so etwas nicht noch einmal erlauben dürfen. Andernfalls würde er sein Haus niemals betreten, dafür würde er sorgen.

Niklas wandte sich ab und würdigte seinen Kontrahenten keines Blickes, während er zurück in die Küche ging, wo Emma gerade das Lachsfilet mit der Kräuterkruste aus dem Ofen holte, das er heute Vormittag vorbereitet hatte. Sie lächelte ihn aus dem Augenwinkel an, schien dann aber sofort zu merken, dass er wütend war. Vorsichtig stellte sie das Backblech auf dem Gasherd ab und drehte sich zu Niklas um.

»So kann das nicht weitergehen«, sagte sie schließlich mit ernster Stimme. »Hast du mal in den Spiegel geguckt? Deine Wange ist komplett zerkratzt, du blutest. Ich muss die Wunde reinigen.«

»Was soll ich denn noch machen?«, fragte Niklas und fuhr sich fast schon verzweifelt über seinen kahl geschorenen Kopf. »Gustaf sieht in mir einen Eindringling, einen Feind. Egal, was ich mache, er faucht mich an oder, noch schlimmer, er –«

»Kann es sein, dass es andersherum genauso ist?«, unterbrach Emma ihn. »Seit du das erste Mal meine Wohnung betreten hast, ist Gustaf dir ein Dorn im Auge, das habe ich sofort bemerkt. Und seitdem du hier auch regelmäßig übernachtest, verbringst du mehr Zeit im Clinch mit ihm, als dich um uns zu kümmern. In eurer Abneigung Katzen gegenüber seid ihr, mein Vater und du, euch jedenfalls ziemlich ähnlich. Und ich kann nicht gerade sagen, dass mir diese Seite an dir gefällt.«

»Meine Eltern hatten, als ich Kind war, selbst zwei Katzen. Ich kann mich nicht daran erinnern, dass ich mich damals dagegen gewehrt habe, im Gegenteil.«

»Wahrscheinlich, weil du als Kind nicht eifersüchtig auf die Katzen warst«, entgegnete Emma.

»Denkst du ernsthaft, ich habe wegen uns beiden ein Problem mit diesem Tier?«, fragte Niklas ungläubig.

»Das denke ich nicht nur, es ist leider so.« Emma blieb gelassen. »Du kannst froh sein, dass mein bester Kumpel ein Kater ist und nicht ein gut aussehender Blondie mit einer Vorliebe für Wellenreiten und Rockmusik.«

Niklas sah Emma perplex an. So eine Reaktion hatte er nicht erwartet. Augenblicklich fühlte er sich ziemlich peinlich berührt, dass er wegen des Katers derart die Fassung verlor.

Dass es allerdings nicht nur Gustaf war, der seine Nerven momentan strapazierte, wussten beide nur zu gut.

»Du bist also nicht mit mir zusammen, weil ich so außerordentlich attraktiv bin?« Er versuchte, das Ganze ins Humorvolle zu wenden, spürte aber sofort, dass die Situation nur noch unangenehmer für ihn wurde.

»Solange das mit euch beiden nicht besser wird, fällt mir jedenfalls die Vorstellung schwer, dass Gustaf und ich bei dir einziehen«, sagte Emma mit ruhiger Stimme und kümmerte sich wieder um den Lachs, der so gut roch, dass Niklas das Wasser im Mund zusammenlief.

Er ärgerte sich über sein Verhalten. Wie so oft in den vergangenen Wochen spürte er, dass er urlaubsreif war. Noch vier Wochen mussten sie durchhalten, dann würden Emma und er nach Kalifornien fliegen. Weg von Gustaf, dachte Niklas innerlich lächelnd. Verdammt, fuhr es ihm direkt durch den Kopf, konnte er denn an gar nichts anderes mehr denken?

Wie sehr freute er sich auf ihren Roadtrip! Sie hatten alles bis ins kleinste Detail vorbereitet. Drei Wochen lang mit einem Wohnmobil von San Francisco den Highway 1 entlang bis nach Los Angeles, das war der Plan. Dann ins Landesinnere bis nach Las Vegas und an den Grand Canyon. Und wenn die Zeit es zuließ, vielleicht noch in den Yosemite-Park. Für ein paar Wochen raus aus Schweden. Aus Schonen und Malmö, der Stadt, die alles für ihn bedeutete und gleichzeitig auch der Ort war, der ihm beruflich und vor allem privat in den letzten Jahren sehr viel abverlangt hatte.

Der Schatten von Pernille, seiner langjährigen Partnerin, hing über ihm und seiner Beziehung zu Emma wie ein Damoklesschwert. Im letzten Herbst hatte sie sich endlich in eine Klinik in der Nähe von Helsingborg begeben, um ihre schweren Alkoholprobleme behandeln zu lassen. Kurz zuvor war die Situation zwischen Niklas und ihr vollends eskaliert. Sie war ihm eines Morgens auf die Motorhaube gesprungen, als er gerade anfuhr. Wie durch ein Wunder hatte sie sich nicht verletzt und stattdessen ein Taschenmesser gezückt. Wild fuchtelnd war sie damit auf ihn losgegangen, nachdem Niklas aus dem Wagen gehastet war. Es hätte nicht viel gefehlt und sie hätte ihn am Bauch getroffen. Weil sie stark angetrunken gewesen war, hatte sie allerdings das Gleichgewicht verloren und war direkt vor ihm vornüber auf den Asphalt gefallen. Es war der vorläufige traurige Tiefpunkt ihrer psychischen Talfahrt gewesen.

Dass jetzt bereits seit Wochen Ruhe herrschte, obwohl Pernille längst wieder zurück in Malmö war, sorgte bei Niklas allerdings keineswegs für Entspannung. Mit jedem Tag, der verging, ohne dass er etwas von ihr hörte, wuchs seine Sorge, dass sie wie aus dem Nichts wieder vor seinem Haus stehen und ihn anflehen würde, sie hineinzulassen. Oder ihn erneut attackieren würde. Nach allem, was inzwischen passiert war, wollte er sich gar nicht vorstellen, wie die nächste Eskalationsstufe aussehen konnte.

Worüber er jedoch mit niemandem gesprochen hatte, waren die Bilder von Pernille, die ihm regelmäßig erschienen. Es hatte mit beängstigenden Träumen angefangen, aber irgendwann hatte er seine Ex-Partnerin auch bei vollem Bewusstsein vor sich stehen sehen. Egal, ob im Vorgarten, am Küchentisch oder auf dem Beifahrersitz. Sie war ganz plötzlich da und redete sogar mit ihm. Und er antwortete.

Sie sprachen dann ganz normal miteinander, als hätte es all ihre Ausraster nie gegeben. Als wären sie noch immer ein glückliches Paar. Bis sie aus heiterem Himmel plötzlich doch wieder die Fassung verlor und auf ihn losging. In diesen Augenblicken platzte das Bild von ihr vor seinem inneren Auge, und es blieb die bittere Erkenntnis übrig, dass er sie sich nur eingebildet hatte. Zweifellos litt er unter Wahnvorstellungen.

Er hatte gehofft, dass sie irgendwie wieder von selbst verschwinden würden, aber seine Hoffnung war nicht allzu groß gewesen. Im Winter hatte er ernsthaft geglaubt, er würde endgültig den Verstand verlieren. Wie sollte er seinem Job länger nachgehen, wenn er wirklich unter einer Psychose litt? Und wie konnte er die Beziehung mit Emma unter diesen Voraussetzungen noch fortführen?

Seine Verfassung hatte sich schließlich doch wieder gebessert. Je länger er Pernille während ihres Klinikaufenthalts nicht gesehen hatte, desto seltener war sie ihm erschienen. Seine Gedanken waren eine Zeit lang nicht mehr durchgängig von der Angst bestimmt gewesen, dass sie plötzlich auftauchte und ihm das Leben zur Hölle machte. Weder im realen Leben noch in einem dieser verdammten Wahnzustände. Das zu unterscheiden war manchmal ohnehin die größte Herausforderung.

»Kannst du mir mal helfen?«, drang plötzlich Emmas Stimme in sein Ohr.

»Klar.«

»So klar ist das offenbar nicht«, reagierte sie vorwurfsvoll. »Ich habe dich jetzt gerade dreimal fragen müssen, ehe du geantwortet hast. Was ist denn los mit dir?«

»Urlaubsreif«, antwortete Niklas knapp. »Ich kann es kaum noch erwarten, dass unser Trip endlich beginnt.«

»Ich hoffe sehr, dass du dann entspannter bist.«

»Ab dem Augenblick, wenn wir in den Flieger steigen, werde ich –«

Das Klingeln von Emmas Handy, das auf der Arbeitsplatte neben der Kaffeemaschine lag, unterbrach ihn. Er war erleichtert über die Unterbrechung, denn er merkte, wie hilflos seine Versprechungen klangen. »Willst du nicht rangehen?«, fragte er, weil Emma keine Anstalten machte, den Anruf entgegenzunehmen.

»Sehr gerne, wenn du dich dann um den Lachs kümmerst«, antwortete sie genervt.

»Selbstverständlich.« Niklas lächelte, aber Emma verzog keine Miene. Im Grunde verständlich, so fahrig und missgelaunt, wie er sich in den letzten Tagen verhalten hatte.

Er schnappte sich den Pfannenwender und hob das Fischfilet auf einen länglichen Teller, den Emma bereitgestellt hatte, während sie im Hintergrund das Gespräch annahm. Niklas versuchte herauszuhören, wer der Anrufer war und worum es ging, aber sie war sehr kurz angebunden, ihre Antworten bestanden lediglich aus Worten wie »Ja«, »Okay« und »Verstehe«.

Er hatte ein ungutes Gefühl in der Magengegend. So reagierte Emma, wenn jemand eine Hiobsbotschaft überbrachte. Im Laufe der Jahre hatte er ein Gespür dafür entwickelt, wann es ernst wurde. Wann der Augenblick gekommen war, in dem sich eine neue Ermittlung auftat. Weil eine Leiche gefunden worden oder etwas anderes Schlimmes passiert war.

»In Ordnung, machen wir«, sagte Emma schließlich und seufzte schwer. Dann beendete sie das Gespräch und legte das Telefon auf dem Küchentisch ab.

»Klang nicht gut.« Niklas sah sie besorgt an.

»Kann man wohl sagen.« Emma trat an die Arbeitsplatte, zog die Besteckschublade auf und holte zwei Gabeln heraus. »Lass uns den Lachs so schnell wie möglich essen und dann ein paar Sachen zusammenpacken.«

»Das klingt immer schlechter«, sagte Niklas. »Was ist denn los?«

»Wie es aussieht, ein ziemlich brutaler Mord«, antwortete sie. »Die Kollegen aus Simrishamn haben die Leiche eines Mannes gefunden, wohl durch zahlreiche Messerstiche getötet. Eine Frau, wahrscheinlich seine Lebensgefährtin, wurde festgenommen.«

»Und weshalb sollen wir dann dazukommen?«

»Die Frau bestreitet, etwas mit der Sache zu tun zu haben. Ich habe Larsson selten so angespannt reden hören. Er bittet darum, dass wir beide und Reza hinfahren und die Kollegen bei den Ermittlungen unterstützen.«

Jetzt seufzte auch Niklas. Es war Samstagmittag, in einer Woche würde das ganze Land Midsommar feiern, ein durch und durch unpassender Zeitpunkt für solch einen Anruf. Vor allem aber war er überarbeitet und seine Laune seit geraumer Zeit ohnehin schon im Keller. Mit den Gedanken war er längst in Kalifornien – eine womöglich schwierige Mordermittlung, die sogar seinen sonst so gelassenen Chef in Sorge versetzte, war nun wirklich das Allerletzte, was er aktuell gebrauchen konnte. »Wir wollten heute Abend doch ins Kino«, sagte er.

»Daraus dürfte nichts werden. Wir sollten lieber Kulturbeutel und frische Wäsche einpacken, wer weiß, wie lange wir dort bleiben müssen.«

»Wohin geht's denn überhaupt?«

»Wir fahren nach Kivik.«

Niklas blieb das Stück Lachs, das er gerade im Mund hatte, augenblicklich im Halse stecken. Hatte er wirklich richtig gehört? Sie würden nach Kivik fahren? Nach Österlen ganz im Osten von Schonen, in den Ort, in dem seine Eltern seit vielen Jahren lebten? Vorsichtig schluckte er den Fisch hinunter, dann atmete er tief durch.

Ausgerechnet Kivik.

Ausgerechnet seine Eltern.

Ein weiterer Grund zu hoffen, dass diese Angelegenheit sich so schnell wie möglich aufklärte. Am besten noch im Laufe dieses Tages.

Schwedische Toskana

Niklas war vor zweiundvierzig Jahren in Schonen geboren worden und hier im Süden des Landes aufgewachsen. Er hatte niemals mehr als drei Wochen am Stück an einem anderen Ort verbracht, geschweige denn im Ausland. Ein paarmal waren seine Eltern mit ihm für eine Woche nach Italien verreist, im Winter auch nach Österreich. Und mit Pernille hatte er vor fast zehn Jahren eine Woche in einer Finca auf Mallorca verbracht, auch ein paar Städtetrips nach London, Amsterdam und Hamburg hatten sie unternommen. Aber über eine längere Zeit hatte er Schonen niemals verlassen.

Dieser Landstrich war einfach seine Heimat. Hier fühlte er sich wohl. Und hier kannte er nicht nur die größeren Städte wie Malmö, Helsingborg und Lund wie seine Westentasche, sondern vor allem auch die vielen kleinen Dörfer, umrahmt von weitläufigen Feldern, und die endlosen Küstenabschnitte.

Schonen war anders als der Rest Schwedens. Alles hier war weit weniger schroff als im Norden. Aber auch weniger bewaldet als die Landschaften in der Nähe der großen Seen. Irgendwo hatte er mal gelesen, Schonen ähnele der Toskana. So schmeichelhaft das auch klang, er konnte diesem Vergleich wenig abgewinnen. Schonen war einfach einzigartig. Am ehesten ähnelte die Landschaft rund um den Öresund vielleicht dem Norden Deutschlands.

Die Region Österlen ganz im Osten stach trotzdem noch einmal hervor. Mit ganz viel Phantasie erinnerte sie Niklas tatsächlich ein wenig an die Toskana. Hier war alles etwas sanfter und hügeliger, die Strände noch feiner und die Fischerdörfer noch pittoresker. Das Klima war mild, es gab sogar Weinberge. Und vor allem Apfelplantagen – überall in Österlen wuchsen Äpfel. In Kivik fand mit dem Apfelmarkt das größte Apfelfest Europas statt.

Doch das Beeindruckendste an Österlen war wohl das Licht.

Manchmal war es warm und sanft, manchmal grell und gleißend. Die Schatten lang gezogen, die Wellen glitzernd, die hübschen Holz- und Fachwerkhäuser farbenfroh und die Sonnenuntergänge so spektakulär, wie er sie noch nirgendwo anders erlebt hatte.

Auch deswegen hatten sich in Österlen zahlreiche Künstler niedergelassen. Und in Kivik ganz besonders viele. Nicht unbedingt berühmte, überregional erfolgreiche Maler, Fotografen oder Bildhauer, aber eine Community, die es in gewissen Kreisen zu einer gewissen Bekanntheit gebracht hatte. Das zumindest wusste er von seinen Eltern, die genau aus diesem Grund vor über fünfzehn Jahren ihre Zelte in der Nähe von Malmö abgebrochen hatten und nach Kivik gezogen waren, wo sie ein altes Holzhaus in unmittelbarer Nähe zum feinen Sandstrand gekauft hatten.

Genau drei Mal hatte Niklas sie seither hier besucht. Selbstverständlich damals beim Umzug, dann noch einmal zwei Wochen später, um ihnen bei einigen Dingen im Haus zu helfen, die dringend noch erledigt werden mussten. Er war niemand, der handwerklich sonderlich begabt war. Wenn es ums Grobe ging, war er sogar einigermaßen zu gebrauchen, ganz anders aber bei der Elektrik, wenn Fliesen zu verlegen oder irgendwelche filigranen Arbeiten zu erledigen waren. Das wusste sein Vater natürlich und hatte damals gar nicht erst darum gebeten, dass er ihnen bei wirklich wichtigen Aufgaben half.

Sein dritter Besuch war knapp ein Jahr später gewesen, der sechzigste Geburtstag seiner Mutter. An dem Wochenende hatte er seine Eltern das letzte Mal gesehen. Vor fünfzehn Jahren, drei Monaten und vier Tagen.

Der Gedanke daran bereitete ihm sofort wieder Magenschmerzen.

Mit jedem Kilometer, den sie sich Kivik näherten, begann das schlechte Gewissen, das er eigentlich gar nicht verspüren wollte, stärker an ihm zu nagen. Dabei sollte es eigentlich genau andersherum sein, nämlich dass seine Eltern, vor allem sein Vater, sich dafür schämten, sich all die Jahre nicht einziges Mal bei ihm gemeldet zu haben. Niemals hatten sie gefragt, wie es ihm eigentlich ging. In seinem Job oder privat.

Nichts. Absolut gar nichts war von seinen Eltern gekommen, während er sich in der ersten Zeit nach dem Umzug mehrmals wöchentlich telefonisch bei ihnen gemeldet hatte. Gefragt hatte, ob er ihnen helfen könne. Aber meistens hatten sie abgewunken, sie kämen gut allein zurecht.

Es war nicht so, dass sie in den Jahren zuvor ein besonders enges Verhältnis gehabt hätten. Seine Eltern hatten sich nie besonders um ihn gekümmert, sich nie für seine schulischen oder privaten Belange interessiert, geschweige denn ihn gefördert. Als Kind war Niklas ein Einzelgänger gewesen. Seine Eltern hatten nichts dazu beigetragen, dass er Freunde fand. Er war in keinem Verein gewesen, in keiner Musikschule, und Mitschüler hatte er auch nur selten einladen dürfen.

Im Grunde hatte er sein ganzes Leben lang das Gefühl gehabt, es stünde irgendetwas zwischen ihnen. Er hatte nach einer Erklärung für die Distanz gesucht. Oder sollte er besser sagen: für die Ablehnung? Denn ein normales Eltern-Kind-Verhältnis hatte es zwischen ihnen niemals gegeben.

Als er ihnen schließlich offenbart hatte, zur Polizei gehen zu wollen, war die unsichtbare Wand zwischen ihnen noch ein Stück gewachsen. Dass er ihren Wünschen und Ansprüchen nicht entsprach, weil er seinen eigenen Weg ging, und sie das ihm gegenüber offen kommunizierten, hatte ihn damals so sehr getroffen, dass er sich mit Anfang zwanzig weitgehend von ihnen abgewendet hatte.

In den Jahren bis zu ihrem Umzug nach Kivik hatten sie selten, aber dennoch regelmäßig Kontakt gehabt. Er hatte sie zu Geburtstagen besucht und zu Weihnachten. Nicht weil sie ihn eingeladen hatten, sondern weil der kleine Funken Hoffnung, ihr Verhältnis würde sich vielleicht auf wundersame Weise verbessern und herzlicher werden, nie so ganz bei ihm verschwinden wollte. Immer wieder war er derjenige gewesen, der sich Gedanken über ihr Verhältnis machte, und nur weil er nicht endgültig brach, hatten sie überhaupt noch Kontakt gehabt.

Er wollte trotz allem etwas von seinem Leben mit ihnen teilen, dass sie sich sahen, dass sie wussten, was er tat, immerhin waren sie seine Eltern. Alles an Familie, was er besaß.

Aber immer hatte er ihnen aufzwängen müssen, was ihn beschäftigte und umtrieb. Er wollte einfach nur, dass sie sich auch nach ihm erkundigten. Ehrlich gemeintes Interesse zeigten. Sorge genauso wie Freude. Stolz oder auch Ärger, wenn ihnen etwas nicht passte. Einfach irgendetwas.

Gefühle.

Doch das war nie der Fall gewesen, und so war es schließlich dazu gekommen, dass Niklas seine Eltern seit fünfzehn Jahren nicht gesehen hatte. Auch ihre Telefonate in den letzten Jahren konnte er an zwei Händen abzählen. Wenn, dann hatte er mit seiner Mutter gesprochen, im Grunde nur über Belangloses. Nach jedem Gespräch war Niklas nur noch frustrierter und resignierter gewesen. Und wenn er ehrlich zu sich selbst war, auch verletzter.

Sie passierten jetzt das Ortseingangsschild von Kivik. Ihm gingen so viele Momente seines Lebens durch den Kopf, dass für einen kurzen Augenblick die Straße vor ihm verschwamm und er die Kontrolle über das Steuer verlor. Erst Emmas lauter Schrei holte ihn zurück ins Hier und Jetzt.

»Tut mir leid«, sagte Niklas, nachdem er sich wieder gefangen hatte. »Ich war gerade in Gedanken versunken.«

»Ich hoffe, du hast an mich gedacht, nicht an Gustaf.«

»Nein, ganz anders«, sagte Niklas nüchtern.

»Deine Eltern?«

»Kann sein.« Niklas machte mit einer kurzen Kopfbewegung deutlich, dass er jetzt nicht darüber sprechen wollte. Auf der Rückbank des 3er BMW Kombi saß Reza Azadeh Zandi, der iranischstämmige Kollege, mit dem Niklas schon seit vielen Jahren gemeinsam ermittelte. Den er aufgrund seiner ruhigen, typisch schwedischen, aber zugleich rigorosen Art, wenn es nötig war, sehr schätzte. Privat wusste er nicht allzu viel von ihm, aber im Beruf hatte er immer das Gefühl, sich blind auf ihn verlassen zu können. Reza war so etwas wie die Geheimwaffe aus dem Hintergrund, die er nicht nur zog, wenn die harte Nummer gefragt war.

In Kivik gab es eine kleine Polizeistation, die nur in Teilzeit besetzt war, wie man ihnen erklärt hatte. Wenn es zu Vorfällen kam, die einen größeren polizeilichen Einsatz erforderten, waren die Kollegen aus Simrishamn verantwortlich. Dass die sich bei ihnen gemeldet und um Hilfe gebeten hatten, bedeutete zweifellos, dass die Ermittlungen schwierig verliefen und eine erfahrene Mordkommission den Fall übernehmen musste.

Was sie bislang wussten, war nicht sonderlich viel. Auf der Fahrt nach Kivik hatten sie kurz mit einem Polizeibeamten aus Simrishamn telefoniert, der berichtet hatte, dass die Kollegen nach einem anonymen Hinweis eine Spezialeinheit aus Malmö angefordert und gegen halb acht am Morgen ein Ferienhaus in der Stengatan gestürmt hatten. Im Schlafzimmer hatte eine nur spärlich bekleidete männliche Leiche auf dem Bett gelegen. Getötet durch mindestens ein Dutzend Messerstiche. Obwohl die Leiche noch nicht identifiziert war, deutete vieles darauf hin, dass es sich um Kjell Sundberg handelte, sechsundzwanzig Jahre alt, wohnhaft in Malmö. Auf seinen Namen war das Haus in Kivik für zwei Wochen angemietet worden.

Daneben hatte eine apathisch wirkende Frau gesessen, Blut an den Händen und auf der Kleidung. Der Tatort musste der Beschreibung der Kollegen nach sehr schlimm ausgesehen haben.

Rosa Møller. Der Name der Frau.

Deutsch-Dänin, ebenfalls in Malmö wohnend und offenbar die Freundin von Sundberg. Sie war sofort in Gewahrsam genommen worden, ohne dass sie sich gewehrt hatte. Seitdem hielt man sie in der kleinen Polizeistation in Kivik fest und hatte bislang offenbar erfolglos versucht, sie zu vernehmen.

Niklas hatte sich keine Gedanken darüber gemacht, wie groß eine Polizeistation in einem Tausend-Seelen-Ort war. Doch als sie vor dem Backsteingebäude unten am kleinen Hafen parkten, rieb er sich verwundert die Augen. Das Haus war so winzig, dass es unmöglich über mehr als zwei Räume verfügen konnte.

Kein Wunder also, dass vor dem Gebäude zahlreiche Personen standen. Schutzpolizisten, bewaffnete Männer und Frauen der Spezialeinheit, ein paar zivil gekleidete Kolleginnen und ein Dutzend Reporter und Kameraleute, die bereits angereist waren und in ein paar Metern Entfernung ihr Equipment aufgebaut hatten.

Als einer der vielen hübschen Küstenorte im Süden Schwedens war Kivik mit seinen farbigen Holzhäusern, der Künstlerkolonie sowie dem ganz besonderen Licht, von dem alle sprachen, auf eine gewisse Art und Weise durchaus einzigartig. Noch war der Ort von größeren Touristenmengen verschont geblieben, aber Niklas wusste, dass immer mehr Menschen auch hierher strömten, um eine Auszeit vom stressigen Leben zu nehmen und ein paar freie Tage in Bullerbü-Atmosphäre zu genießen. Es gab auch ein paar Aussteiger, die hier den perfekten Ort für ein Leben an der Küste gefunden hatten.

Niklas, Emma und Reza stellten sich bei einigen der Beamten, die den Eingang bewachten, kurz vor. Offenbar waren sie instruiert und ließen sie direkt hinein.

Sie betraten einen Raum, der kleiner war als das Wohnzimmer in Niklas' Haus. Abgetrennt nur durch eine Art Paravent, gab es einen weiteren Bereich, wahrscheinlich die Verwahrungszelle, in der sie Rosa Møller festhielten. Alles in diesem Gebäude wirkte sehr einfach und provisorisch, als wäre die Polizeistation tatsächlich nur sehr selten besetzt.

Diesen Eindruck verstärkte der schlichte weiße Tisch, der sich mitten im Raum befand. Um ihn herum saßen mehrere Männer und Frauen, die Niklas erwartungsvoll anblickten. Ein Mann, knapp älter als er, stand mit einem Kaffeebecher in der Hand auf und trat mit ernster Miene auf sie zu. Niklas suchte nach etwas Markantem an ihm, aber er wirkte mit seiner dunkelblonden Seitenscheitel-Frisur und dem gräulichen Teint derart farblos, dass er sicher war, ihn bei einer Gegenüberstellung nicht wiederzuerkennen.

»Anders Haglund aus Simrishamn«, begrüßte er Niklas und die anderen. »Unser Team ist seit den frühen Morgenstunden hier und hat die Ermittlungen zum Mord an Kjell Sundberg sofort aufgenommen. Wir haben euch um Hilfe gebeten, weil sich die zunächst offenkundige Situation etwas schwieriger gestaltet, als wir uns das gewünscht haben.«

»Na ja«, tönte es plötzlich aus dem Hintergrund. »Wir würden das sicherlich auch allein hinbekommen.«

Niklas warf einen Blick über die Schulter von Haglund und sah, dass der Kommentar vom Ältesten am Tisch stammte. Ein fast weißhaariger, stämmiger Mann mit sonnengegerbter Haut und einem grimmigen Gesichtsausdruck. Er hatte eine Vermutung, wer der Mann war.

»Er weiß nicht, wovon er redet«, sagte Haglund leise. »Johan war zwar lange Zeit ein Kollege von uns in Simrishamn, aber vor zehn Jahren hat man ihn auf den Teilzeitposten hier in Kivik gesetzt. Vorher gab es niemanden, der sich darum gekümmert hat, wenn ein Tourist sein Portemonnaie verlor oder die Jugendlichen es beim Rasen mit Mofas durch den Ort übertrieben. Einen Mord hat es hier jedenfalls noch nie gegeben.«

»Verstehe«, sagte Niklas. »Wir werden versuchen, ihn in die Ermittlungen so weit einzubinden, wie es möglich ist. Ich bin mir sicher, dass er uns helfen kann, falls das nötig sein sollte. Er kennt die Leute hier bestimmt wie seine Westentasche.«

»Bestenfalls muss es dazu gar nicht kommen. Wir haben keinen Zweifel daran, dass wir mit Rosa Møller die Täterin dingfest gemacht haben«, erklärte Haglund. »Unser Problem ist allerdings, dass sie nicht nur alles bestreitet, sondern vor allem behauptet, sich an nichts erinnern zu können.«

»Soll das ihr Alibi sein?«, fragte Emma überrascht. »Eine Erinnerungslücke? Das klingt wie in einer schlechten Krimiserie.«

»So sieht die Situation momentan aus«, antwortete Haglund achselzuckend.

»Wir wissen bislang so gut wie nichts über Opfer und Täterin«, sagte Niklas. »Vielleicht ist es aber besser, genau so in das Gespräch mit Rosa Møller zu gehen, um uns ein eigenes Bild zu machen. Was mich aber vorab interessiert: Woher kam der Hinweis zu dem Mord, auf den hin das Haus gestürmt wurde?«

»Das beschäftigt uns auch. Und ist in der Tat auch ein Grund, weshalb wir euch um Hilfe gebeten haben. Der männliche Anrufer hat sich bei uns heute Morgen um kurz nach sieben gemeldet und geschildert, was uns in dem Haus in der Stengatan erwarten würde. Seine Stimme war verzerrt, entweder hat er sie technisch verändert oder sich zumindest einen dicken Stoff vor den Mund gehalten. Leider konnten wir den Anruf nicht zurückverfolgen, das Gespräch war zu kurz. Eine spätere Ortung war auch nicht möglich, wir konnten kein Signal finden.«

Niklas wusste, dass das nicht zwangsläufig etwas zu bedeuten hatte. Nicht jeder Zeuge, der einen anonymen Hinweis gab, hatte etwas zu verbergen. Allerdings war es ungewöhnlich, dass ein Anrufer so viel Aufwand betrieb, um anonym zu bleiben. Vielleicht aus Angst davor, jemand könne ein Problem damit haben, dass er der Polizei einen Tipp gibt. Oder aber er hatte seine ganz eigenen Gründe, warum sein Name im Zuge dieser Ermittlungen besser nicht auftauchte.

»Bevor ihr mit ihr sprecht, solltet ihr wissen, dass sie auf einen Rechtsbeistand fürs Erste verzichtet hat«, sagte Haglund.

»Weshalb?«

»Sie findet es absurd, dass sie überhaupt unter Verdacht steht. Sie und das Opfer waren laut ihrer Aussage ein glückliches Paar.«

»Gibt es denn abgesehen davon, dass Rosa Møller neben dem Toten aufgefunden wurde, etwas, das zweifellos für ihre Schuld spricht?«, schaltete Emma sich ein.

»Wie meinst du das?« Haglund musterte sie kritisch.

»Anders gefragt: Wurde der Tatort von der Spurensicherung in alle Richtungen untersucht?«

»In alle Richtungen? Worauf willst du hinaus?«

»Wenn Rosa Møller dementiert, etwas mit dem Mord zu tun zu haben, würde das im Umkehrschluss bedeuten, dass ein Unbekannter sich Zugang zu dem Haus verschafft haben müsste.«

»Die Kollegen nehmen sich jeden Quadratzentimeter in dem Haus vor«, entgegnete Haglund hörbar verschnupft. »Wenn es irgendeine Spur geben würde, die auf einen anderen Täter als Rosa Møller hindeutet, hätte ich davon mit Sicherheit bereits gehört.«

»Ihr habt uns gerufen, damit wir diesen Mord so schnell wie möglich aufklären«, sagte Emma ungerührt. »Aber zu unserer Arbeit gehört nun mal, in alle Richtungen zu denken und uns nicht zu vorschnell auf einen Täter oder in diesem Fall auf eine Täterin festzulegen. Insbesondere wenn wir weder wissen, was das Motiv sein könnte, noch, unter welchen Umständen es zu dem Mord gekommen ist.«

Niklas blickte Emma aus dem Augenwinkel an. So kannte er sie. In Befragungen und Verhören war sie der harte Hund, während er selbst meistens den diplomatischeren Weg einschlug. So ergänzten sie sich bestens. Dazu kam noch Reza, dessen bloße Präsenz und stoische Ruhe meistens Wirkung bei ihrem Gegenüber zeigten.

Dass Emma auch eine ganz andere Seite hatte, wussten dagegen nur wenige Menschen. Im Präsidium dachten die meisten, dass sie eine Kratzbürste mit Haaren auf den Zähnen sei, aber Niklas hatte sie im Laufe der Jahre ganz anders kennengelernt. Als Freundin, verständnisvoll und liebend, und verlässliche Partnerin sowohl im Job als auch privat, klar und deutlich in ihren Worten, niemals mit ihrer Meinung hinter dem Berg haltend. Wann Niklas sich in Emma verliebt hatte, konnte er rückblickend gar nicht mehr genau sagen, es war kein einzelner Moment gewesen. Kein Tag, an den er sich erinnerte, sondern vielmehr die Erkenntnis, dass es keinen anderen Menschen gab, in dessen Nähe er sich so wohlfühlte.

Es war diese spezielle Art von Emma, mit der andere manchmal Probleme hatten, die ihn jedoch faszinierte. Einerseits kühl und immer wohl durchdacht, andererseits emotional, ehrlich und empathisch. Aber vor allem hatten sie so viele gemeinsame Interessen und Vorstellungen vom Leben, dass es ihm manchmal fast unheimlich vorkam.

Ganz besonders mochte er auch ihren Humor, den sie zwar nur selten einsetzte, der dafür aber herrlich schwarz sein konnte.

Aus dem beruflichen Team, das sie viele Jahre lang gewesen waren, war irgendwann mehr geworden. Und das war das Schönste, was ihm hatte passieren können.

Noch immer betrachtete er sie aus dem Augenwinkel. Ihre halblangen Haare hatte sie sich im Winter abschneiden lassen. Seitdem trug sie einen fast weißblonden Kurzhaarschnitt. In Kombination mit ihrem Retro-Kleidungsstil, der ihn immer an die Mode seiner Eltern auf Fotos der sechziger und siebziger Jahre erinnerte, wirkte sie ein wenig wie aus der Zeit gefallen.

»Niklas?«

Er fuhr zusammen und schüttelte sich kurz. »Sorry, ich bin im Kopf gerade durchgegangen, wie wir die Vernehmung angehen«, redete er sich heraus.

»Und?«

»Wie ›und‹?«

»Welche Strategie hast du dir überlegt?« Emma sah ihn leicht irritiert an.

»Du hast recht«, antwortete Niklas. »Wir müssen so viel wie möglich über die vergangene Nacht in Erfahrung bringen. Auch wenn es offensichtlich erscheint, was passiert ist, müssen wir unvoreingenommen in das Gespräch gehen. Ich schlage vor, du übernimmst die Führung.«

»Wie du meinst.« Noch immer blickte Emma ihn verwundert an. Er fühlte sich ein wenig an seine Konfrontation mit Gustaf heute Morgen erinnert.

»Eine Sache noch, die ihr vorab wissen solltet«, warf Haglund ein. »Die Ergebnisse der Blutanalysen stehen noch aus, aber wir halten es nicht für ausgeschlossen, dass Rosa Møller am gestrigen Abend größere Mengen an Alkohol konsumiert hat.«

»Was lässt euch darauf schließen?«

»Ihr allgemeiner körperlicher Zustand am Morgen und ein zur Hälfte ausgetrunkener Drink auf ihrem Nachttisch.«

»Ist das die Erklärung für ihre Erinnerungslücke?«, fragte Niklas. »Und deshalb streitet sie die Tat einfach ab?«

»Das könnte eine Möglichkeit sein«, antwortete Haglund für alle im Raum hörbar.

»Jedenfalls ist euer Kollege aus Kivik offenbar genau dieser Meinung«, sagte Emma und beobachtete Johan, der sich im Hintergrund die Hände rieb und leicht grinste. »Wir hätten nicht das geringste Problem damit, wenn die Lösung so einfach wäre. Niemand von uns ist scharf darauf, hier in Kivik einen Mörder zu jagen. Nur wissen wir aus Erfahrung leider zu gut, dass die Realität und unsere Wünsche nicht immer zusammenpassen. Vielleicht sollten wir das Johan von Anfang an zu verstehen geben. Ich würde ungern jemanden im Ermittlungsteam haben, der hintenrum unsere Arbeit sabotiert.«

»Wir kümmern uns um ihn, keine Sorge«, wiegelte Haglund ab. »Trotzdem hat er natürlich nicht ganz unrecht. Wir müssen diese Angelegenheit nicht unbedingt an die große Glocke hängen. Midsommar steht vor der Tür, in den nächsten Wochen haben wir hier so viele Touristen wie im ganzen Rest des Jahres zusammen.«

Niklas spürte augenblicklich, dass die Wut, die er am Vormittag gegenüber Gustaf verspürt hatte, zurückkam. Diesmal richtete sie sich jedoch gegen seine Kollegen aus Simrishamn, denen es offenbar wichtiger war, das heile Bild dieses Küstenorts zu wahren, als alles daranzusetzen, einen brutalen Mord aufzuklären.

»Vielleicht hättet ihr uns dann besser nicht rufen sollen«, entgegnete er mit zusammengekniffenen Lippen. »Wir sind nicht hier, um irgendetwas unter den Teppich zu kehren. Was immer letzte Nacht passiert ist, wir werden es herausfinden und dabei weder Rücksicht auf –«

»Ich denke, wir sollten erst einmal unsere Arbeit aufnehmen und abwarten, wie viel Staub dieser Fall aufwirbelt«, unterbrach Emma ihn und legte ihre Hand auf seine Schulter. »Schauen wir doch einfach mal, ob wir mehr aus Rosa Møller herausbekommen.«

Sie machte Niklas mit einem unmissverständlichen Blick klar, dass er sich zurückhalten sollte, ehe sie ihm mit einem kurzen Nicken zu verstehen gab, ihr zu folgen.

Blackout

Rosa Møller saß auf einer Pritsche im Schneidersitz, leicht an die Wand hinter sich gelehnt. Sie rührte sich nicht, als Emma und Niklas die Tür hinter dem deckenhohen Paravent öffneten und in die kleine Gitterzelle traten.

Nachdem sie auf zwei einfachen Holzstühlen Platz genommen hatten, betrachtete Niklas die Frau mit den langen schwarzen Haaren, die etwas strähnig über die Schultern hingen. Äußerlich machte sie einen gefassten Eindruck, aber auf eine gewisse Weise wirkte sie so apathisch, wie sie erwartet hatten. Innerlich sah es bestimmt ganz anders aus, war sich Niklas sicher. Vollkommen egal, was tatsächlich passiert war.

»Frau Møller«, begann Emma vorsichtig. »Wir sind von der Kriminalpolizei Malmö. Mein Name ist Emma Steen, und das ist mein Kollege Niklas Zetterberg. Wir möchten Ihnen gern ein paar Fragen stellen. Sind Sie sicher, dass Sie keinen Anwalt hinzuziehen möchten?«

»Alles, was ich zu sagen habe, kann ich auch ohne ein Sprachrohr tun. Ich habe nichts zu verbergen.« Rosa Møller vermied es zwar, die beiden anzusehen, aber ihre Stimme klang stark und überzeugend.

»Ihnen ist aber durchaus klar, dass Sie als Hauptverdächtige in dieser Angelegenheit gelten?«

»Natürlich.«

»Aber Sie bestreiten, Kjell Sundberg umgebracht zu haben?«

»Diese Frage ist vollkommen absurd«, antwortete Rosa Møller und hob jetzt den Kopf. »Weshalb sollte ich etwas zugeben, das ich nicht getan habe?« Sie fixierte nun abwechselnd Emma und Niklas.

»Dann nehmen wir Ihre Aussage zur Kenntnis, dass Sie behaupten, nichts mit dem Mord an Sundberg zu tun zu haben«, fuhr Emma ungerührt fort. »Selbstverständlich gehen mein

Kollege und ich diese Ermittlungen vollkommen unvoreingenommen an. Allerdings ist Ihre Situation mit Blick auf Fundund offenbar auch Tatort zweifellos nicht die allerbeste. Uns würde interessieren, wie Sie uns von Ihrer Unschuld überzeugen wollen.«

»Ich habe bereits Ihren Kollegen erklärt, dass ich nicht sagen kann, was in der vergangenen Nacht passiert ist. Schlicht und einfach, weil ich mich nicht erinnere. Was ich aber sagen kann, ist, dass ich mit Sicherheit nicht Kjell getötet habe.« Sie senkte wieder den Kopf, ihre Stimme klang jetzt dumpf und traurig. Aber von einem Weinkrampf oder einem Zusammenbruch schien sie weit entfernt zu sein. »Sie können sich nicht vorstellen, wie es ist, neben einem blutüberströmten, toten Menschen aufzuwachen. Noch dazu, wenn es der eigene Freund ist.«

»Kjell Sundberg und Sie waren also ein Paar?«

»Ja.«

»Seit wann?«

»Ziemlich genau vier Jahre.«

»Und Sie leben in Malmö?«

»Ja.«

»Gemeinsam in einer Wohnung?«

»Nein, jeder für sich, aber meistens habe ich bei ihm übernachtet.«

»Hatten Sie vor, zusammenzuziehen oder vielleicht auch zu heiraten?«

»Was soll diese Frage?«, reagierte Rosa Møller harsch.

»Uns interessiert natürlich, ob Sie beide ein glückliches Paar waren.«

»Dann fragen Sie das doch direkt.«

»Und?«

»Ja, wir waren glücklich, sehr sogar. Und wir waren ein ganz normales Paar.«

»Das heißt?«

Während Rosa Møller mit den Schultern zuckte und offenbar selbst nach einer Antwort suchte, überlegte Niklas, weshalb sie das gerade so betont hatte. Bislang hatten sie keinen Grund anzunehmen, dass die beiden kein »normales« Paar gewesen waren.

»Es gab also keinerlei Probleme zwischen Ihnen beiden?«

»Nichts, was Sie nicht kennen, sofern Sie selbst in einer Beziehung sind.«

Emma nickte.

Diese Frau war erstaunlich klar in ihren Worten, dachte Niklas. Und das, obwohl sie nicht nur um ihren Freund trauerte, sondern gleichzeitig auch noch des Mordes an ihm beschuldigt wurde.

»Sie sind Deutsch-Dänin, ist das richtig?«, fragte Emma.

»Ja.«

»Wie haben Sie Kjell Sundberg kennengelernt?«

»Tatsächlich in Kivik vor einigen Jahren«, antwortete Rosa Møller. »Ich war hier an der Küste mit ein paar Freundinnen im Urlaub. Es waren die Sommerferien unseres Lebens. Wir waren neunzehn oder zwanzig, wollten frei sein. Und dann war da plötzlich Kjell. Er verbrachte den Sommer hier, um zu malen und seinen Kopf freizubekommen. Er hat mich vom ersten Moment an fasziniert, in allem, was er tat. Ich glaube, es war Liebe auf den ersten Blick bei uns beiden.«

Niklas fiel es weiterhin schwer, diese Frau einzuschätzen. Ihre Worte klangen aufrichtig, aber sie sprach über ihren toten Freund mit einer seltsamen Distanz, als wäre er schon vor Jahren von ihr gegangen.

»Wo haben Sie damals gelebt?«, hakte Emma nach.

»In Rostock.«

»Sie sind dann seinetwegen nach Malmö gezogen?«

»Nach einem halben Jahr, genau. Kjell hat von Anfang an deutlich gemacht, Schweden nicht verlassen zu wollen, also lag es an mir. Ich war mir aber sicher, dass es keinen großen Unterschied machen würde, wo ich studierte. Vieles stellte sich in der Realität dann allerdings doch als schwierig heraus. Aber ich blieb hier, es gibt schlechtere Orte zum Leben.«

»Was haben Sie studiert?«

»Ich studiere noch immer Medienpsychologie, im Winter

habe ich dann hoffentlich meinen Master in der Tasche. Nebenher habe ich Kjell in seiner Firma unterstützt.«

»Was für eine Firma ist das?«

»Ein kleiner Kunstverleih«, antwortete sie. »Die Idee dahinter ist, dass Kunst für jedermann erschwinglich sein soll. Im Prinzip wie eine Bücherei, man leiht sich für einige Tage, Wochen oder auch dauerhaft teure Kunstwerke.«

Niklas hörte nur mit einem Ohr zu, vor allem beobachtete er Rosa Møller weiterhin. Er wurde einfach nicht schlau aus ihr und hatte Probleme damit, ihre Verfassung einzuordnen. Einerseits wirkte sie zerbrechlich und in Trauer, andererseits berichtete sie klar und fast kühl über ihre Beziehung zu Kjell Sundberg.

»Erzählen Sie uns, was gestern Abend passiert ist«, wechselte Emma das Thema.

»Kjell und ich waren bei einer Vernissage in einer kleinen Künstlergalerie in der Kapplabacken. Kjell kannte den Künstler, die beiden haben in Malmö dieselbe Kunstakademie besucht.«

»Wie heißt der Künstler?«

»Casper Holmen«, antwortete Rosa Møller. »Nicht wenige glauben, er hätte eine große Zukunft vor sich.«

»Auch Kjell?«

»Mit Sicherheit hätte Kjell eines Tages auch seinen Durchbruch –«

»Das meine ich nicht«, unterbrach Emma sie. »Ich möchte wissen, ob Ihr Freund auch an den Erfolg von Casper Holmen glaubte.«

»Die beiden waren Freunde, natürlich haben sie sich gegenseitig unterstützt.«

Emma wartete einen Moment, ob Rosa Møller noch etwas hinzufügen wollte, ein stärkeres Bekenntnis, dass Kjell auch an den Erfolg von Casper Holmen geglaubt hatte, aber sie schwieg.

»Wann begann die Vernissage?«, fragte Emma schließlich.

»Um siebzehn Uhr. Wir kamen ein paar Minuten zu spät, aber noch rechtzeitig, um mit Casper anzustoßen.«

»Erzählen Sie bitte, was dann passiert ist.«

»Es gab Fingerfood und viele Getränke, wir hatten einen netten Abend.«

»Geht es etwas detaillierter?«

»Es gibt nichts zu erzählen, was wichtig sein könnte«, antwortete Rosa Møller knapp.

»Was wichtig ist oder nicht, bewerten wir«, entgegnete Emma ungeduldig. »Sagen Sie uns bitte, wie viele Personen anwesend waren.«

»Das müssten etwa fünfundzwanzig gewesen sein. Die Galerie war jedenfalls ziemlich voll.«

»Erinnern Sie sich an Gespräche, die Sie oder Kjell geführt haben, die im Nachhinein vielleicht in einem anderen Licht erscheinen?«

»Wie meinen Sie das?«

»Vielleicht Streit, Meinungsverschiedenheiten, irgendetwas, das Rückschlüsse auf den möglichen Mörder Ihres Freunds zulässt. Sofern sich herausstellen sollte, dass Sie tatsächlich unschuldig sind.«

»Ich bin unschuldig.«

»Also nichts, was uns helfen könnte?«, fragte Emma. »Oder, besser gesagt, was hilfreich für Sie selbst wäre?«

Rosa Møller zuckte mit den Schultern. Ihr Blick strahlte eine gewisse Resignation aus.

»Wann exakt endet Ihre Erinnerung?«

»Ich weiß es nicht mehr genau. Als ich zuletzt auf meinem Handy etwas nachgesehen habe, war es kurz nach einundzwanzig Uhr. Aber danach habe ich auf jeden Fall noch einen Negroni getrunken, das weiß ich.«

»Wie viel haben Sie gestern Abend insgesamt getrunken?«

»Ich verstehe, worauf Sie hinauswollen.« Rosa Møller fuhr sich durch ihre Haare und lehnte sich nach hinten. Ihr Teint war beinahe aschfahl, dunkle Ringe zeichneten sich unter ihren Augen ab. Dennoch war sie zweifelsohne eine attraktive Frau, fand Niklas. Und obwohl sie unnahbar wirkte, hatte sie gleichzeitig etwas Einnehmendes. Wahrscheinlich nicht obwohl, sondern weil, dachte er.

»Vielleicht habe ich zwei Drinks zu viel gehabt, aber glauben Sie mir, das war bei den meisten Gästen so.«

»Auch bei Kjell?«

»Natürlich, aber er kann viel vertragen.«

Niklas bemerkte sofort, dass Rosa Møller plötzlich über Kjell sprach, als wäre er noch am Leben. Kein seltenes Phänomen, dass Angehörige von Opfern sich weigerten, die Vergangenheitsform zu verwenden und somit das Unvorstellbare auszusprechen.

»Sie haben also so viel Alkohol getrunken, dass Sie –«

»Nein, das ist nicht der Grund, weshalb ich keine Erinnerung mehr an den späteren Abend habe«, fiel Rosa Møller Emma ins Wort. »Irgendetwas muss passiert sein, als ich kurz draußen am Hafen gewesen bin, um Luft zu schnappen und mir dieses unglaubliche Abendlicht hier in Kivik anzusehen. Als ich dann wieder zurück in der Galerie war, endet kurz darauf meine Erinnerung. Ich gehe davon aus, dass mir jemand K.-o.-Tropfen ins Getränk getan hat.«

»Die Spurensicherung muss sich die Galerie so schnell wie möglich vorknöpfen, falls nicht bereits geschehen«, sagte Niklas leise in Emmas Richtung. Dann wandte er sich an Rosa Møller. »Sie sagen, dass Sie einen angenehmen Abend mit den anderen Besuchern der Vernissage hatten. Weshalb glauben Sie dann, dass Ihnen jemand K.-o.-Tropfen verabreicht hat?«

»Weil ich nicht weiß, weshalb ich sonst einen solchen Blackout gehabt haben könnte. Es stimmt allerdings, ich habe keine Ahnung, wer das gewesen ist, und das macht mir Angst. Da draußen läuft jemand herum, der Kjell getötet hat und mir das Ganze offenbar in die Schuhe schieben will.«

»Sie wissen nicht, was in der letzten Nacht passiert ist«, fasste Niklas zusammen. »Wie können Sie dann sicher sein, dass nicht Sie ihn umgebracht haben?«

»Es ist verrückt.« Sie lachte kurz auf, was in diesem Moment ein wenig hysterisch klang. »Weshalb hätte ich das tun sollen? Sagen Sie mir, weshalb ich Kjell hätte umbringen sollen?«

»Sind Sie nur wegen der Vernissage nach Kivik gekommen?«, wechselte Emma das Thema.

»Nicht ausschließlich«, antwortete Rosa Møller. Innerhalb weniger Augenblicke hatte sie sich wieder beruhigt. »Wir sind vor knapp einer Woche angereist und wollten nach der Vernissage noch ein paar Tage bleiben. Wir sind oft hier gewesen und haben Urlaub gemacht.«

»Immer in derselben Ferienwohnung?«

»Ja, wir kennen den Besitzer.«

»Tatsächlich?«, merkte Niklas an und rutschte auf seinem Stuhl ein Stück vor. »Wie heißt er?«

»Ola Lindvall.«

»Wohnt er in Kivik?«

»Nein, in Malmö. Ola ist einer unserer besten Kunden, er leiht sich immer wieder Bilder aus. Für die vielen Ferienwohnungen, die er besitzt.«

»War er gestern auch auf der Vernissage?«

»Ja, aber er ist früh wieder gegangen, daran erinnere ich mich.«

»Ist er zurück nach Malmö gefahren?«

»Das weiß ich nicht, wahrscheinlich schon.«

»Sprechen wir noch einmal über Casper Holmen«, sagte Emma plötzlich. »Wie eng waren Kjell und er miteinander befreundet?«

»Sie waren mal beste Freunde, aber in letzter Zeit haben sie sich seltener gesehen. Casper ist vor einiger Zeit nach Ystad gezogen, wo er ein Atelier und eine Malwerkstatt eröffnet hat.«

»Wissen Sie, ob er hier in Kivik geschlafen hat oder zurück nach Ystad gefahren ist?«

»Gestern Abend konnte er nicht fahren.«

»Weshalb?«

»Er musste mit allen anstoßen, das war ihm dann auch anzusehen. Ich schätze, er hatte sich irgendwo ein Zimmer genommen oder bei Viktor im Haus geschlafen.«

»Viktor?«

»Viktor Pålsson, ihm gehört die Galerie Ljus.«

Niklas hatte für den Moment genug gehört und stand auf. Sein Bild von Rosa Møller war längst noch nicht vollständig, aber er hatte nicht das Gefühl, als könnten sie noch etwas in Erfahrung bringen, das ihnen sofort half. Sie bestritt weiterhin, ihren Freund getötet zu haben, und er konnte sich nicht davon lossagen, Zweifel an ihrer Schuld zu haben. Dennoch war die Beweislast gegen sie erdrückend. Immerhin hatten sie jetzt einige Namen, denen sie dringend nachgehen mussten.

»Wir werden mit jedem sprechen, der gestern Abend auf der Vernissage war«, sagte er. »Es wäre also hilfreich, wenn Sie uns alle Namen nennen, die Ihnen einfallen.«

Rosa Møller nickte.

»Eine Frage habe ich noch«, sagte Emma. »Auf der Fahrt hierher habe ich mich ein wenig auf der Website dieser Galerie umgesehen. Und da ist mir aufgefallen, dass Kjell hier vor ein paar Wochen ebenfalls für eine Ausstellung angekündigt wurde. Allerdings wurde sie abgesagt. Können Sie uns sagen, weshalb?«

Ljus

Es wehte ein laues Lüftchen, als Niklas und Emma vor die Tür der Polizeistation traten. Der Himmel war blau, nur wenige Schäfchenwolken zogen über dem Meer in Richtung Süden. Es war einer dieser Tage, derentwegen Künstler und Touristen gleichermaßen Österlen aufsuchten. Das einzigartige Licht dieser Region zeigte sich von seiner besten Seite. Warm und einladend, aber auch gleißend, wenn die Sonne kurz mal hinter den Wolken verschwand und dann wieder strahlte. Sie sorgte dafür, dass die Farben des Meeres, des feinen Sandstrands und der bunten Holzhäuser in immer neuen Farbabstufungen leuchteten und glitzerten.

Vor dem Gebäude lungerten bestimmt zwei Dutzend Fernseh- und Zeitungsreporter herum. Niklas kannte ein paar von ihnen, machte aber sofort eine abweisende Geste, als er spürte, dass sie mit ihren Mikrofonen direkt auf ihn zukamen. Sie würden eine Pressekonferenz geben müssen, aber erst wenn sie noch weitere Gespräche geführt hatten. An Emmas dezenter Abwehrhaltung gegenüber den Medienvertretern erkannte er, dass sie genauso dachte.

Eigentlich war Niklas noch sauer auf Emma gewesen, weil sie ihn vor Haglund zurechtgewiesen hatte, aber die Vernehmung von Rosa Møller hatte dafür gesorgt, dass er seine Gedanken ordnen konnte. Emma hatte natürlich vollkommen recht damit gehabt, ihn zurückzuhalten. Er hatte offensichtlich momentan ein Problem, konnte sich in gewissen Situationen nicht mehr beherrschen. Provokationen, egal, ob von einem Kollegen aus Simrishamn oder einfach nur von einem Kater, führten direkt dazu, dass er impulsiv reagierte und kurz davorstand, die Kontrolle über sich zu verlieren.

Niklas hatte keinen Zweifel daran, dass Pernille schuld an diesem Zustand war. Aber davon durfte er sich hier in Kivik nicht beeinflussen lassen. Sie mussten diesen Fall aufklären. Ermitteln. Professionell. Akribisch. Und möglichst schnell, damit ihrem Urlaub nichts entgegenstand.

Niklas sah zur anderen Straßenseite hinüber. Dort stand ein korpulenter Mann in einem Karohemd und kaute ziemlich offensichtlich auf seinem Snus herum. Niemand von der Presse, war sich Niklas sofort sicher. Ein Einheimischer, neugierig, was hier in diesem Idyll plötzlich vor sich ging.

Während Reza auf der Polizeistation zurückblieb, um die Namen der Besucher der Vernissage aufzunehmen und, sofern es sich ergab, Johan noch ein paar Worte mit auf den Weg zu geben, gingen Niklas und Emma gemeinsam mit Anders Haglund den Tittutvägen entlang, der parallel zum Hafenbecken und weiter nördlich zum Strand verlief. Nach wenigen Minuten erreichten sie die Galerie Ljus in der Kapplabacken. Sie lag in einem gelben Holzhaus, war von außen aber kaum von einem normalen Wohnhaus zu unterscheiden. Einzig das kleine Blechschild mit dem Namen seitlich der Eingangstür und ein Plakat im Fenster wiesen darauf hin, dass sich hier ein Künstlerhaus befand.

Das Plakat kündigte die Vernissage und die Ausstellung der Werke von Casper Holmen an. Den gesamten Sommer sollte sie dauern, war zu lesen. Niklas musste an Rosa Møllers Reaktion denken, als Emma sie auf die abgesagte Vernissage von Kjell Sundberg angesprochen hatte. Sie hatte innegehalten, etwas zu lange, wie ihm sofort aufgefallen war. Mit dieser Frage hatte sie offenbar nicht gerechnet. Doch hatte sie sich genauso schnell wieder gefangen und eine einigermaßen sinnvoll klingende Antwort gegeben. Angeblich hatte Kjell selbst um Verschiebung der Ausstellung gebeten, weil er mit seiner Arbeit künstlerisch noch nicht zufrieden gewesen war.

Sie hatten es dabei belassen, obwohl Niklas sofort verstanden hatte, worauf Emma hinauswollte. Für den Fall, dass Rosa Møller tatsächlich unschuldig war, würden andere Personen ins Visier der Ermittlungen geraten. Und der ehemals beste Freund, der hier in Kivik anstelle von Kjell Sundberg seine Vernissage feierte, wäre vielleicht eine davon. Noch hatten sich

Emma und er allerdings nicht darüber ausgetauscht, was sie über Rosa Møller dachten, über ihre offenen Worte, ihre seltsame Distanz und die Klarheit, mit der sie die Tat abstritt.

»Die Kollegen von der Technik sind noch in der Ferienwohnung beschäftigt«, unterbrach Haglund seine Gedanken. »Aber wir haben Pålsson angewiesen, in der Galerie vorerst nichts anzurühren, was bei der Vernissage stehen geblieben ist.«

»Wie können wir uns denn sicher sein, dass er sich daran hält?«, fragte Emma mit hochgezogener Augenbraue.

»Johan hat mit ihm gesprochen.«

»Eben«, sagte sie scharf.

»Ich weiß, ihr kommt aus der Stadt und denkt, ihr wärt etwas Besseres als wir hier in der Provinz«, entgegnete Haglund distanziert. »Wir haben heute Morgen lange darüber gesprochen, ob es eine gute Idee ist, euch um Unterstützung zu bitten, aber wir wussten sofort, dass wir das alleine nicht schaffen. Es gab einige Stimmen, die uns gewarnt haben, dass ihr die arroganten Ermittler aus Malmö seid und uns nicht ernst nehmt. Aber ich habe mich dafür eingesetzt, dass ihr uns helft. Jetzt frage ich mich allerdings auch, ob es wirklich die richtige Entscheidung war.«

»Du zweifelst an deiner Entscheidung, weil wir Fragen stellen und wenig davon halten, uns zu früh auf eine Täterin festzulegen?«

»Nein, weil ihr nicht versteht, wie ein Ort wie Kivik und seine Bewohner ticken.«

»Na schön«, sagte Emma. »Wir haben mit niemandem von euch ein Problem. Lass uns das hier gerne gemeinsam angehen, aber wenn wir das Gefühl haben, dass wir nicht an einem Strang ziehen, können wir auch anders.«

»Daran habe ich nicht den geringsten Zweifel«, sagte Haglund und verzog seinen Mund zu einer schiefen Grimasse, als schwane ihm, worauf er sich eingelassen hatte. Niklas konnte sich ein leichtes Grinsen nicht verkneifen. Er beneidete niemanden, der mit Emma in eine Diskussion geriet. Sie war schlagfertig und manchmal regelrecht erbarmungslos. Wohl eine

Eigenschaft, die sie von ihrem Vater geerbt hatte. Zum Glück offenbar die einzige.

Haglund musste zweimal klingeln, ehe sich die Tür der Galerie nach einer halben Minute endlich öffnete. Der Mann, der sie aus leeren Augen ansah, musste Viktor Pålsson sein. Er hatte schlohweißes volles Haar und auffällig buschige Augenbrauen, die farblich noch nicht mitgealtert waren. Das weiße Hemd, das er trug, war bis zur Brust aufgeknöpft und hing locker über einer weiten Cordhose. Für Niklas verkörperte er den Prototyp eines Künstlers in einem idyllischen südschwedischen Küstenort.

»Viktor Pålsson?«, fragte Haglund.

Pålsson nickte.

»Anders Haglund, Polizei Simrishamn. Und meine Kollegen Emma Steen und Niklas Zetterberg von der Kripo Malmö. Sie unterstützen uns bei der Aufklärung der Sache, die gestern Nacht passiert ist.«

»Stimmt es, dass es Kjells Freundin gewesen ist?«

»Die Situation am Tatort lässt darauf –«

»Wir ermitteln aktuell in alle Richtungen«, unterbrach Niklas Haglund ziemlich barsch. Aus dem Augenwinkel erkannte er, dass der Kollege aus Simrishamn mit offenem Mund dastand und vollkommen irritiert war. »Wir sind hier, um zu verstehen, was gestern Abend während und nach der Vernissage passiert ist.«

»Was soll denn hier passiert sein?«, fragte Pålsson überrascht und trat sofort einen Schritt zurück.

»Wir suchen nach einer Erklärung dafür, weshalb Kjell Sundberg in der vergangenen Nacht ermordet wurde. Da er und seine Freundin Rosa Møller anlässlich der Vernissage von Casper Holmen hier bei Ihnen waren, ist die Rekonstruktion des Abends von größter Bedeutung.«

»Es heißt, dass Rosa ihn im Schlaf mit einem Messer abgestochen und dann neben ihm geschlafen hat«, erklärte Pålsson, ohne darauf einzugehen, was Niklas gesagt hatte. »Ist das wirklich wahr?«

»Es lässt sich wohl nicht vermeiden, dass innerhalb kürzester Zeit allerhand Gerüchte im Umlauf sind«, entgegnete Niklas mit einem leichten Seufzen. »Bitte sehen Sie uns nach, dass wir dazu nichts sagen können. Aber können wir vielleicht hineinkommen, um in Ruhe über alles zu sprechen?«

»Es sieht noch ziemlich durcheinander da drinnen aus«, antwortete Pålsson. »Mir wurde gesagt, ich solle nichts anrühren. Aber gestern Nacht habe ich bereits ein paar Sachen zusammengeräumt. Da wusste ich ja noch nicht, dass …« Er brach ab.

»Um die Spuren kümmern sich unsere Techniker. Wir möchten Ihnen einfach ein paar Fragen stellen.«

»Kommen Sie, wir gehen in mein Büro.«

Sie folgten Pålsson ins Innere des Hauses, das sich wie ein Schlauch in die Länge zog. Direkt hinter dem kurzen Flur kamen sie in einen Raum, in dem sich eine weitläufige Bar und einige Stehtische befanden. Es roch abgestanden, die Luft geschwängert von Zigarettenrauch und Alkoholgeruch. Überall standen noch Gläser, Bierflaschen und volle Aschenbecher von der Vernissage am Vorabend herum. Das war gut, denn falls an Rosa Møllers Version, dass jemand ihr K.-o.-Tropfen ins Getränk getan hatte, etwas dran war, würden die Techniker vielleicht noch Spuren finden.

Sie gingen an einem kleinen Durchgang vorbei, der rechts in einen weiteren Raum führte. Niklas sah Bilder an den Wänden, eine große Skulptur, die in der Mitte aufgestellt war, und ein weiteres Plakat an der Tür, das die Ausstellung von Casper Holmens Werken ankündigte. Offenbar handelte es sich um die Galerie von Viktor Pålsson.

Niklas hätte gern einen Blick hineingeworfen, verzichtete vorerst jedoch darauf und folgte dem Kunsthändler. Hinter der Bar gab es eine weitere Tür. Pålsson öffnete sie und lud sie mit einer Geste ein, sein Büro zu betreten.

Es war winzig, an einem kleinen runden Tisch standen nur zwei Stühle. Niklas fragte sich, weshalb sie Pålsson ihre Fragen nicht einfach in einem der beiden anderen Räume stellen konnten, aber vielleicht gab es einen Grund dafür.

»Viel Platz haben wir hier leider nicht«, sagte der Galerist, »aber deswegen sind wir auch nicht hier.«

»Sondern?«, fragte Emma mit etwas Ungeduld in der Stimme.

»Bevor Sie Ihre Fragen stellen, will ich Ihnen etwas zeigen.« Pålsson klappte sein Notebook auf, das auf einem Regal lag, in dessen übrigen Fächern sich jede Menge Ordner und Bücher aneinanderreihten. »Bevor Sie es von jemand anderem erfahren, sollten Sie wissen, dass ich bis vor wenigen Wochen eigentlich noch Kjell Sundberg für eine Ausstellung in diesem Sommer vorgesehen hatte.«

»Wieso ist es dazu nicht gekommen?«, fragte Niklas.

»Das möchte ich Ihnen zeigen. Damit Sie keine falschen Schlüsse ziehen.«

»Wie meinen Sie das?«

»Es geht mir darum, dass Sie nicht auf die Idee kommen, Casper oder ich könnten etwas mit dem Mord zu tun haben.«

»Wieso sollten wir das?«, fragte Niklas überrascht.

»Weil Sie früher oder später vielleicht selbst auf diese Theorie gekommen wären«, erklärte Pålsson. Er nahm den Computer in die Hände und drehte den Bildschirm in ihre Richtung. »Lesen Sie bitte diese E-Mail von Kjell. Die Absage ging von ihm aus. Weder Casper noch ich hatten etwas damit zu tun.«

Niklas und Emma tauschten einen raschen Blick, beiden war klar, worauf Pålsson hinauswollte. Erstaunlich war trotzdem, dass er genau das widerlegen wollte, was ihnen durch den Kopf gegangen war, als sie von Rosa Møller erfahren hatten, dass Casper Holmen für Kjell gewissermaßen eingesprungen war. Sie beugten sich vor und begannen zu lesen.

Lieber Viktor,
in den letzten zwölf Monaten habe ich mit all meiner Kraft darauf hingearbeitet, meine Werke in deiner wunderbaren Galerie zu präsentieren. Ich war dir dankbar, dass du mir die Chance gibst. Dass du an mich glaubst. Leider bin ich meinem eigenen Anspruch nicht gerecht geworden, sodass ich meine Bilder aktuell nicht der Öf-

fentlichkeit zeigen möchte. Es gibt Gründe, weshalb ich nicht so kreativ sein konnte, wie ich gehofft hatte, aber das ist eine andere Geschichte. Ich bin mir sicher, du findest jemand anderen, der für mich einspringen wird. Wir sehen uns bald wieder, ein paar Tage Kraft tanken in Kivik hilft immer.
Viele Grüße, Kjell

Das bestätigte, was Rosa Møller ihnen erzählt hatte. Sundberg hatte seine eigene Ausstellung aus freien Stücken abgesagt. Weshalb Pålsson allerdings so in die Offensive ging und gleich betonte, dass er selbst nichts mit dem Mord zu tun hatte, machte Niklas noch immer stutzig.

»Haben Sie eine Idee, was der Grund für seine kreative Schaffenskrise gewesen sein könnte?«, fragte Emma.

»Ich bin mir sicher, er hätte es mir in den nächsten Tagen gesagt.« In Pålssons Stimme klang plötzlich Traurigkeit mit. »Am besten gehen wir jetzt in die Galerie«, wechselte er allerdings sogleich das Thema.

Während Haglund hinter dem Mann hertrottete, zog Emma Niklas kurz zur Seite. »Wenn du mich fragst, kennt er den Grund, weshalb Sundberg sich nicht imstande sah, seine Werke für die Ausstellung zu vollenden, ganz genau«, sagte sie leise.

»Meinst du, es hat etwas mit seinem Verhältnis zu Casper Holmen zu tun?«

»Halte ich nicht für ausgeschlossen, jedenfalls ist diese Mail kein Beweis für Holmens Unschuld.«

»Wobei bislang auch rein gar nichts für irgendeine Schuld von ihm spricht.«

»Auf jeden Fall seltsam, dass Pålsson dieses Thema von sich aus angesprochen hat.«

»Ja, vielleicht hat er selbst eine Leiche im Keller liegen und will vermeiden, dass wir ihn ins Visier nehmen«, sagte Niklas nachdenklich. »Wir müssen ihm ein wenig mehr auf den Zahn fühlen und vor allem herausfinden, ob hier gestern Abend irgendetwas passiert ist, das Licht ins Dunkel bringt.«

»Ich bin mir sogar sicher, dass die Lösung dieses Falls hier liegt. Was auch immer vorgefallen sein mag.«

»Wollt ihr denn nicht kommen?«, raunzte Haglund ihnen auf einmal zu. »Sonst übernehme ich das Gespräch.«

»Auf gar keinen Fall, wir sind sofort da«, rief Niklas entschieden zurück.

Als sie durch den kleinen Durchgang in die Galerie traten, musste Niklas sich eine Hand vor die Augen halten, weil die Sonnenstrahlen durch das Glasdach des Raums fielen und ihn in gleißendes Licht hüllten. Die Galerie war offenbar angebaut worden. Sie wirkte ganz anders als das dunkle Barzimmer nebenan, in dem viel Holz verbaut worden war. Hier dagegen strahlte alles. Selbst die Steinplatten auf dem Boden glitzerten, wofür der eingearbeitete Quarz sorgte.

Niklas sah sich um. Sein Blick glitt über die Werke von Casper Holmen an den Wänden. Hier hätten eigentlich die Bilder von Kjell Sundberg hängen sollen, wenn er nicht zurückgezogen hätte. Er versuchte zu verstehen, was diese Bilder überhaupt zeigten. Sie waren abstrakt, aber auf einigen von ihnen gab es wiederkehrende Elemente.

Das Licht.

Das Meer.

Und immer wieder auch Frauen. Oder war es vielleicht jedes Mal dieselbe Frau? Sie schien nackt zu sein, aber der Körper war unscharf gemalt, vermischte sich mit Strand und Sonnenlicht. Einen Kontrast bildeten die dunklen Haare der Frau, die im angedeuteten Wind wehten.

»Casper ist ein toller Künstler«, sagte Pålsson mit wieder deutlich festerer Stimme. »Ich bin froh, dass wir ihn so kurzfristig gewinnen konnten.«

»Wie gut kennen Sie eigentlich Rosa Møller?« Emma hatte ihren kleinen Rundgang durch den Raum bereits beendet und war vor dem Galeristen stehen geblieben.

»Ich habe sie ein paarmal in Kivik getroffen, wenn Kjell hier war«, antwortete Pålsson. »Allerdings würde ich nicht behaupten, sie besonders gut zu kennen.«

»Gibt es aus Ihrer Sicht einen Grund, dass sie Kjell umgebracht haben könnte?«

»Also stimmt es doch, was man erzählt?«

»Es gibt einen Anfangsverdacht, mehr nicht«, antwortete Emma ausweichend. »Sie bestreitet die Tat, und bislang fehlt uns auch das Motiv. Helfen Sie uns doch bitte, die Beziehung zwischen Kjell und Rosa Møller besser zu verstehen.«

»Ich wüsste nicht, wie.«

»Kjell kannten Sie offenbar ganz gut«, sagte Emma. »Woher überhaupt? Und was können Sie über ihn sagen?«

»Kjell kannte ich schon als Kind«, antwortete Pålsson. »Sein Vater war Kunsthändler und kam jedes Jahr mit seinem Sohn in den Sommerferien nach Kivik. Er hat immer nur die Sonnenmonate hier erlebt, kein Wunder, dass er von diesem Ort nicht losgekommen ist. Er war auch als Erwachsener mindestens einmal im Jahr hier und hat sich inspirieren lassen. Von diesem Licht, den Farben, der Idylle und dem Gefühl von Weite und Unendlichkeit, wenn man am Strand sitzt und auf das Meer blickt.«

»Er hat seine Zeit hier also genutzt, um kreativ zu sein und zu malen?«

»Manchmal sogar hier in der Galerie, aber das ist schon etwas länger her. Zuletzt hat er Kivik nur noch zu Erholungszwecken besucht. Sein Kunstverleih hat ihm wohl einiges abverlangt, aber so ist das, wenn man selbstständig ist. Ich kann das gut nachvollziehen.«

»Welche Art von Bildern hat Kjell eigentlich gemalt? Ähnlich wie diese hier von Casper Holmen?«

»Sie hatten einen ähnlichen Stil«, antwortete Pålsson. »Ganz normal, sie waren miteinander befreundet und haben sich gegenseitig inspiriert.«

»Wer ist diese Frau auf den Bildern?«, fragte Niklas. »Sie erscheint ja immer wieder.«

»Casper nennt sie Ellinor, was so viel bedeutet wie das Licht Gottes. Soweit ich weiß, ist sie eine fiktive Frau, aber das sollten Sie ihn am besten selbst fragen. Ich gehe davon aus, Sie sprechen noch mit ihm?«

»Allerdings, das werden wir«, antwortete Niklas. »Hält er sich noch in Kivik auf?«

»Ich denke, ja, er übernachtet in einer kleinen Pension im Jochum Becks Väg, gar nicht weit von hier. Aber hier in Kivik ist ja im Grunde alles gleich um die Ecke.«

»Sprechen wir jetzt über gestern Abend«, wechselte Niklas das Thema. Er gab Emma mit einem kurzen Nicken zu verstehen, dass sie Pålsson jetzt etwas hartnäckiger angehen sollten. Von Haglund kam weiterhin nichts, was jedoch keineswegs störte. »Wie haben Sie Kjell und Rosa erlebt? Wirkten sie entspannt, oder gab es irgendwelche Verstimmungen zwischen ihnen?«

»Bei allem Verständnis für Ihre Frage, hier waren mehr als zwanzig Personen zu Gast. Ich habe eine Rede auf Casper und seine Kunst gehalten und mich anschließend, so gut es ging, darum gekümmert, dass die Leute einen schönen Abend haben. Ich habe mich aber verständlicherweise nicht auf jeden Einzelnen konzentrieren können.«

»Aber Sie werden sich doch auch mit den beiden unterhalten haben?«, drängte Emma.

»Nur ganz kurz, sie wirkten auf mich wie immer.«

»Was heißt das?«

»Kjell kannte hier jeden, er war gut gelaunt und hat sich für Casper gefreut. Das war zumindest mein Eindruck. Rosa ist eher ein zurückhaltender Mensch. Unter vielen Menschen scheint sie sich nicht so wohlzufühlen, glaube ich. Aber im Grunde war auch sie so wie immer.«

»Also nichts Auffälliges?«

»Nein, nichts, was ich beobachtet hätte.«

»Haben Sie denn gesehen, mit wem die beiden an diesem Abend vor allem zu tun hatten?«

»Hier hat gestern jeder mit jedem gesprochen und angestoßen. Fast alle kennen sich seit Jahren.«

»Das heißt, es wurde viel getrunken?«, hakte Emma nach.

»Natürlich, das gehört dazu.«

»Haben Sie mitbekommen, dass Rosa Møller die Vernissage verlassen hat und eine Weile draußen am Hafen gewesen ist?«

»Nein, dafür hatte ich kein Auge.«

»Wann haben sich Kjell und Rosa verabschiedet?«

»Ohne es auf die Minute genau sagen zu können, schätze ich, dass es so gegen zehn Uhr gewesen sein müsste. Es war aber auch nur eine kurze Verabschiedung, weil so viel los war.«

»Rosa behauptet, jemand hätte ihr K.-o.-Tropfen in ihr Getränk getan, während sie draußen war«, erklärte Emma. »Sie erinnert sich nämlich nicht mehr daran, was passiert ist, nachdem sie von draußen wieder zurückkam.«

»Und jetzt wollen Sie ernsthaft behaupten, jemand von meinen Gästen hätte das getan?«, fragte Pålsson entrüstet.

»Wir behaupten gar nichts, sondern tragen Aussagen und Fakten zusammen«, entgegnete Emma entschieden. »Also was können Sie zu Rosas Vorwurf sagen?«

»Gar nichts, das klingt in meinen Ohren vollkommen absurd. Warum sollte jemand so etwas tun?«

»Das fragen wir uns auch«, antwortete Emma. »Haglund, wie lange dauert es noch, bis die Kollegen von der Spurensicherung hier sind?«

»Sobald sie in der Wohnung von Sundberg fertig sind, werden sie hier –«

»Ruf sie bitte sofort an«, unterbrach Niklas seinen Kollegen aus Simrishamn. »Sie sollen sich aufteilen und hier augenblicklich loslegen.«

»Das wäre auch in meinem Interesse«, sagte Pålsson mit ruhiger Stimme. »Ich würde nämlich gerne dieses Chaos nebenan beseitigen.«

Niklas beobachtete den Galeristen, während Haglund mit leicht angesäuerter Miene verschwand, um zu telefonieren. Er hatte eigentlich erreichen wollen, dass Pålsson Anzeichen von Nervosität zeigte, aber er tat ihm den Gefallen nicht.

»Wie lange ging das Ganze hier gestern Abend?«, setzte Emma noch einmal nach.

»Um kurz vor zwölf habe ich die Letzten rausgeschmissen. Die meisten sind aber schon früher gegangen.«

»Wer waren die letzten Besucher?«

»Wenn ich mich richtig erinnere, Mila Falk, eine Freundin von mir hier aus dem Ort«, antwortete Pålsson. »Und Ola Lindvall, ebenfalls jemand aus der Kunstszene. Er vermittelt Künstler und –«

»Moment«, ging Niklas dazwischen. »Sagen Sie bitte noch einmal seinen Namen.«

»Ola Lindvall.«

»Der Vermieter der Ferienwohnung, in der Kjell und Rosa übernachtet haben?«

»Ja, er besitzt hier tatsächlich mehrere Wohnungen und Häuser.«

»Und Sie sind sich sicher, dass er gestern Abend zu den Letzten gehörte?«

»Ja, weshalb ist das denn wichtig?«

Niklas blickte zur Seite. An Emmas Blick erkannte er sofort, dass sie dasselbe dachte wie er. Bislang hatte er das Gefühl gehabt, Rosa Møller habe die Wahrheit gesagt. Es gab keine Widersprüche zwischen ihren Aussagen und denen von Pålsson. Doch das hatte sich in diesem Augenblick abrupt geändert.

Idyll

Sie hatten mehrfach an die Zimmertür des blauen Holzhauses im Jochum Becks Väg geklopft, aber Casper Holmen hatte nicht geöffnet. Die Pensionsbesitzerin, eine etwa sechzigjährige resolute Frau mit kurzen blonden Haaren, konnte ihnen nichts über den Verbleib von Holmen sagen, da sie eben erst von einer Familienfeier aus der Nähe von Trelleborg zurückgekommen war.

Entweder war Holmen also nicht hier, oder aber er ahnte, dass sie vorbeikommen würden, und stellte sich – aus welchem Grund auch immer – stumm. Vielleicht trauerte er um seinen Freund. Oder wollte er sich unangenehmen Fragen entziehen?

Niklas hatte kurz überlegt, Haglund anzurufen und darauf zu drängen, Holmen noch heute Abend ausfindig zu machen, um ihn über den gestrigen Abend und seine Freundschaft zu Kjell Sundberg auszuquetschen, aber dann war ein Anruf von Reza dazwischengekommen.

Der Kollege hatte herausgefunden, dass sich Ola Lindvall, wie von Rosa vermutet, längst wieder in Malmö aufhielt. Wann er Kivik verlassen hatte, war zwar noch unklar, aber offenbar hatte er den gesamten Samstag bei seiner Familie verbracht, wie seine Frau bestätigt hatte. Mit ihm gesprochen hatte Reza jedoch noch nicht, weil Lindvall am Nachmittag wegen eines Termins weggefahren sei. Reza hatte vehement darauf bestanden, dass er zurückrufen solle, und seine Frau hatte versprochen, es ihm mitzuteilen. Niklas konnte sich sehr genau vorstellen, wie seine Worte geklungen haben mussten.

Sie hatten vereinbart, dass Reza noch heute Abend nach Malmö zurückfahren und sich gleich morgen früh Lindvall vorknöpfen solle. Den unterschiedlichen Aussagen von Rosa Møller und Pålsson über den Zeitpunkt seines Verlassens der Vernissage mussten sie in jedem Fall nachgehen. Überhaupt war die Rolle von Lindvall in Kivik mehr als nur einen kurzen Blick wert.

Reza hatte zudem eine Namensliste aller Personen zusammengestellt, die gestern Abend bei der Vernissage zugegen gewesen waren. Dreiundzwanzig insgesamt, fünfzehn Männer und acht Frauen. Die meisten von ihnen waren selbst Künstler oder kamen zumindest aus der Branche. Es waren aber auch eine Journalistin, ein Anwalt und zwei pensionierte Lehrer dabei gewesen. Und dann hatte Reza noch einen Namen genannt, der Niklas einen Moment lang völlig aus der Bahn geworfen hatte.

Richard Zetterberg.

Niklas wusste, dass sein Vater gern mal zu Pinsel und Leinwand griff. Er malte vor allem Landschaftsbilder und Porträts, aber dass er Teil der Künstlerszene Kiviks sein sollte, hatte ihm einmal mehr schmerzhaft verdeutlicht, dass nicht nur seine Eltern keinen Schimmer von seinem Leben hatten, sondern auch er nicht von ihrem.

Seit der Fahrt hierher war ihm klar, dass er sie besuchen musste, wenn er schon vor Ort war. Trotz ihres unterkühlten Verhältnisses würde er auch diesmal wieder über seinen Schatten springen und einen Schritt auf sie zugehen. Dass er seinen Besuch nun aber auch noch dafür nutzen musste, Fragen im Rahmen ihrer Ermittlungen zu stellen, bereitete ihm gehöriges Magengrummeln. Gerade weil er wusste, wie wenig sein Vater davon hielt, dass er zur Polizei gegangen war.

Emma hatte ihm gut zugeredet und versucht, ihn davon zu überzeugen, das Gespräch möglichst zurückhaltend anzugehen. Aber auch für sie war die Situation nicht einfach. Denn sie kannte seine Eltern bislang nicht persönlich und konnte gar nicht einschätzen, wie insbesondere sein Vater tickte. Dazu kam, dass Niklas ihnen bislang noch nicht einmal erzählt hatte, dass Pernille und er sich getrennt hatten und es eine neue Frau an seiner Seite gab.

Er dachte an seine erste Begegnung mit Emmas Eltern im vergangenen Jahr. Erst im Nachhinein hatte er verstanden, dass der Vater getestet hatte, ob er der passende Partner für seine Tochter war. Offenbar hatte er den Test bestanden, zumindest waren die weiteren Treffen angenehmer für Niklas verlaufen.

Carl Steen ähnelte in gewisser Weise sogar seinem eigenen Vater. Beide waren über jeden Zweifel erhaben und machten keinen Hehl daraus, dass ihre Meinung keinen Widerspruch zuließ. Eine Eigenschaft, die er selbst niemals an den Tag legen wollte.

Das Haus seiner Eltern lag wie der Tatort in der Stengatan, aber einige hundert Meter weiter nördlich in direkter Nähe zum Strand von Kivik. Ein weißes Holzhaus mit einem großen Garten, in dem Apfel- und Kirschbäume standen. Und mit einem unverbauten Blick auf die tiefblaue Ostsee, die an Sonnentagen wie diesem still und glitzernd dalag und beinahe ein Flair von Südsee ausstrahlte. Es war das totale Idyll.

Und doch wusste er, dass hinter der Tür mit dem blühenden Kranz aus Sommerblumen alles andere als ein Idyll herrschte. Die Ehe seiner Eltern war niemals sonderlich emotional gewesen, eigentlich hatte er schon als Jugendlicher befürchtet, dass die beiden sich eines Tages scheiden lassen würden. Sie redeten kaum miteinander, Probleme wurden immer unter den Teppich gekehrt, und manchmal war sein Vater tagelang gar nicht da gewesen. Niklas hatte oft darüber nachgedacht, ob der Grund dafür vielleicht eine Affäre seines Vaters gewesen war. Er hatte niemals eine Antwort darauf gefunden, allerdings hatte er auch nicht danach gefragt.

Niklas tauschte einen raschen Blick mit Emma, lächelte sie gequält an und schloss für einen kurzen Moment die Augen. Als er sie wieder öffnete und gerade den metallenen Türklopfer benutzen wollte, bewegte sich die Tür. Sie ging erst nur einen Spalt auf, dann immer weiter. Bis Richard Zetterberg, sein Vater, vor ihm stand.

Mehr als zehn Jahre hatte er ihn nicht gesehen. Niklas konnte gar nicht genau sagen, was er erwartet hatte. Dass er einem mit seinen fünfundsiebzig Jahren braun gebrannten, topfit aussehenden Mann, der ihn erwartungsvoll ansah, gegenüberstehen würde, war es jedenfalls nicht gewesen.

»Du hast gewusst, dass ich in Kivik bin und euch besuche?«, fragte Niklas nach einigen Sekunden, in denen er sich sammeln musste und hoffte, sein Vater würde seine Unsicherheit nicht bemerken.

»Wenn die Kripo aus Malmö nach Kivik kommt, weil jemand brutal getötet wurde, gehe ich davon aus, dass mein Sohn die Ermittlungen leitet. Wenn du dich schon für diesen beruflichen Weg entscheiden musstest, dann wohl wenigstens in verantwortlicher Position.«

»Natürlich«, sagte Niklas schmallippig. Augenblicklich hatte er schon wieder genug von seinem Vater. Es hatte sich offenbar nichts geändert. Seine Anspielungen, wie der Sohn zu sein hatte, kannte er nur zu gut. »Können wir reinkommen?«, schob er dennoch hinterher.

»Wenn du mir sagst, wer deine charmante Begleitung ist, dann gerne.«

»Emma Steen, ich bin Kriminalkommissarin bei der Kripo Malmö und Niklas' Kollegin. Und seit etwa eineinhalb Jahren die Freundin von Ihrem Sohn.«

Niklas glaubte, sich verhört zu haben. Hatte Emma das gerade wirklich gesagt?

»Es geschehen noch Zeichen und Wunder«, sagte Richard Zetterberg. »Hätte ich Niklas gar nicht zugetraut. Kommen Sie gerne rein.«

Was zum Teufel ging hier vor sich, durchfuhr es Niklas. Pernille hatte er seinem Vater damals vorgestellt, kurz nachdem sie zusammengekommen waren. Er hatte keinen Hehl daraus gemacht, dass er nicht viel von ihr hielt. Auch ein Grund, weshalb er sie so lange nicht besucht hatte. Aber wie konnte es sein, dass Emma, die nun wahrlich kein Mensch war, der bei anderen sofort Sympathiepunkte sammelte, bei seinem Vater direkt so gut ankam?

Sie folgten ihm ins Innere des Hauses. Niklas erkannte einiges wieder, aber vieles hatte sich seit seinem letzten Besuch auch verändert. Offenbar hatten seine Eltern ihr neues Zuhause nach und nach saniert und neu eingerichtet.

Sie gingen in einen Wintergarten, von dem aus das Meer zu sehen war. Für einen ganz kurzen Moment erwischte sich Niklas bei dem bösen Gedanken, das alles hier eines Tages zu erben. Die Vorstellung war schön und gleichzeitig auch falsch. Denn nichts von alldem hier verband ihn mit seinen Eltern und dem, wie er im Westen Schonens aufgewachsen war.

»Wo ist Mutter?«

»Im Garten oder in der Küche.«

»Also da, wo sie hingehört?«, fragte Niklas provokant.

»Da, wo sie gerne ist«, antwortete Richard Zetterberg kühl. »Du hast immer noch nicht begriffen, dass ich niemals darüber entschieden habe, wer wofür in unserer Familie verantwortlich ist.«

»Aber du hast mir oder Mutter auch niemals das Gefühl gegeben, dass du das, was wir tun, respektierst.«

»Weil du dich unter deiner Würde verkaufst«, entgegnete Richard Zetterberg mit harter Stimme. »Du hättest alles werden können, aber bei der Polizei zu landen wäre mir als Letztes eingefallen.«

»Immerhin hat er dadurch mich kennengelernt«, warf Emma ein.

»Erstaunlich, dass auch Sie nichts anderes aus Ihrem Leben gemacht haben. Ich sehe Ihnen Ihre Kreativität nämlich an.«

»Tatsächlich?«

Niklas spürte sofort, dass die Worte seines Vaters Emma triggerten. Wenn er sie noch weiter provozierte, würde sie ihm gleich klar zu verstehen geben, was sie davon hielt. Daran hatte er keinen Zweifel.

»Meine Frau sagt immer, ich soll mich mehr zurückhalten«, redete Richard Zetterberg weiter. »Es fällt mir bisweilen schwer, vor allem bei meinem Sohn. Aber ich will die Stimmung nicht vermiesen, wenn wir uns schon nach so langer Zeit wiedersehen. Auch wenn das nur der Tatsache geschuldet ist, dass ihr hier eurer Arbeit nachkommen müsst.«

Niklas musterte seinen Vater. Es fühlte sich noch immer surreal an, ihm nach so langer Zeit von Angesicht zu Angesicht gegenüberzustehen. Auch weil die Erinnerung an früher mittlerweile doch ziemlich verblasst war und es ihn überraschte, wie redselig sein Vater war. In seiner Vorstellung existierte ein Mann, der in wenigen Worten seine sehr patriarchalische Meinung äußerte und keinerlei Interesse daran zeigte, welchen Lebensweg er einschlug. Eine Diskussion auf Augenhöhe hatte damals nicht stattgefunden, und es fiel ihm schwer, sich vorzustellen, dass es heute anders sein sollte.

»Um es vorwegzusagen, ich kenne diese Rosa nicht«, sagte Richard Zetterberg, während er sich auf einen der Stühle an dem großen ovalen Tisch im Wintergarten setzte. »Aber Kjell Sundberg war in Kivik ein Begriff. Auch ich habe mich einige Male mit ihm ausgetauscht, wenn er hier war. Er war durchaus ein angenehmer Mensch.«

»Ich wusste nicht, dass du in der Künstlerszene aktiv bist.« Niklas nahm jetzt ebenfalls Platz, während Emma an der breiten Fensterfront stehen blieb und ihren Blick durch den Garten bis aufs Meer schweifen ließ.

»Du weißt so einiges nicht über uns.«

»Wie auch? Ihr habt euch kein einziges Mal bei mir gemeldet, seit ihr hierhergezogen seid.«

»Das hatte Gründe.«

»Die ich nicht kenne«, entgegnete Niklas entschieden.

»Bemerkenswert genug.« Richard Zetterberg zog eine Augenbraue hoch. »Aber das ist nicht der richtige Moment, um darüber zu sprechen. Ihr seid hier, weil ihr mir Fragen über Kjell und, wie ich vermute, den gestrigen Abend stellen wollt. Also bitte schön.«

»Der Fall scheint auf den ersten Blick klar zu sein«, begann Niklas. »Rosa Møller lag blutverschmiert neben dem toten Kjell Sundberg, die Tatwaffe zwischen ihnen. Allerdings bestreitet sie vehement, ihn umgebracht zu haben.«

»Welcher Mörder gesteht seine Tat auch schon sofort?«

»Sie behauptet, jemand hätte ihr auf der Vernissage gestern Abend K.-o.-Tropfen ins Getränk getan. Ihr fehlt jede Erinnerung ab etwa einundzwanzig Uhr.«

»Klingt nach einer ziemlich schwachen Ausrede.«

»Hast du dich gestern Abend mit Kjell und Rosa unterhalten?«

»Nein, ich war beschäftigt.«

»Beschäftigt?«

»Björn Åkerlund war da.«

»Wer?«

»Einer der bekanntesten schwedischen Kunstagenten. Er war dort, weil Viktor dafür sorgen wollte, dass er Casper Holmen unter seine Fittiche nimmt. Ich hätte ihm aber gleich sagen können, dass Åkerlund mit solchen Hobbymalern nichts anfangen kann.«

»Uns wurde berichtet, dass Holmen sehr talentiert sein soll«, warf Emma ein und drehte sich wieder zu ihnen um. »Genauso wie Kjell Sundberg.«

»Das hat euch Viktor erzählt?«

»Unter anderem.«

»Kunst zu beurteilen liegt sicherlich immer im Auge des Betrachters«, erklärte Richard Zetterberg. »Aber es gibt nun mal ein paar grundsätzliche Dinge, handwerklicher und kreativer Art, die man berücksichtigen sollte. Holmen arbeitet unsauber und schafft es nicht, überraschende Akzente zu setzen. Sundberg war ihm um Längen voraus, leider fehlten ihm das Selbstbewusstsein und der Mut, seine Bilder der Öffentlichkeit zu zeigen. Außerdem hat er ein paar falsche Entscheidungen getroffen. Wirklich tragisch, dass er nun keine Gelegenheit mehr hat, seine Werke zu präsentieren. Aber vielleicht wird er ja noch posthum Berühmtheit erlangen.« Richard Zetterberg verzog seinen Mund zu einem bitteren Lächeln.

Niklas sah Emma an, sie schien denselben Gedanken wie er zu haben. Hatte es etwa doch eine größere Rivalität gegeben zwischen Kjell Sundberg und Casper Holmen, den beiden früheren engen Freunden?

»Was hat dieser Åkerlund denn von Sundbergs Arbeit gehalten?«, fragte Niklas. »War er auch deiner Meinung?«

»Davon gehe ich aus, aber ich habe keine Ahnung, ob die beiden miteinander verhandelt haben.«

»Im Gegensatz zu dir?«

»Ja, ich habe den Abend für meine Belange genutzt«, antwortete Richard Zetterberg. »Ich bin im vergangenen Monat fünfundsiebzig Jahre alt geworden, wie du sicherlich weißt. Allzu viel Zeit bleibt mir nicht mehr, um mitzuerleben, wie meine Bilder die Anerkennung bekommen, die sie verdienen. Ich werde Åkerlund in ein paar Tagen wiedertreffen, um in die Details zu gehen.«

»Ihr werdet nicht den ganzen Abend miteinander gesprochen haben«, sagte Niklas. »Erzähl uns doch bitte, was du sonst noch gehört oder beobachtet hast, das für unsere Ermittlungen relevant sein könnte.«

»Der Abend war schrecklich, so wie ich erwartet hatte. Langweilige Reden, fürchterlicher Prosecco und neumodische Drinks, oberflächliche Gespräche und künstlerisches Mittelmaß. Für Viktor natürlich eine höchst erfreuliche Veranstaltung. Nach langer Zeit ist er als Galerist mal wieder in aller Munde. Nicht nur in Kivik.«

»Wann hast du die Vernissage verlassen?«

»Um kurz vor zehn.«

»Zu diesem Zeitpunkt muss es Rosa Møller laut ihrer eigenen Aussage bereits nicht mehr gut gegangen sein. Hast du irgendetwas von ihr mitbekommen?«

»Nein, gar nichts.«

»Was glaubst du, wer Kjell Sundberg umgebracht hat?«

»Kein Thema, das mich beschäftigt. Ich möchte mit Menschen, die in solche Machenschaften verstrickt sind, nichts zu tun haben. Kivik sollte dafür sorgen, dass hier wieder Ruhe einkehrt.«

»Wer ist denn Kivik?«, fragte Emma.

»Diejenigen, die etwas Gutes im Sinn haben.«

Niklas musterte seinen Vater. Er versuchte sich also davon zu distanzieren, was passiert war. Selbst nicht dazuzugehören, obwohl er offensichtlich ein Teil des Ganzen war. Gleichzeitig verband ihn mit diesem Ort mittlerweile aber vielleicht längst viel mehr als mit Malmö und seiner Vergangenheit. »Gab es denn gestern Abend Gäste, die du zu den Guten in Kivik zählen würdest?«

»Das will ich gar nicht beurteilen«, wich Richard Zetterberg aus. »Aber allein die Tatsache, dass der erste Mord in Kivik nach fast dreißig Jahren ausgerechnet in der Künstlerszene passiert, ist doch bezeichnend.«

»Warum?«

»Es geht den meisten doch gar nicht um die Kunst oder den Anspruch, etwas Bedeutendes zu schaffen. Einige wollen sich nur darstellen oder Partys feiern, so wie gestern Abend. Sie trinken zu viel Alkohol, anstatt sich auf das Wesentliche zu konzentrieren. Und sie vermischen ihre Arbeit mit dem Privaten, diese Verflechtungen sind mir zutiefst zuwider. Dass Kjell seine Freundin immer an der Seite hatte, konnte ich nie nachvollziehen. Und er war ja nicht der Einzige. Glaubst du, ich hätte deine Mutter jemals diesen Leuten vorgestellt?«

»Wahrscheinlich nicht.«

»Ganz gewiss nicht«, erwiderte Richard Zetterberg. »Du siehst, diese Welt aus Künstlern und Menschen, die ihr Geld mit uns Künstlern verdienen, ist für mich nicht erstrebenswert. Wir leben hier an einem wunderschönen Ort und haben uns mit diesem Haus unseren Lebenstraum erfüllt. Dass ich seit einigen Jahren male, ist sicherlich Kivik geschuldet. Aber ich habe ziemlich schnell gemerkt, dass ich nicht zu dieser Szene hier gehören möchte. Gestern war der einzige Grund, zu der Vernissage zu gehen, Björn Åkerlund.«

»Ach, und trotzdem geht es dir also nicht ums Geld?«

»Nicht im Geringsten. Ich habe meine Schäfchen schon lange im Trockenen. Das heißt aber nicht, dass meine Kunst nicht bekannt werden darf.«

»Sagt dir der Name Ola Lindvall etwas?«

»Klar, jeder hier kennt ihn. Das ist allerdings kein Kompliment.«

»Erzähl uns bitte mehr.«

»Lindvall ist einer dieser Typen, die ich meine. Er profitiert davon, dass Kivik sich das Image des Künstlerdorfs auf die Fahnen geschrieben hat. Er kauft eine Immobilie nach der anderen auf, um sie zu sanieren und überteuert zu vermieten.«

»Muss man nicht gut finden, ist aber auch nicht verwerflich, oder?«

»Das hier ist Kivik, nicht Malmö oder Kopenhagen. Ich kenne hier niemanden, der möchte, dass Kivik sich zu einem angesagten Ort für reiche Schweden oder solche, die sich dafür halten, entwickelt. Hier soll alles so bleiben, wie es ist.«

»Weshalb war er gestern auf der Vernissage?«, hakte Niklas weiter nach.

»Das frage ich mich allerdings auch.«

»Wenn ich richtig informiert bin, vermittelt auch Lindvall Künstler.«

»Wer behauptet das?«, platzte Richard Zetterberg heraus.

»Viktor Pålsson.«

»Viktor hat sich von Lindvall bequatschen lassen«, reagierte Niklas' Vater aufgebracht. »Für die nächsten beiden Ausstellungen im Spätsommer und Herbst hat er ihm zwei Maler aus Malmö und Helsingborg vermittelt, die er offenbar persönlich kennt. Aus künstlerischer Sicht ist es jedenfalls nicht nachvollziehbar.«

»Sich bequatschen zu lassen?«, fragte Emma argwöhnisch.

»Natürlich hat Viktor finanzielle Vorteile durch diese Entscheidung«, antwortete Richard Zetterberg angesäuert. »Ich bin mir sicher, dass Lindvall ihm so viel Geld zugesteckt hat, dass er nicht Nein sagen konnte. Damit sorgt er dafür, dass in Kivik nicht mehr die talentiertesten und besten Künstler Schonens ausstellen, sondern die mit den meisten Mitteln und dem besten Draht zu Lindvall.«

»Pålsson scheint aber nicht so überzeugt von ihm zu sein, wenn er wollte, dass sich dieser Åkerlund um Casper Holmen kümmert.«

»Lindvall ist kein Kunstagent, das weiß auch Viktor. Da er einen Narren an Holmen gefressen hat, wollte er ihn unbedingt an Åkerlund vermitteln.«

»Scheint dich sehr zu stören.«

»Weißt du, ich mag Viktor, wirklich«, sagte Richard Zetterberg schmallippig. »Aber leider muss ich auch feststellen, dass er einfach keinen guten Riecher für die richtigen Entscheidungen hat. Und das ist wirklich schmeichelhaft gemeint. Wenn ich böse wäre, würde ich sagen, Viktor hat von Kunst keine Ahnung, aber lassen wir das.«

»Denkst du, dass irgendetwas davon mit Kjell Sundbergs Tod zu tun haben könnte?«

»Ich wüsste nicht, was, aber ich habe mir darüber bislang auch keine Gedanken gemacht.«

Niklas musterte seinen Vater. Sollte er ihm wirklich abnehmen, dass es ihn nicht interessierte, was gestern Nacht in der Ferienwohnung ein Stück weiter südlich in der Stengatan passiert war? Irgendwie schwer vorstellbar.

»Habt ihr eigentlich schon herausgefunden, wer der anonyme Anrufer war, der sich bei der Polizei in Simrishamn gemeldet hat?«, unterbrach Richard Zetterberg seine Gedanken.

»Nein«, antwortete Niklas. »Aber das ist natürlich ein ganz wichtiger –«

»Moment mal«, fuhr Emma dazwischen. »Woher wissen Sie denn davon?«

Niklas brauchte einen Moment, dann verstand er, worauf sie hinauswollte. Wie zur Bestätigung huschte ein kurzes Lächeln über das Gesicht seines Vaters.

»Du …«

»Ich will nichts mit diesem ganzen Mist zu tun haben«, sagte Richard Zetterberg mit fester Stimme. Sein Lächeln war wieder verschwunden. »Deswegen habe ich es vorgezogen, anonym zu bleiben.«

»Woher wusstest du es?«

»Ein Zufall, den ich mir gerne erspart hätte. Ich war sehr früh wach, und auf dem Weg zum Bäcker fiel mir ein, dass ich Sundberg etwas geben wollte. Als er nicht öffnete, habe ich den Fehler gemacht, ums Haus zu gehen und durchs Fenster zu sehen.«

Niklas atmete tief durch. Nicht nur dass die möglichen Verstrickungen in diesen Mordfall mit jedem Gespräch komplizierter wurden, nun war auch noch sein eigener Vater auf gewisse Weise involviert.

»Sie konnten also sehen, dass Sundberg tot war?«, fragte Emma.

»Ich habe zumindest viel Blut gesehen. Es sah fürchterlich aus.«

»Was wolltest du Sundberg geben?«, hakte Niklas nach.

»Das spielt keine Rolle.«

»Ich hoffe, dass es wirklich so ist. Aber es wäre schön, wenn du trotzdem sagen würdest, weshalb du dort gewesen bist.«

»Für eure Ermittlungen vollkommen unwichtig«, antwortete Richard Zetterberg ausweichend. »Lass uns jetzt deiner Mutter helfen. Sie hat etwas zu essen vorbereitet.«

Niklas wollte weiter insistieren, damit ihm sein Vater wirklich alles erzählte, was ihnen weiterhalf. Er würde das Angebot zum Abendessen annehmen und seine Frage später noch einmal stellen.

Denn jetzt dachte er nur noch an seine Mutter. Sie nach so langer Zeit wiederzusehen, würde um einiges emotionaler ausfallen, als seinem alten Herrn in die Augen zu sehen. Und auch wenn die Erinnerung an seine Kindheit und Jugend schon ziemlich verblasst war, eines stand fest: Niemand konnte so gut kochen wie seine Mutter.

Die Nacht, die keine war

Die Zweifel, ob er das Richtige tat, kamen seltener und waren kleiner, als er befürchtet hatte. Dagegen war die Überzeugung, dass es kein Zufall sein konnte, umso größer.

In dem Moment, als er den grünen Geländewagen vor dem Haus in der Stengatan gesehen hatte, war der schwarze Vorhang vor seinem inneren Auge wie von Geisterhand bewegt verschwunden. Alles, was so lange Zeit verschwommen gewesen war, war plötzlich klar und deutlich erschienen und hatte sich wie ein großes Puzzle im Zeitraffer zusammengefügt.

Der Traum, in dem er den Geländewagen gesehen hatte – auf einmal ergab er einen Sinn. Sein Unterbewusstsein hatte ihm schon damals ein Zeichen geben wollen, aber er hatte es nicht ernst genommen. Ja, irgendwann hatte er seinen Eltern und den Ärzten davon erzählt, welche Bilder er im Traum gesehen hatte, aber doch nur, damit er ihnen irgendetwas hinwarf. Damit sie ihn in Ruhe ließen.

Er war sich sicher gewesen, dass der Moment, in dem Maja verschwunden war, so tief in seinem Unterbewusstsein versteckt war, dass er niemals wieder zum Vorschein kommen würde. Es gab keine Chance, die Erinnerung jemals wieder zu aktivieren.

Vielleicht war es aber auch so, dass die Bilder von damals gar nicht irgendwo versteckt waren, hatte er oft gedacht. Vielleicht gab es gar keine Bilder. Sie existierten nicht, weil er gar nichts gesehen hatte. Weil er damit beschäftigt gewesen war, auf dem Gerüst herumzuklettern, und Maja auf dem Spielplatz aus den Augen verloren hatte.

War sie einfach abgehauen? Oder hatte jemand sie in ein fremdes Auto gezogen und entführt? In einen Geländewagen? Einen grünen Geländewagen? So, wie er es ihnen erzählt hatte? Gab es dieses Versteck in seinem Unterbewusstsein oder nicht? Und hatte es sich womöglich einen Spalt geöffnet?

Sein ganzes Leben lang hatten ihn diese Fragen gequält, obwohl er immer versucht hatte, sie zu verdrängen. Nicht zuzulassen, dass sie ihn kaputtmachten. Aber nicht nur einmal hatte er am Abgrund gestanden. Viel hätte nicht gefehlt, und er wäre Maja ins Jenseits gefolgt. Denn dass sie nicht mehr am Leben war, dieser Gedanke war die meiste Zeit über vorherrschend gewesen. Und dass er die Verantwortung dafür trug, dass sie tot war, weil er nicht auf sie aufgepasst hatte. Weil er als großer Bruder versagt hatte.

Vor drei Tagen hatte sich aber alles verändert. Der Geländewagen war keine Einbildung gewesen, das war ihm von einem auf den anderen Moment bewusst geworden. Die Erkenntnis hatte ihn derart heftig getroffen, dass er nach seiner Schockstarre davongelaufen war, statt an der Tür des Hauses zu klingeln und einfach den Besitzer des Wagens anzusprechen. Vielleicht hatte er auch Angst verspürt. Panik vor der Wahrheit und der Konfrontation.

Stundenlang war er umhergeirrt. Erst durch den Ort, dann an der Küste entlang in Richtung Süden. Er hatte versucht, seine Gedanken zu ordnen. Was das Ganze zu bedeuten hatte. Und vor allem, wie er nun vorgehen sollte. Wie er mehr über Majas Schicksal herausfinden konnte. Wie er sie finden und hoffentlich befreien konnte, sollte sie noch leben. Und auch, was er mit demjenigen tun würde, der für all dieses Grauen in ihrem und seinem Leben verantwortlich war.

Er war bis nach Simrishamn gelaufen, kilometerweit. Hatte sogar vergessen, dass sein Auto noch an dem kleinen Hafen in Kivik war. Die Welt um ihn herum hatte stillgestanden, während er gelaufen war. Würde er sich nicht bewegen, geriete die Welt dagegen endgültig aus den Fugen, hatte er befürchtet.

In der Stadt hatte er schließlich erschöpft eine Bar betreten und sich in einer ungestörten Ecke ganz hinten an der Theke einen Platz gesucht. Es hatte nicht lange gedauert, dann war die Ohnmacht zurückgekehrt. Seine Gedanken rasten, und er bekam nicht einen einzigen davon zu fassen. Einige Drinks, die er rasch hinuntergekippt hatte, halfen ihm ein wenig. Verhinderten aber gleichzeitig, dass er einen sinnvollen Plan schmieden konnte.

Alles schien plötzlich klar zu sein und gleichzeitig doch so undurchsichtig wie nie zuvor. Was damals passiert war, wusste er noch immer nicht. Aber was er gesehen hatte, war eindeutig. Endlich hatte er den Weg zu ihr gefunden. Maja war nicht tot, sie lebte. So musste es sein. Der Geländewagen war das Zeichen gewesen, auf das er so lange gewartet hatte. Er konnte seine Schwester befreien, sie zurückholen. Endlich für sie da sein, so wie er es damals hätte sein sollen.

Ein älterer Mann hatte sich schweigend neben ihn gesetzt. Der Barmann hatte ihm unaufgefordert ein Bier hingestellt und nach zehn Minuten ein weiteres. Sie waren ins Reden gekommen. Belangloses.

Über Maja hatte er nie mit jemandem gesprochen. Mit Ausnahme der Ärzte und seiner Eltern. Doch ausgerechnet in diesem Moment hatte er das Bedürfnis danach verspürt und nach einem weiteren Drink schließlich das Gefühl gehabt, er könne diesem Fremden sein Herz ausschütten. Doch während er erzählt hatte, was damals passiert und wie sein Leben anschließend verlaufen war, hatte er plötzlich gemerkt, wie wirr das alles klang. Wie wenig Sinn so viele seiner Erinnerungen und die Entdeckung des Geländewagens ergaben. Und wie wenig davon erst dieser Mann neben ihm verstehen musste.

Er hatte schon abbrechen wollen, als der Unbekannte plötzlich mitleidig lächelnd nachgefragt hatte, ob er ernsthaft glaube, dass Maja noch am Leben sei. Einen Moment lang hatte es ihm die Sprache verschlagen. Dann war es in seinem Kopf für einen kurzen Augenblick dunkel geworden, die Sicherungen waren komplett durchgebrannt. Er hatte den Mann, den er auf mindestens Mitte fünfzig schätzte, im Nacken gepackt und sein Gesicht mit voller Wucht auf die hölzerne Theke geknallt. Das Geräusch der brechenden Nase war deutlich zu hören gewesen. Binnen wenigen Sekunden war das Blut aus der Nase des Mannes geschossen.

Er hatte einen Zweihundert-Kronen-Schein, der für seine

Drinks nicht ausreichte, auf die Theke gelegt und war eiligst aus der Bar gelaufen. Die aufgeregten Schreie aus dem Laden hatte er zwar noch wahrgenommen, aber er kannte solche Situationen nur allzu gut. Wenn er mal wieder einen Schritt zu weit gegangen war und die Kontrolle über sich verloren hatte, musste er sich immer schnell aus dem Staub machen. Dann funktionierte er am besten. Weil er insgeheim wusste, wofür er das alles tat.

Es ging um Maja, alles in seinem Leben drehte sich um seine verschwundene Schwester. Und wenn ihm jemand blöd kam, dann stand ihm jedes Recht der Welt zu, denjenigen spüren zu lassen, was er davon hielt.

Obwohl es schon spät am Abend gewesen war, hatte die Sonne noch am Himmel gestanden. Es waren die längsten Tage des Jahres, bis Midsommar war es nicht einmal mehr eine Woche. Er hatte es nie gemocht, wenn alle Menschen feierten. Mit ihren Familien und engsten Freunden. So glücklich und vollkommen. Gefühle, die er nicht kannte.

Das Dämmerlicht hatte ihm den Weg zurück geleitet. Über zwölf Kilometer. Manchmal war er gerannt, manchmal gemütlich gegangen. In der Gewissheit, dass ihm niemand folgte. Um kurz vor zwei hatte er seinen Wagen im Hafen schließlich aufgeschlossen. Er hatte sich wieder nüchtern gefühlt, aber wahrscheinlich war er noch längst nicht fahrtüchtig gewesen.

Er hatte eine Weile dagesessen, seine möglichen Optionen durchdacht und wieder verworfen. Dann hatte er den Schlüssel umgedreht und war losgefahren. Los in die Nacht, die keine war. Ohne ein Ziel, weil er ziellos war.

Jetzt stand er wieder hier an der Stelle, an der er vor zwei Tagen den grünen Geländewagen beobachtet hatte. Der Wagen war allerdings nicht mehr da. Ein anderes Fahrzeug stand vor dem Haus. Es brannte ein einsames Licht im Erdgeschoss. Die Situation war eine andere als vor zwei Tagen.

Plötzlich zweifelte er an seinem Verstand. War das, was er gesehen hatte, etwa doch nur Einbildung gewesen? Gab es den Geländewagen gar nicht? Er brauchte endlich Antworten auf seine Fragen. Ein Lebenszeichen von Maja. Irgendetwas, das ihn in seinen Gedanken bestätigte. Aber das funktionierte nicht, wenn er hier in seinem Auto saß und sich den Kopf zermarterte. Eine Antwort würde er nur erhalten, wenn er all seinen Mut zusammennahm und denjenigen, der in diesem Haus lebte, zur Rede stellte.

Er beugte sich vor und öffnete das Handschuhfach vor dem Beifahrersitz. Das Messer lag dort, wo es sein sollte. Er griff danach und steckte es sich in die hintere Hosentasche. Dann stieg er aus dem Wagen aus, sog einmal tief die frische Nachtluft ein und setzte sich langsam in Bewegung. In Richtung des Hauses, in dem er erfahren würde, was mit seiner Schwester geschehen war.

Die Gedanken in Viktor Pålssons Kopf wurden nicht müde. Noch eine Runde. Und noch eine. Eine wilde Achterbahnfahrt, die einfach nicht enden wollte. Immer und immer wieder bretterten die mit Angst, Zweifeln und Unwissenheit beladenen Wagen durch sein Gehirn. Und mit jeder neuen Fahrt wurde ihm noch schwindeliger.

Was hätte er der Polizei denn sagen sollen? Etwa die ganze Wahrheit über das schmutzige Geschäft? Die große Lügengeschichte, mit der sich so einige im Ort schuldig machten? Nein, er hatte stattdessen versucht, so wenig wie möglich preiszugeben und vor allem jeglichen Verdacht von Casper und sich selbst abzuwenden.

Aber er war überrascht gewesen, dass sie ihm nicht noch mehr auf den Zahn gefühlt hatten, sie schienen bislang so gut wie nichts über den Abend der Vernissage zu wissen. Und über Kivik, die Menschen hier. Und natürlich darüber, was hier geschehen war.

Auch Rosa hatte offenbar bislang nichts verraten. Die Situation musste furchtbar für sie sein. Egal was letztlich passiert war, sie musste in diesen Stunden durch die Hölle gehen. Und ihm war klar, dass es niemanden gab, der ihr helfen konnte. Denn niemand würde der Polizei etwas sagen. Die einen nicht, weil sie nichts wussten oder sich zumindest nicht sicher waren, was vorgefallen war. Die anderen nicht, weil sie grundsätzlich niemals über ihre Mitmenschen sprachen. Und schon gar nicht, wenn es etwas war, das jemanden in Schwierigkeiten bringen konnte.

Aber genau das war das Problem, denn Rosa steckte in Schwierigkeiten. Und zwar in verdammt großen. Wenn sich jedoch bewahrheitete, was er befürchtete, waren ihre Schwierigkeiten gar nichts im Vergleich zu denen, die manch anderen hier erwarten würden.

Die Achterbahnfahrt wollte nicht aufhören. Pålsson fasste

sich an den Kopf, massierte wieder seine Schläfen. Wie er es seit Stunden tat. Er hatte sich hingelegt und versucht zu schlafen. Ohne Erfolg. Es war weit nach Mitternacht, aber er kam einfach nicht zur Ruhe. Die Helligkeit tat ihr Übriges. Wenn wenigstens Wolken die Nacht ein wenig dunkler gemacht hätten.

Kurzerhand schnappte er sich eine Packung Zigaretten und ein Feuerzeug, schlüpfte im Flur in ein Paar Mokassins und verließ sein Haus in der Kapplabacken, in dem er seit dreißig Jahren lebte und arbeitete. Pålsson ging strammen Schrittes den Tittutvägen entlang und sog die nächtliche Sommerluft tief ein. Es war noch immer angenehm warm. Kaum Wind, der die Temperaturen herunterkühlte.

Er kannte jeden hier in Kivik, aber das war kein Vorteil, wenn es darum ging, etwas in Erfahrung zu bringen oder Dinge zu regeln. Jeder kannte in Kivik nun mal jeden. Doch waren wirklich alle so verschwiegen, wie er glaubte? Denn da gab es eine Ausnahme, natürlich. Er hatte im ersten Moment nicht an ihn gedacht, aber da war tatsächlich jemand, der mehr wusste als alle anderen. Und der sein Wissen auch teilte, sofern der Preis stimmte.

Oscar Fredriksson.

Dieser Mann konnte hilfreich sein, falls man selbst auf der Suche nach Informationen war. Aber noch viel mehr stellte er eine Gefahr dar, wenn er anderen etwas steckte, das einen selbst betraf. Und nach allem, was passiert und gestern Nacht offenbar eskaliert war, konnte Pålsson nicht sicher sein, was genau dieser Mann wusste und wem er vielleicht Dinge steckte, die besser niemand erfahren sollte.

Fredriksson war ein verschrobener Kauz. Er wohnte unten am Hafen in einer alten Baracke. Soweit Pålsson wusste, verdiente er sich sein Geld mit geangelten Fischen und ein paar Gelegenheitsjobs, wozu wahrscheinlich auch der Verkauf von Informationen gehörte. Wobei sich Pålsson gar nicht vorstellen konnte, welche wichtigen Informationen denn ständig in Kivik auszutauschen waren, außer den aktuellen Wettervorhersagen und Windverhältnissen. Schließlich gab es hier doch nichts anderes, was von Bedeutung war. Die Fischerei und ein wenig

Tourismus. Und natürlich die Kunstszene und die unschönen Sachen, in die sie verwickelt war.

Es gab einfach Dinge, über die besser niemand etwas wusste, der nicht involviert war. Und Pålsson hätte alles dafür getan, selbst nichts von den Dingen zu wissen, die Sundberg wohl das Leben gekostet hatten. Aber er kannte nun mal die Hintergründe, und das war nicht gut.

Der kleine Strandabschnitt war viel schmaler als der bekannte Strand von Sandhammaren ganz im Süden von Österlen. Niemanden in Kivik störte das, im Gegenteil. Denn auch dadurch war dieser Ort in den letzten Jahren vom großen Tourismus noch verschont geblieben. Sollten sich diese ganzen Urlauber doch bloß weiterhin andere Küstenregionen suchen.

Direkt hinter dem Strand befand sich eine steilere Böschung, und einige Meter dahinter grenzte ein Streifen Wald an. Alles sah hier noch so unberührt aus, und an manchen Tagen im Herbst, wenn die Stürme Treibgut anspülten, konnte man das Gefühl haben, sich auf einer einsamen, unbewohnten Insel in der Südsee zu befinden.

Er setzte sich auf die Reste eines Baumstamms, der schon seit Jahren hier lag, und sah in den Nachthimmel. Er erinnerte ihn an eine etwas überbelichtete Fototapete, auf der sämtliche Sternbilder und ein nahezu voller Mond zu sehen waren. Keine künstlichen Lichter, die den Anblick störten, und keine Strandcafés mit lauten Menschen. Nicht am Tag und schon gar nicht in dieser Nacht. Pålsson war ganz allein. Mit sich und seinen Gedanken.

Er fuhr sich durch die Haare und versuchte noch einmal, alles in seinem Kopf zu ordnen. Fredriksson war zweifellos ein Risiko, aber auch sonst war es naiv zu denken, die Polizei würde nicht hinter die Wahrheit kommen. Egal, wie schweigsam die Menschen in Kivik waren. Die Wahrheit über den Tod von Kjell Sundberg und die Wahrheit über all das, was damit in Verbindung stand, würde nicht auf ewig unter Verschluss bleiben können.

Es machte ihm Angst. Nicht weil er selbst Teil des Ganzen war, zumindest nicht an vorderster Front, sondern weil er sich sicher war, dass Kivik nicht mehr so sein würde, wie es war. Käme die Wahrheit ans Licht, wäre der Ruf als Künstlerdorf in alle Ewigkeit ruiniert. Und spätestens dann hätte auch er ein großes Problem. Denn selbst wenn er hin und wieder mit dem Gedanken rang, seine Galerie aufzugeben und in den wohlverdienten Ruhestand zu gehen, so ganz wollte und konnte er auch aus finanziellen Gründen noch nicht loslassen.

Wenn sie das Problem Fredriksson aus dem Weg räumten, ließe sich vielleicht etwas Zeit gewinnen, fuhr es ihm plötzlich durch den Kopf. Nur wie konnten sie diese Zeit überhaupt nutzen, wenn eines Tages ohnehin alles ans Licht kommen würde, dachte er verzweifelt.

Pålsson atmete wieder tief durch und versuchte, die Achterbahnfahrt endlich zu stoppen. Er war hier nicht derjenige, den es am härtesten traf. Nicht einmal ansatzweise. Er sollte sich eigentlich dafür schämen, so jämmerlich und egoistisch zu denken. Anstatt sich um Rosa zu kümmern und ihr zu helfen, damit sie möglichst schnell aus der Haft freikam, saß er hier wie ein Häufchen Elend. Was auch passiert war, dass die Situation so eskalieren konnte, wer auch immer einen solchen Hass auf Kjell gehabt hatte, um ihn derart brutal zu töten, er war sich sicher, dass Rosa nichts damit zu tun hatte.

Wenn er schon nicht abwenden konnte, dass in Kiviks Künstlerszene bald eine Bombe platzte, dann musste er wenigstens dafür sorgen, dass nicht eine Unschuldige in Haft saß. Er kannte Rosa zwar nicht sonderlich gut, aber sie schien Kjell bei all seinen geschäftlichen und künstlerischen Aktivitäten mit großer Liebe und Leidenschaft unterstützt zu haben.

Am Abend der Vernissage hatte er sie draußen beim Frische-Luft-Schnappen getroffen. Sie war redselig, aber auch ziemlich aufgewühlt gewesen. Zweifellos hatte sie zu viel Alkohol getrunken. Und sie hatte ein paar seltsame Bemerkungen gemacht, die er nicht einordnen konnte. Als wäre etwas vorgefallen, das sie bedrückte. Aber doch nichts, weshalb sie ein paar Stunden später ihren Freund ermordet hätte?

Pålsson dachte an den Moment, als Kjell ihm geschrieben

und die Vernissage abgesagt hatte. Aus persönlichen Gründen. Sie hatten miteinander telefoniert, aber er hatte nicht weiter nachgefragt, weil er wusste, dass es seine Selbstzweifel waren, die ihn plagten. Er war zweifellos ein toller Maler gewesen, aber die fehlende Überzeugung von seinem eigenen Können hatte ihm nicht zum ersten Mal einen Strich durch die Rechnung gemacht. Pålsson hatte ihm Vorwürfe gemacht, weil er im ersten Moment vollkommen überrumpelt gewesen war. Wochenlang hatte Funkstille zwischen ihnen geherrscht. Als er mit Casper schließlich einen Ersatz gefunden und auch noch erfahren hatte, dass sich die beiden kannten, hatte er Kjell und Rosa zur Vernissage eingeladen. Und sie waren gekommen, was ihn sehr gefreut hatte. Auch wenn er mit Kjell kaum ein Wort gewechselt hatte. Hätte er gewusst, dass dieser Abend die letzte Chance sein sollte, sich mit ihm zu versöhnen, dann …

Pålsson stoppte den Gedanken. Nicht nur weil er einen Kloß im Hals verspürte, sondern auch wegen des leisen Geräuschs, dessen Ursprung er in dem angrenzenden Waldstück vermutete. Ein Knacken im Unterholz, ein Wildschwein oder ein Fuchs. Vielleicht ein Reh, Elche kamen hier nur höchst selten vor.

Abwechselnd blickte Pålsson nun wieder in den Himmel und aufs Meer. Alles verschwamm in einem leicht dunkelblauen Einerlei, das von einer nicht gänzlich untergehenden Sonne, einem hellen Mond und strahlenden Sternen beleuchtet wurde. Er ertappte sich dabei, wie er seine Arme ausstreckte, als wollte er irgendwohin am Horizont verschwinden. Wie E.T. mit seiner Sehnsucht nach zu Hause wünschte er sich einen Ausweg aus dem ganzen Schlamassel der letzten Tage.

Dass sich seine Sehnsucht im nächsten Moment erfüllen würde, hätte Pålsson sich dennoch nicht vorstellen können. Und schon gar nicht auf diese grauenhafte Weise. Es kam so überraschend, dass er keine Chance mehr hatte zu reagieren. Ein Schlag auf den Hinterkopf mit einem stumpfen Gegenstand setzte ihn sofort außer Gefecht. So heftig, dass er nichts mehr von den Torturen mitbekam, die wenig später zu seinem Tod führten.

Kapselkaffee

Seine Mutter hatte gestern Abend Lachsfilet mit Kräuterkruste aus dem Ofen vorbereitet. Niklas hatte einen raschen Blick mit Emma getauscht und geschmunzelt. Aber sofort hatte er bemerkt, dass ihr die Situation alles andere als angenehm gewesen war.

Nicht nur dass die Qualität des Fischs eine bessere war als der Lachs aus dem Supermarkt, den Emma heute Mittag gekocht hatte. Denn hier in Kivik gab es unten am Hafen den frischesten und besten Fisch, den er sich vorstellen konnte. Seine Mutter kochte einfach herausragend, und das wusste Emma nur allzu gut, weil er ihr oft davon erzählt hatte. Er wurde dennoch das Gefühl nicht los, dass Emma ein Problem damit hatte, dabei lag ihm nichts ferner, als hier eine Konkurrenzsituation zu schaffen. Ohnehin kochten Emma und er meistens gemeinsam.

In der Küche war seine Mutter in ihrem Element wie niemand sonst, den er kannte. Hier durfte sie niemand stören, Hilfe lehnte sie kategorisch ab. Zwar hatten in vielen Familien längst die Männer das Zepter übernommen und die Arbeitsplatten in ihren modernen Küchen als neue Werkbank entdeckt, mit entsprechend hochwertigem Equipment und dem Ehrgeiz, die eigenen Kochkünste möglichst in die Nähe von Sterneköchen zu rücken. Aber niemand von diesen Männern, und er selbst am allerwenigsten, konnte seiner Mutter das Wasser reichen. Bei ihr schmeckte es einfach immer perfekt, als stammten alle schwedischen Klassiker von ihr.

Er hatte kurzzeitig ein heimeliges Gefühl gehabt. An Kindheit und Unbeschwertheit gedacht. An eine Zeit, die ihm zwar verschwommen erschien, die er aber mit glücklichen Momenten verband. Weit bevor sich das Verhältnis zu seinen Eltern zum Negativen verändert hatte.

Das Gespräch mit seinen Eltern bei Tisch hatte allerdings schnell dazu geführt, dass die positiven Assoziationen, die der

Ofenlachs in ihm ausgelöst hatte, verflogen waren. Die beiden waren kühl und reserviert und die Vorwürfe wegen seiner Lebens- und Karriereplanung auf subtile Weise allgegenwärtig gewesen. Er hatte letztlich darauf verzichtet, den beiden mehr von Emma und sich zu erzählen. Es hätte wahrscheinlich nur zu weiteren unangenehmen Fragen und Kommentaren geführt. Und das wollte er Emma nun wirklich ersparen.

Zweimal hatte er versucht, von seinem Vater doch noch in Erfahrung zu bringen, was er Kjell Sundberg am frühen Morgen nach der Vernissage hatte bringen wollen, aber sein alter Herr war unnachgiebig geblieben. Er hatte das Thema sofort beiseitegewischt, und seine Mimik hatte keinen Zweifel daran aufkommen lassen, dass es niemanden etwas angehe.

Niklas raffte sich aus dem Bett hoch und stand so leise wie möglich auf. Emma schlief noch, und er wollte sie nicht wecken. Aber die Holzdielen knarzten so laut, dass sie mit Sicherheit auch wach geworden war.

Vorsichtig schlich er weiter in die angrenzende Küche und warf einen Blick zurück. Emma hatte ihre Position nicht verändert. Sie lag auf der Seite, mit dem Gesicht zu seiner Betthälfte. Unter der Decke lugten ihre braun gebrannten Beine hervor. Sie sah einfach umwerfend aus. In diesem Moment fiel es ihm schwer zu glauben, dass er nach der langen und schwierigen Zeit mit Pernille wieder eine feste und stabile Beziehung führte. Und das auch noch mit einer so attraktiven, subtil humorvollen und gelegentlich sehr speziellen Frau.

Die Sonne stand schon einigermaßen hoch am Himmel und durchflutete trotz des nur kleinen Fensters die Küche. Die alten Strickvorhänge boten kaum einen Sichtschutz zur Stengatan. Aber wenn es einen Ort gab, an dem ein Sichtschutz zur Straße an einem Sonntagmorgen nicht notwendig war, dann wohl in Kivik. Der ganze Ort lag mit Sicherheit noch im Tiefschlaf. Friedlich und voller Unschuld wie das sanft glitzernde Wasser der Ostsee.

Friedlich, wiederholte Niklas leise. Er verzog den Mund zu einem gequälten Lächeln. Was hier geschehen war, war das komplette Gegenteil. Ein brutaler Mord, eine Verdächtige, die jegliche Schuld von sich wies, sich allerdings nicht einmal an die Tatnacht erinnern konnte, und mittlerweile so einige Ungereimtheiten, die Niklas an Rosas Schuld tatsächlich zweifeln ließen.

Dass ausgerechnet sein Vater Teil der Ermittlungen geworden war und ein möglicherweise wichtiges Detail nicht verraten wollte, machte die Sache nicht nur komplizierter, sondern für ihn persönlich zu einem Problem. Wenn sein Vater tatsächlich entscheidende Informationen zurückhielt, würde er ihn wie jeden anderen Zeugen behandeln und ihn vorladen müssen. Der Gedanke daran bereitete ihm Magenschmerzen.

Die Ferienwohnung, die ihnen Anders Haglund gestern Abend noch vermittelt hatte, war einfach ausgestattet, besaß jedoch alles, was sie für die kurze Zeit in Kivik benötigten. Noch hatte er die Hoffnung, dass sie den Fall innerhalb weniger Stunden oder Tage aufklären und wie geplant ihren Urlaub antreten konnten. Emma hatte gestern Abend darauf bestanden, heute im Tagesverlauf zurück nach Malmö zu fahren und einen kleinen Koffer mit ein paar Klamotten und anderen Notwendigkeiten zu packen. Niklas war zwar durchaus ein eitler Mensch, der auf sein Äußeres Wert legte, aber wäre es nach ihm gegangen, hätte das, was sie auf die Schnelle mitgenommen hatten, für ein paar Tage gereicht. Doch vielleicht würden sie die Fahrt mit einem Gespräch mit Ola Lindvall verbinden. Je nachdem, was Reza ihnen berichten würde.

Solange die Ergebnisse der Spurensicherung noch nicht vorlagen und keine eindeutigen Beweise für Rosa Møllers Schuld sprachen, mussten sie jeder Spur nachgehen. Und irgendeine Rolle in dem Ganzen schien Lindvall offenbar zu spielen. Nicht nur dass sein Vater alles andere als gut auf diesen Mann zu sprechen war, es gab auch unterschiedliche Aussagen darüber, wann Lindvall vorgestern Abend die Vernissage verlassen hatte.

Niklas legte eine Kapsel in die Kaffeemaschine und drehte den Hebel nach unten. Dann drückte er die Espressotaste und wartete, bis unter lautem Brummen die kleine Tasse, die er bereitgestellt hatte, volllief. Dabei sah er durch das kleine Fenster auf die Stengatan und die pittoresken bunten Häuser. Wahrlich nicht der schlechteste Ort, um seinen Ruhestand zu genießen, dachte er wieder.

Eigentlich konnte er seine Eltern total verstehen. Malmö und die Region am Öresund waren ihnen zu anstrengend geworden, zu modern und zu hektisch. Sie hatten sich etwas Verschlafenes ausgesucht, einen Ort, der vielleicht noch so war, wie es Astrid Lindgren beschrieben hatte, wie seine Eltern es selbst noch aus ihrer Kindheit kannten. Und dann kam auch noch die Malerei seines Vaters dazu, von der Niklas nur wenig gewusst hatte. Kivik war der ideale Ort für alles, wonach sie sich für ihren Lebensabend gesehnt hatten.

Der Kaffee war mittlerweile durchgelaufen. Noch in Gedanken griff Niklas nach seiner Tasse, den Blick weiter auf die Stengatan gerichtet. Im nächsten Moment zuckte er heftig zusammen. Die Tasse fiel ihm sofort aus der Hand und landete auf der Arbeitsplatte.

Dass sich der heiße Espresso langsam seinen Weg über die Kante Richtung Fliesenboden bahnte, interessierte Niklas in diesem Augenblick allerdings nicht. Denn dort draußen, direkt vor seiner Nase, ging eine Person vorbei, die da eigentlich nicht sein durfte. Die Frau mit den schwarzen langen Haaren und dem blassen Teint war nämlich zweifellos Rosa Møller.

Komischer Kauz

Niklas zögerte einen kurzen Augenblick, nachdem Rosa Møller auf seine Ansprache nicht reagierte. Dann griff er kurzerhand ihren Oberarm und zog sie zu sich, so sanft wie es ihm in diesem Moment möglich war. Nur widerwillig drehte sie sich zu ihm um und sah ihn aus leeren Augen an. Ähnlich wie bei der gestrigen Befragung in der Polizeistation, nur schien sie diesmal noch viel weiter weg mit ihren Gedanken zu sein.

»Wieso sind Sie hier?«, rief er.

Sie starrte ihn an, ohne eine Miene zu verziehen.

»Haben Sie mich verstanden? Wie kann es sein, dass Sie hier –?«

»Ich bin gestern Abend freigekommen«, unterbrach Rosa Møller ihn. »Wissen Sie es nicht?«

»Nein, ich …« Niklas brach ab und versuchte sich zu sammeln. Sich die Blöße zu geben, von Haglund nicht informiert worden zu sein, fiel ihm schwer. »Wie kam es dazu?«, fragte er schließlich.

»Wenn ich es richtig verstanden habe, wurden Spuren gefunden.«

»Was für Spuren?«

»Jemand ist offenbar in unsere Wohnung eingedrungen und hat Kjell erstochen.«

»Das hat man Ihnen so gesagt?«

Rosa Møller nickte.

»Wo haben Sie denn die Nacht verbracht? Durften Sie etwa schon wieder zurück in die Wohnung?«

»Nein, mir wurde ein Zimmer in einer Pension bereitgestellt.«

»Und was machen Sie an diesem Sonntagmorgen so früh auf der Straße?«

»Ich konnte kaum schlafen, wie Sie sich sicher vorstellen können. Als es anfing zu dämmern, habe ich mich angezogen und bin an den Strand gegangen. Ich habe versucht zu verstehen, wer das alles getan hat.«

»Sie meinen, wer Kjell getötet hat?«

»Ja, aber auch, wer mir die Schuld in die Schuhe schieben will. Und wer mir die K.-o.-Tropfen in meinen Drink getan hat.«

»Und haben Sie eine Erklärung dafür gefunden?«

»Ich weiß nicht«, antwortete Rosa Møller nachdenklich. »Die Sache will mir einfach nicht in den Kopf. Kjell hatte mit niemandem ein Problem, wir hatten eine gute Zeit hier, so wie immer.«

»Denken Sie denn, es war jemand, der auf der Vernissage dabei gewesen ist?«, hakte Niklas nach.

»Das ist die Frage, die ich mir stelle, seitdem ich wach geworden bin und Kjell tot neben mir lag. Ich habe bislang aber noch keine Antwort darauf.«

»Ein paar Besucher können Sie sicherlich ausschließen.«

»Ja, bestimmt.«

»Zum Beispiel Ola Lindvall?«

»Ola? Natürlich, wieso erwähnen Sie ausgerechnet ihn?«

»Weil es unterschiedliche Aussagen dazu gibt, wann er die Vernissage verlassen hat«, antwortete Niklas. »Sie sagten, er wäre vor Ihnen gegangen, richtig?«

»Ja, ich habe mich von ihm verabschiedet und ihn gehen sehen.«

»Viktor Pålsson behauptet, dass Lindvall einer der letzten anwesenden Gäste gewesen sei.«

»Worauf wollen Sie hinaus?«, fragte Rosa Møller argwöhnisch. »Dass ich nicht die Wahrheit sage?«

»Ich will verstehen, was vorgestern Abend und in der darauffolgenden Nacht passiert ist. Können Sie ausschließen, dass Ola Lindvall irgendetwas mit dem Mord zu tun hat?«

»Was zum Teufel soll Ola damit zu tun haben?« Plötzlich klang sie verunsichert.

»Wie passen Ihre und Viktor Pålssons Aussagen zusammen?«

»Ich habe Ihnen gesagt, was ich gesehen habe. Ob er später

noch einmal zurückgekommen ist, weiß ich nicht. Weil ich mich ja leider an nichts mehr erinnern kann.«

»Sie haben gestern erzählt, Lindvall sei einer Ihrer besten Kunden. Wie gut kennen Sie ihn?«

»Er war des Öfteren bei uns, um sich Bilder und andere Kunstgegenstände zu leihen. Kjell und er haben auch regelmäßig miteinander telefoniert.«

»Ging das Verhältnis auch über das rein Geschäftliche hinaus? Waren die beiden befreundet?«, hakte Niklas nach.

»Sie haben sich gut verstanden, aber als Freundschaft würde ich das nicht bezeichnen.«

»Wir wissen, dass er auch als Agent arbeitet«, sagte Niklas. »Hat er Kjell die Vernissage in der Galerie vermittelt?«

»Er kennt Pålsson, glaube ich, sehr gut, aber das hat Kjell auch allein hinbekommen.«

»Also hat Lindvall sich nun darum gekümmert oder nicht?«, drängte Niklas.

»Nein, hat er nicht«, antwortete Rosa Møller energisch. »Was sollen diese Fragen?«

»Als Kjell die Vernissage abgesagt hat, war er aber sofort zur Stelle und hat Pålsson Casper Holmen empfohlen.«

»Mag sein.«

Für einen kurzen Moment war Niklas abgelenkt und dachte über ihre Worte nach, aber dann fiel ihm das leichte Zucken von Rosa Møllers linkem Auge auf. »Ich könnte mir vorstellen, dass Kjell davon nicht begeistert war«, legte er sofort nach. »Gab es deswegen Probleme zwischen ihm und Lindvall?«

»Ola hat nichts mit Kjells Tod zu tun«, reagierte Rosa Møller plötzlich so emotional, wie Niklas sie bislang noch nicht erlebt hatte. Ihre Stimme war brüchig, sie zitterte am ganzen Körper.

»Was ist passiert?«, versuchte Niklas es freundlicher. »Wenn Sie wollen, dass wir Kjells Mörder finden, müssen Sie uns bitte alles sagen, was Sie wissen.«

»Ich bin müde«, sagte Rosa Møller. »Wie gesagt, ich habe kaum geschlafen und würde mich jetzt gerne hinlegen. Im Augenblick bin ich einfach nur froh, dass ich wieder auf freiem

Fuße bin. Bislang hatte ich im Grunde kaum Zeit zu verstehen, dass Kjell nicht mehr am Leben ist.«

Niklas fixierte sie. Er wurde einfach nicht schlau aus dieser Frau. Sie hatte auf brutalste Weise ihren Freund verloren und galt noch bis gestern Abend als Hauptverdächtige, aber anstatt ihnen alle Informationen zu liefern, warf sie ihnen nur Bröckchen hin oder zog sich plötzlich wieder zurück, indem sie behauptete, sich an nichts erinnern zu können. Oder wie in diesem Fall: einfach ihre Ruhe haben zu wollen. Als hätte sie kein echtes Interesse daran, dass sie in Erfahrung brachten, wer ihr womöglich K.-o.-Tropfen verabreicht hatte und nachts in ihre Ferienwohnung eingedrungen war, um Kjell Sundberg zu erstechen, während sie schlafend danebengelegen hatte.

Gestern Abend noch war er fast überzeugt gewesen, dass nicht Rosa Møller die Täterin war. Aber jetzt, wo sie auf freiem Fuß war und hier am Sonntagmorgen durch die Straßen Kiviks lief, war er sich mit einem Mal nicht mehr so sicher. »Haben Sie die Auflage bekommen, Kivik nicht zu verlassen?«, fragte er.

Sie nickte.

»Am besten geben Sie uns einfach Bescheid, wenn Sie die Pension verlassen.«

»Wenn es sein muss.« Rosa Møller räusperte sich plötzlich, offenbar gab es doch noch etwas zu sagen.

»Ja?«

»Es gibt tatsächlich etwas, das Sie wissen sollten«, sagte sie zögerlich. »Ich konnte vergangene Nacht auch deshalb nicht schlafen, weil ein paar Erinnerungen an den Abend in der Galerie zurückgekommen sind. Leider nur Fetzen, die noch keinen Sinn ergeben, aber vielleicht –«

»Bitte, kommen Sie zur Sache«, unterbrach Niklas sie etwas unsanft. Natürlich hatte er Verständnis für ihre psychische Belastung, dennoch hätte sie doch längst damit herausrücken können.

»Als ich draußen am Hafen war, wollte ich ein wenig frische Luft schnappen und mir dieses unglaubliche Licht beim Sonnenuntergang ansehen.«

»Das sagten Sie gestern bereits.«

»Ja, aber ich glaube, jetzt weiß ich, dass dort etwas passiert ist.«

»Und was bitte schön?«

»Ganz genau kann ich das nicht sagen, aber ich hatte Streit mit jemandem, das habe ich klar vor Augen. Aber ob es wirklich Fredriksson oder vielleicht ein Unbekannter gewesen ist, weiß ich leider nicht. Sosehr ich mich anstrenge, mehr Bilder kriege ich einfach nicht zusammen.«

»Wer ist Fredriksson?«, fragte Niklas überrascht.

»Dieser komische Kauz, der unten am Hafen in einer dieser Baracken lebt. Oscar Fredriksson. Jeder hier im Ort kennt ihn, aber ich glaube, keiner hat jemals mehr als drei Worte mit ihm gewechselt.«

Niklas dachte sofort an den Mann, der gegenüber der Polizeistation gestanden hatte. Womöglich hatte es sich bei diesem übergewichtigen Mann im Karohemd mit dem Snus im Mund um Oscar Fredriksson gehandelt. »Wieso denken Sie, dass Sie mit ihm in Streit geraten sind?«, bohrte er nach.

»Vielleicht, weil er einfach überall ist. Egal, wohin man hier in Kivik geht, Fredriksson ist auch da. Er steht herum und glotzt einen hemmungslos an, es ist wirklich unangenehm. Manchmal drückt er einem auch einen Spruch rein oder pöbelt herum. Kjell und ich haben ihm vor ein paar Tagen deutlich zu verstehen gegeben, dass er damit aufhören soll.«

»Moment mal, Sie haben was?«, fragte Niklas, als hätte er sich gerade verhört.

»Kjell hatte das Gefühl, dass niemand sich traute, Fredriksson in die Schranken zu weisen. Alle hier stören sich an ihm, aber keiner sagt etwas. Die kurze Ansage an ihn hätte es schon viel früher gebraucht.«

»Wann genau war denn das?«

»Donnerstag am frühen Abend, glaube ich. Wir waren am Strand, als wir ihn entdeckten. Er stand etwas abseits, schob sich seinen Snus in den Mund und gaffte uns einfach an.«

»Wie hat er denn reagiert?«

»Im ersten Moment war er ziemlich überrascht und hat etwas verlegen gelächelt. Aber dann war er wieder so, wie man ihn kennt. Er wurde laut und hat uns allerlei Beleidigungen an den Kopf geworfen.«

»Sind Sie ihm danach noch einmal begegnet?«

»Wie gesagt, es könnte sein, dass ich vorgestern Abend mit ihm aneinandergeraten bin. Aber ich weiß es nicht –«

»Denken Sie denn, dass er der Täter sein könnte?«, fuhr Niklas dazwischen.

»Sie meinen, ob er Kjell …?« Rosa Møller verstummte und hielt sich die rechte Hand vor den Mund, als könnte sie gar nicht begreifen, was sie gehört hatte.

Niklas versuchte, etwas aus ihrer Reaktion herauszulesen. War ihre Überraschung echt? Er hatte ernsthafte Zweifel daran. Aber bei dieser Frau wurde er die im Grunde seit dem Moment, in dem er ihr in der Zelle der Polizeistation gegenübergetreten war, nicht los.

Apfelbaum

Anders Haglund zuckte mit den Schultern. Offenbar als Zeichen, dass ihnen gar nichts anderes übrig geblieben war, als Rosa Møller freizulassen.

Nach seinem kurzen Gespräch mit ihr hatte Niklas den Kollegen aus Simrishamn direkt angerufen. Zu seiner Überraschung hatte er ihn an diesem Sonntagmorgen in der Polizeistation von Kivik erreicht. Sofort war er die wenigen Meter von ihrer Ferienwohnung bis zu dem Backsteingebäude am Hafen gelaufen. Vielleicht war Haglund ja doch ein viel eifrigerer Kommissar, als es gestern den Anschein gehabt hatte.

»Verstehe ich es richtig«, setzte Niklas noch einmal an, »weil Spuren gefunden wurden, die nicht auf Rosa Møller zurückzuführen sind, habt ihr beschlossen, dass der Tatverdacht gegen sie nicht länger aufrechterhalten werden kann?«

»So ist es.«

»Hast du das entschieden?«

»Natürlich, Johan wäre mir sonst aufs Dach gestiegen. Außerdem ist die Sachlage ziemlich eindeutig, das sieht auch die Staatsanwältin so.«

»Der abgeschobene Dorfpolizist wäre dir aufs Dach gestiegen?«, platzte Niklas heraus. »Ist das dein Ernst? Er ist doch nicht derjenige, der in einer Mordermittlung Druck auf uns ausüben sollte.«

»Ich kenne ihn länger als meine Frau«, erklärte Haglund. »Und ich weiß, dass es keine gute Idee wäre, ihn nicht auf unserer Seite zu haben. Das heißt allerdings nicht, dass ich nicht das Richtige getan habe. Die Glastür zum Garten in dem Ferienhaus stand einen Spalt offen, es sieht danach aus, als hätte sie jemand mit speziellem Werkzeug geöffnet. Außerdem haben die Kollegen Schuhabdrücke auf dem Weg von der Tür bis zum Schlafzimmer gefunden, die weder Sundberg noch Rosa Møller zuzuordnen sind. Das reicht nun mal aus, um sie keine Minute länger festhalten zu dürfen. Ob wir wollen oder nicht.«

»Wieso sollten wir nicht wollen, wenn die Sachlage klar ist?«, fragte Niklas verwundert.

»Du weißt, wie ich das meine«, antwortete Haglund leicht genervt.

»Was ist mit der Tatwaffe? Wurden auf ihr auch Spuren gefunden?«

»Nein, der Täter dürfte Handschuhe getragen haben.«

»Täter?«, fragte Niklas argwöhnisch. »Sind wir uns jetzt sicher, dass es keine Frau war?«

»Einen Beweis haben wir nicht, aber die Spuren deuten zumindest auf eine Schuhgröße über vierzig hin.«

»Es wäre gut gewesen, wenn du dich gestern Abend bei mir gemeldet hättest«, wechselte Niklas unvermittelt das Thema. »Wir hätten darüber sprechen können, ob es wirklich die richtige Entscheidung ist, sie freizulassen.«

»Wenn ich mich richtig erinnere, hast du doch gestern selbst daran gezweifelt, dass sie den Mord begangen hat.«

»Das tue ich auch immer noch, und erst recht, wenn ich höre, was die Techniker herausgefunden haben. Aber ganz so eindeutig sehe ich die Sache dennoch nicht.«

»Ich leider schon.«

»Und hast du auch eine Idee, wer stattdessen als Mörder von Kjell Sundberg in Frage kommt?«

Haglund warf ihm einen Blick zu, den Niklas nicht sofort deuten konnte. Aber der Kollege hatte offenbar die Nase voll von ihm. Er konnte ihn sogar verstehen, denn er spürte selbst, dass er weder so kooperativ noch so gelassen wie sonst war.

»Ich habe euch nicht ohne Grund gerufen«, sagte Haglund und lächelte wohlwollend, was dazu führte, dass Niklas sein barsches Verhalten noch unangenehmer wurde. »Wir sind gut, aber ihr seid die Profis, was die Ermittlungsarbeit in einem Mordfall betrifft. An den Erkenntnissen unserer Spurensicherung habe ich allerdings keine Zweifel. Und die solltest du ebenfalls nicht haben.«

»Sagt dir der Name Oscar Fredriksson eigentlich etwas?«
Niklas ignorierte Haglunds Worte.

»Fredriksson kennt man hier«, antwortete Haglund zurückhaltend. »Warum fragst du?«

»Weißt du, ob er schon einmal polizeilich in Erscheinung getreten ist?«

»Nicht, seitdem ich in Österlen Polizist bin.«

»Das heißt?«

»Oscar Fredriksson ist ein verurteilter Mörder.«

»Wie bitte?«

»Das Ganze liegt vierzig Jahre zurück und hat sich in Ystad ereignet«, erklärte Haglund. »Er hat damals seinen Vater mit einem Spaten erschlagen und seine Mutter im Garten an einem Apfelbaum erhängt. Über die Gründe hat er nie gesprochen, aber es hieß, dass er ein Martyrium mit schlimmsten Misshandlungen zu Hause durchlebt hat. Fredriksson hat lebenslänglich bekommen und zweiundzwanzig Jahre eingesessen, ehe er freigelassen wurde, weil Psychologen und Staatsanwaltschaft davon überzeugt waren, dass er keine Gefahr mehr darstellt. Weshalb er sich ausgerechnet in Kivik niedergelassen hat, kann ich nicht sagen, aber seit er auf freiem Fuß ist, lebt er unten am Hafen in einer der Holzbaracken, in denen die Fischer ihre Sachen lagern. Man duldet ihn hier, aber soweit ich weiß, ist er ein absoluter Außenseiter.«

»Rosa Møller behauptet, am Abend der Vernissage am Hafen mit jemandem in Streit geraten zu sein, aber sie kann sich nicht erinnern, mit wem. Sie schließt allerdings nicht aus, dass es Fredriksson gewesen sein könnte.«

»Fragen wir ihn doch am besten direkt«, sagte Haglund und wandte sich um. »Er steht da drüben auf der anderen Straßenseite.«

Tausendfünfhundert

Niklas hatte sich sofort wieder an den Mann erinnert, der bereits gestern auf der anderen Straßenseite der Polizeistation gestanden hatte.

Oscar Fredriksson trug noch immer das rot-schwarz karierte Hemd, komplett aufgeknöpft, und darunter ein weißes, mit braunen Flecken beschmutztes T-Shirt, das sich kaum vollständig über seinen fülligen Bauch wölbte. Im Schatten von Haglund trat Niklas auf ihn zu. Zu seiner Verwunderung schien Fredriksson keineswegs überrascht zu sein.

»Oscar Fredriksson?«, fragte Haglund.

Der Mann sagte nichts, drehte stattdessen seinen Kopf nach links und spuckte auf den Boden. Dann sah er sie wieder an und schob sich mit der rechten Hand Snus unter die Oberlippe.

»Sie stehen hier ganz schön oft, seitdem wir gestern angerückt sind.«

»Ich stehe immer hier«, antwortete Fredriksson mit tiefer und gelangweilt klingender Stimme. »Zumindest immer dann, wenn ich nicht gerade woanders in diesem öden Ort stehe.«

»Zu Hause ist es wohl nicht so interessant?«

»Das ging ja schneller als gedacht, dass Sie persönlich werden«, entgegnete Fredriksson. »Ist das die Art, wie Sie in Simrishamn mit den Menschen reden? Wundert mich nicht, dass Verstärkung aus Malmö anrücken musste.«

»Wie ich hörte, haben Sie keinen festen Wohnsitz und leben stattdessen unerlaubterweise in einer der Fischerhütten.«

»Wenn Sie es genau wissen wollen, es sind mittlerweile sogar zwei Hütten. In einer halte ich mich tagsüber auf, in der anderen schlafe ich.«

»Ihre Wohnsituation interessiert uns gerade nicht«, warf Niklas ein. »Obwohl ich mich schon frage, weshalb das hier geduldet wird. Aber es geht um etwas anderes. Sie wissen wahrscheinlich, was passiert ist und weshalb wir hier sind?«

»Ich würde behaupten, dass ich alles weiß, was hier in Kivik geschieht. Manchmal sogar, bevor es tatsächlich passiert.« Fredriksson verzog seinen Mund zu einem schrägen Lächeln, was angesichts seiner dicken Oberlippe ziemlich grotesk aussah.

»Das ist gut«, sagte Niklas. »Dann sind Sie unser Mann, zumal wir gehört haben, dass Sie möglicherweise ein wichtiger Zeuge für die Ereignisse am Abend der Vernissage in der Galerie von Viktor Pålsson sind.«

»Das haben Sie also gehört?«

»Richtig, uns liegt eine entsprechende Aussage vor.«

»So ein Bullshit«, brach es unvermittelt aus Fredriksson heraus. »Was soll ich denn beobachtet haben? Und wer erzählt so etwas?«

»Ich denke, das wissen Sie selbst am besten.«

»Selbst wenn es so wäre, würde ich Ihnen nichts verraten. Wenn ich eines hier in Kivik gelernt habe, dann, dass man sich nicht gegenseitig in die Pfanne haut.«

»Welchen Wert hat solch ein Schwur, wenn ein Mensch getötet wurde? Würde es sich gut damit leben lassen, lieber zu schweigen und einen Mörder oder eine Mörderin zu schützen? Gab es jemanden, der Sie damals geschützt hat?«

»Immerhin hat es doch länger als eine Minute gedauert, bevor Sie auf meine Vergangenheit zu sprechen gekommen sind«, antwortete Fredriksson gelassen. »Ich hoffe nur, Sie haben sich gut informiert, denn dann wissen Sie ja, dass ich mich damals selbst gestellt habe. Niemand musste mich schützen.«

»Natürlich haben wir das«, übernahm Haglund wieder. »Und deshalb frage ich mich, wie jemand wie Sie, der als Kind darunter leiden musste, dass alle, sogar die eigene Mutter, weggesehen und dazu geschwiegen haben, was Ihr Vater Ihnen angetan hat, es unterstützt, dass das Schweigen erneut gewinnt. Manchmal mag es Gründe geben, besser nichts zu sagen. Aber mit Sicherheit nicht in einem Mordfall. Sagen Sie uns bitte, was Sie vorgestern Abend hier in Kivik beobachtet haben.«

»Wenn Sie wissen, dass ich etwas beobachtet habe, weshalb

fragen Sie dann nicht denjenigen, der mich offenbar dabei gesehen hat, wie ich etwas beobachtet habe?«

»Weil sich diese Person nur noch an Bruchstücke dieses Abends erinnern kann«, erklärte Niklas. »Und ein Bruchstück davon sind Sie.«

»Ein Bruchstück? Eine gute Beschreibung.« Fredriksson versuchte wieder zu lächeln. Aber es schien fast so, als wäre sein vom Leben gezeichnetes und aufgeschwemmtes Gesicht nicht mehr in der Lage, freundlich dreinzublicken.

»Also?«, drängte Niklas.

»Ich habe diese Freundin von dem Toten gesehen«, antwortete Fredriksson etwas undeutlich, weil er beim Sprechen den Snus im Mund mit der Zunge hin und her schob.

»Wir wissen, dass es einen Streit gab«, sagte Niklas. »Aber mit wem ist Rosa Møller hier unten am Hafen an diesem Abend aneinandergeraten? Wenn Sie uns nicht sagen wollen, wer die Person war, müssen wir davon ausgehen, dass Sie es waren.«

Niklas erkannte aus dem Augenwinkel, dass sein Kollege ihn überrascht ansah. Damit hatte Haglund nicht gerechnet, aber er wusste ja auch nicht, was Niklas von Rosa Møller über Fredriksson erfahren hatte.

»Daher weht also der Wind«, sagte Fredriksson kaum verständlich. »Man will diese Sache ernsthaft mir in die Schuhe schieben?«

»Sie haben es selbst in der Hand, uns vom Gegenteil zu überzeugen. Sie müssen uns nur sagen, was vorgestern Abend passiert ist.«

»Ich muss gar nichts. Oder haben Sie irgendeinen Beweis für Ihre lächerlichen Vermutungen?«

»Ihr Name wurde genannt«, antwortete Niklas. »Stimmt es, dass Rosa Møller und Kjell Sundberg Sie vor drei Tagen in aller Deutlichkeit aufgefordert haben, die Leute hier im Ort nicht mehr so auffällig zu beobachten und zu beleidigen?«

»Ich bin es gewohnt, dass die Menschen mich und meine Art nicht mögen. Mit plötzlicher Zuneigung käme ich auch nicht so gut klar.« Wieder wollte Fredriksson lächeln. Erfolglos.

»Rosa Møller kann sich an den Abend nur lückenhaft erinnern. Aber sie glaubt, dass sie mit Ihnen in Streit geraten ist. Was sagen Sie dazu?«

»Die Alte spinnt.« Fredriksson spuckte unvermittelt den Snus-Beutel aus und sah Niklas und Haglund zornig an. Zumindest zu dieser Regung war sein Gesicht noch in der Lage. »Ich habe da hinten vor meiner Schlafhütte gestanden und in Ruhe mein Bier getrunken, als ich plötzlich Stimmen hörte, die immer lauter wurden. Diese Rosa hat sich aufgeführt wie eine Furie. Selbst wenn ich gewollt hätte, hätte ich es nicht ignorieren können.«

»Wer war die zweite Person?«

»Spielt das wirklich eine Rolle für Ihre Ermittlungen?«

»Wir denken schon. Kommt auch auf Ihre Antwort an.«

»So richtig kann ich mich auch nicht erinnern«, wich Fredriksson aus. »Vielleicht war sie allein am Hafen und hat laut vor sich hin geschimpft.«

»Das klingt wenig überzeugend«, sagte Haglund. »Wo waren Sie vorgestern zwischen dreiundzwanzig Uhr abends und sechs Uhr morgens?«

»In meiner Schlafhütte, wo sonst?«

»Gibt es dafür Zeugen?«

»Natürlich nicht.«

»Na schön«, setzte Haglund an. »Ich werde die Staatsanwaltschaft über die Aussage von Rosa Møller informieren. Und dann kommen wir in ein paar Stunden wieder.«

»Lächerlich«, brummte Fredriksson.

Niklas zog Haglund ein Stück zur Seite. »Ich glaube, so kommen wir nicht weiter«, sagte er leise. »Aus irgendeinem Grund zieht er es vor zu schweigen. Vielleicht, weil er tatsächlich etwas zu verbergen hat, auch wenn bislang wenig dafür spricht, dass er etwas mit dem Mord an Sundberg zu tun hat. Es kann aber auch sein, dass er einfach ganz bewusst niemanden in Schwierigkeiten bringen will. Jedenfalls müssen wir einen Weg finden, ihn zum Reden zu bringen, ohne dass wir ihm drohen. Ich habe eine Idee, die funktionieren könnte.«

»Das dachte ich mir«, sagte Haglund. Es klang ehrlich, ohne jede Ironie oder Spott.

»Wir wären Ihnen dankbar, wenn Sie kooperieren, und wollen Ihnen gern vertrauen«, sagte Niklas, nachdem sie sich wieder Fredriksson zugewandt hatten. »Es geht darum, dass wir einen konkreten Verdacht haben. Vielleicht können Sie ihn ja bestätigen.«

»Und ich werde das Gefühl nicht los, dass ihr gar nichts wisst«, erwiderte Fredriksson.

»Wir glauben, dass Rosa Møller diesen angeblichen Streit bloß inszeniert hat, um den Verdacht in eine andere Richtung zu lenken«, erklärte Niklas. »Wahrscheinlich war sie allein hier am Hafen, um Luft zu schnappen, so wie sie zunächst selbst ausgesagt hat. Sie muss zu dieser Zeit aber bereits geplant haben, Sundberg zu ermorden.«

»Sie glauben also ernsthaft, sie hätte ihn –«

»Ja, Rosa Møller kam bereits gestern in U-Haft«, fuhr Niklas dazwischen.

»Denken Sie etwa, ich wüsste das nicht?«, fragte Fredriksson kopfschüttelnd. »Wenn Sie aber so von ihrer Schuld überzeugt sind, weshalb haben Sie sie dann inzwischen wieder gehen lassen?«

»Über die Gründe können wir nicht sprechen.« Niklas merkte, dass er Fredriksson nichts vormachen konnte. »Das heißt aber nicht, dass sie unschuldig ist. Woher haben Sie diese Information überhaupt?«

»Ich habe sie gestern Nacht gesehen.«

»Und wo soll das gewesen sein? Wir wissen, dass Rosa Møller nicht schlafen konnte und am Strand war.«

»Nein, nicht dort.«

»Sondern wo?«

Fredriksson zuckte mit den Schultern.

»Na schön, ich hatte gehofft, es ginge auch anders«, sagte Haglund leise zu Niklas. »Was ich jetzt mache, bleibt unter uns, verstanden? Ich weiß von Johan, worauf Fredriksson anspringt und wie man ihn zum Reden bringt.«

Niklas runzelte die Stirn und sah seinen Kollegen fragend an. Doch der hatte sich bereits wieder weggedreht und griff in seine hintere Hosentasche. Er zog ein Bündel Geldscheine hervor, leckte kurz seinen rechten Daumen an und zählte einen bestimmten Betrag ab. Ein paar Ein- und Zweihundert-Kronen-Scheine. Es war nicht so, dass Niklas vollkommen perplex war, dazu hatte er in seiner Zeit bei der Kriminalpolizei schon zu viel erlebt, aber dass ausgerechnet Haglund, den er bislang zwar als etwas gemächlichen, aber korrekten Kollegen kennengelernt hatte, zu solchen Mitteln griff, hätte er noch vor einer halben Stunde für unmöglich gehalten.

»Reden wir nicht mehr um den heißen Brei herum«, sagte er. »Tausend, und du sagst uns, mit wem Rosa Møller hier in Streit geraten ist.«

»Zweitausend«, erwiderte Fredriksson.

»Tausendfünfhundert.«

»Na schön.«

Haglund nahm noch weitere Scheine aus dem Bündel in seiner linken Hand und hielt sie Fredriksson hin. »Erst den Namen«, sagte er.

»Mit Sicherheit nicht. Gib mir die Kohle, dann nenne ich dir den Namen.«

»Wehe, du versuchst uns zu linken«, drohte Haglund. Seine Stimme bebte jetzt.

»Weshalb sollte ich? Gib mir jetzt das Geld.«

Widerwillig streckte Haglund ihm die Scheine hin. »Wir hören«, sagte er so eindringlich, wie es ihm möglich war.

»Viktor Pålsson.«

»Pålsson?«, fragte Niklas perplex. »Von welcher Nacht reden wir denn jetzt?«

»Von beiden«, antwortete Fredriksson nüchtern.

Niklas starrte den Mann an, der ihn an eine dieser zwielichtigen Figuren aus skandinavischen Krimiserien erinnerte, und versuchte zu verstehen, was er da gerade gehört hatte. Weshalb war Rosa Møller mit Pålsson aneinandergeraten, noch dazu an dem Abend, an dem in seiner Galerie die Vernissage von Casper

Holmen stattgefunden hatte? Und letzte Nacht, kurz nachdem sie wieder auf freien Fuß gekommen war, hatte Rosa Møller als Erstes diesen Streit fortgesetzt?

»Worum ging es bei den Streitigkeiten?«, fragte Haglund, der offenbar unbeeindruckt von Fredrikssons Antwort war.

»Das ist eine neue Frage.«

»Ernsthaft?«

»Bei Geschäften mache ich keine Scherze.«

»Wie viel?«

»Normalerweise würde das richtig teuer werden«, sagte Fredriksson mit gedämpfter Stimme, um besonders wichtig zu klingen. »Da ich aber nicht alle Einzelheiten verstanden habe, seid ihr mit zweitausend dabei.«

»Tausend«, entgegnete Haglund ruhig, aber bestimmt.

»Diesmal verhandele ich nicht.«

»Tausendfünfhundert und keine Öre mehr. Wenn uns deine Infos tatsächlich weiterhelfen, gibt's noch Nachschlag.«

»Du meinst, ich soll mein Wissen sozusagen auf Provision weitergeben?«

»Nenn es, wie du willst, hier ist das Geld.« Haglund zählte die Scheine ab und reichte sie Fredriksson.

»Vielleicht mache ich sogar ganz gerne Geschäfte mit euch«, sagte Fredriksson grinsend. »Ob ich euch wirklich helfen kann, steht jedoch auf einem anderen Blatt. Ich habe gesehen und gehört, dass diese Rosa Møller ziemlich aufgebracht war. Sie hat Pålsson Vorwürfe gemacht und wäre ihm beinahe an die Gurgel gegangen. Sie war richtig sauer auf ihn. Worum es ging, kann ich aber leider nicht sagen, dazu war ich zu weit weg. Ich höre leider auch nicht mehr so gut, und das ist ausnahmsweise mal keine schlechte Ausrede.«

»Wann war das?«, fragte Niklas. »Vergangene Nacht?«

»Ja, nageln Sie mich nicht auf die genaue Uhrzeit fest. Es war auf jeden Fall weit nach Mitternacht. Irgendwann ist sie wutentbrannt verschwunden.«

»Wohin?«

»Keine Ahnung, sie ging in Richtung Norden.«

»Zum Strand?«

»Möglich.«

»Und was war am Abend der Vernissage?«, bohrte Niklas weiter.

»Es war ähnlich. Und doch etwas anders.«

»Geht es etwas genauer?«

»Die beiden haben lange miteinander diskutiert, leider habe ich auch da kaum etwas verstanden.«

»Und wieso behaupten Sie dann, dass es anders war?«

»Vorgestern war es Pålsson, der wütend war«, antwortete Fredriksson. »Er hat wie wild auf sie eingeredet und, wenn ich mich nicht verhört habe, ihr gedroht, sie solle sich nicht einmischen, andernfalls würde er für nichts mehr garantieren können.«

»Ist er auch handgreiflich geworden?«

»Nein, das nicht.«

»Hat er denn gesagt, was genau er mit seinen Drohungen meint?«

»Ich glaube nicht, kurz danach sind beide gegangen.«

Haglund zog jetzt einen Fünfhundert-Kronen-Schein aus dem Bündel, das er in der linken Hand hielt, und drückte ihn Fredriksson in die Hand. »Für den Fall, dass dir noch mehr einfallen sollte.«

»Ich werde mal in Ruhe darüber nachdenken.« Wieder huschte ein kurzes Grinsen über Fredrikssons rundes Gesicht, dann wandte er sich um und ging die Brogatan weiter hinab in Richtung Hafen. Als er bereits zehn Meter entfernt war, blieb er noch einmal stehen und drehte sich zu ihnen um.

»Eine Sache noch«, sagte er. »Diese Rosa wirkte vorgestern ziemlich betrunken. Mir ist es erst aufgefallen, als sie wieder weggingen. Aber sie schwankte so stark, dass sie um ein Haar gestolpert wäre. Sie sah nicht so aus, als wäre sie noch in der Lage gewesen, jemanden umzubringen. Und wie Ihnen sicher bekannt ist, weiß ich, wovon ich spreche.«

The Beach

Als sie zum ersten Mal ihre Ferien in Kivik verbracht hatte, war Alma fünf gewesen. Sie hatte kaum Erinnerungen daran, aber ihre Eltern hatten ihr so oft davon erzählt, dass sie sich manchmal dabei erwischte, wie sie in Gedanken durch die kopfsteingepflasterten Straßen des Ortes rannte, Eis essend und nach Sonnencreme riechend. Vor bis zum Strand, wo sie voller Freude in die achtzehn Grad kalte Ostsee gesprungen war.

Eine unbeschwerte Zeit, nicht nur weil sie noch ein Kind gewesen war. Alles um sie herum war so viel weniger problematisch gewesen als heutzutage.

Aber Alma durfte sich nicht beschweren. Ihr war es auch später immer gut gegangen, besser als vielen anderen, mit denen sie groß geworden war. Besser, als sie es sich jemals erträumt hatte. Sie durfte hier an einem der schönsten Orte Schwedens leben. Vielleicht nicht so spektakulär schön wie die Schärenwelt oder die großen Seen, aber dennoch wundervoll mit den bunten Häusern in den schmalen Gassen, dem meistens friedlichen Meer und vor allem dem grandiosen Licht, jeden Tag, nicht nur wenn die Sonne auf- oder unterging. Sie wollte und konnte sich nicht vorstellen, jemals noch einmal von hier wegzugehen.

Damals, vor sieben Jahren, hatte sie die schwerwiegendste Entscheidung ihres Lebens getroffen. Sie war zweiundzwanzig gewesen und hatte noch immer bei ihren Eltern in Helsingborg gelebt. Nach ihrer Ausbildung zur Bankkauffrau hatte sie den Beruf nur kurz ausgeübt. Genauer gesagt drei Monate. Es hatte sich falsch angefühlt, und wenn sie ehrlich zu sich selbst war, war ihr das auch schon während der Ausbildung klar gewesen. Tief im Innern hatte sie immer gespürt, dass sie lieber etwas Handwerkliches machen wollte. Goldschmiedin vielleicht oder Schweißerin. Sie hatte sich für etwas anderes entschieden.

Die kleine Bäckerei in der Killebacken, die sie vor sieben Jahren übernommen hatte, hatte ihr Leben schließlich auf den

Kopf gestellt. Schon nach ein paar Wochen war ihr klar geworden, dass sich das Risiko gelohnt hatte. Nicht nur dass sie plötzlich ein gut laufendes Geschäft besaß, hier konnte sie all ihrer Kreativität freien Lauf lassen und sich so verwirklichen, wie sie es sich immer gewünscht hatte.

Es waren ihre besten Jahre gewesen. Sie hatte von morgens um fünf bis abends um achtzehn Uhr gearbeitet, und es hatte ihr nicht einmal etwas ausgemacht. Alles, was sie tat, ergab einen Sinn. Die Arbeit in der Backstube genauso wie der Kontakt mit den Kunden an der Theke.

Bis vor einem Jahr war alles perfekt gewesen. Sie hatte sogar darüber nachgedacht, weitere Geschäfte in Österlen zu eröffnen. Aber dann war eines Tages ihr Vermieter in den Laden gekommen und hatte um ein Gespräch gebeten. Ein älterer Mann, mit dem sie bis dahin nicht viel Kontakt gehabt hatte, der aber immer nett und zuvorkommend gewesen war und, wann immer etwas zu reparieren gewesen war, sofort Handwerker geschickt hatte.

Er war relativ schnell zur Sache gekommen und hatte ihr offenbart, dass er das Haus samt Ladenlokal verkaufen würde, um seine letzten Jahre in einem komfortablen Apartment in Ystad zu verbringen, in dem er auch bleiben konnte, wenn er ein Pflegefall wurde. Sie hatte sich nichts dabei gedacht, nicht einmal, als er den Namen des neuen Besitzers des Hauses genannt hatte.

Ola Lindvall.

Erst nach ein paar Wochen hatte sie eher zufällig erfahren, dass Lindvall in Kivik alles andere als ein Unbekannter war. Nach und nach kaufe dieser Mann Häuser und Grundstücke auf, hatte ihr Viktor Pålsson, der Besitzer der Galerie gleich um die Ecke, erzählt. Bei ihm habe er es auch schon mehrfach versucht, aber er habe nicht vor zu verkaufen. Was dieser Lindvall mit den ganzen Immobilien vorhatte, wusste Pålsson auch nicht.

Sie hatte es aber erfahren. Und sofort hatte sie verstanden, dass dies das Ende ihrer Bäckerei bedeuten würde. Denn Lindvall plante allen Ernstes, jedes aufgekaufte Gebäude in eine

Ferienimmobilie umzuwandeln. Er wollte den ganzen Ort zu einem touristischen Highlight von Österlen entwickeln, in dem ein Haus dem anderen glich. Der Gedanke daran hatte alle Energie, die sie für ihren Job aufgebracht hatte, binnen wenigen Tagen aus ihrem Körper gesaugt. Vergeblich hatte sie darauf gewartet, dass sich irgendetwas in ihr zur Wehr setzte, dass sie gegen Lindvall vorging. Ihren Lebenstraum verteidigte. Aber sie war wie gelähmt gewesen, hatte die Pläne dieses Mannes wie paralysiert einfach hingenommen.

Vor drei Wochen war es dann schließlich so weit gewesen. Sie hatte die Kündigung für ihren Laden zum Ende des Jahres erhalten. Und er hatte nicht davor zurückgeschreckt zu schreiben, sie könne gern früher gehen, falls ihr das passe.

Anfangs hätte sie die Bäckerei am liebsten gar nicht mehr geöffnet und Kivik besser heute als morgen verlassen. Aber die Tage vergingen, und je wärmer der Sommer wurde, desto mehr waren ihre Lebensgeister zurückgekehrt. Nicht dass sie sich gegen Lindvalls Pläne stemmen wollte, das wäre ohnehin sinnlos, aber sie würde Kivik nicht verlassen, diese Entscheidung hatte sie getroffen.

Stattdessen würde sie einen Neuanfang wagen, sobald sich die Chance ergab, Räume zu übernehmen, die sich für eine Bäckerei eigneten. Eine Bäckerei, die sich noch einmal ganz neu erfinden würde. Mit ganz viel Tradition, garniert mit ein wenig zeitgemäßem Chichi. Und mit einem klaren Zeichen an Lindvall, dass sie sich nicht unterkriegen lassen würde.

Alma liebte es, an einem Sommertag wie diesem zu so früher Stunde am Strand entlangzulaufen. Sie hatte in letzter Zeit nur selten Zeit dafür gehabt, ihre volle Aufmerksamkeit galt dem nächsten Lebensabschnitt. Der Suche nach einer passenden Immobilie und der Verwirklichung ihrer Pläne. Und diesmal würde sie ganz genau darauf achten, dass niemand ihr diesen Traum einfach so zerstören konnte.

Das Wasser glitzerte in der Morgensonne. Es war nicht so glatt wie vorgestern, als sie zuletzt hier gewesen war. Es war ein wenig Wind aufgekommen, weit draußen am Horizont erkannte sie Schleierwolken. Wahrscheinlich würde das Wetter schon bald umschlagen.

Aber das störte Alma nicht, ihr gefiel es hier bei jedem Wetter und zu jeder Jahreszeit. Wenn der Herbst sich allmählich zeigte und die Wellen immer stärker an den Strand schlugen, zog sie sich warm an und atmete die kühler werdende Luft ein. Dann wurde ihr Kopf noch freier, und ihr kamen die besten Ideen. Und Ideen konnte sie gut gebrauchen, wenn sie ihre neue Bäckerei in Angriff nehmen und diesem Lindvall das Leben hier so schwer wie möglich machen wollte, indem sie sich mit Leuten wie Viktor Pålsson zusammenschloss.

Manchmal hatte sie Bilder aus Thailand vor Augen, wenn sie hier spazieren ging. Sie war noch niemals in Thailand gewesen, hatte aber diesen Film mit Leonardo DiCaprio gesehen. »The Beach«. Das war schon lange her, und die Bilder waren ziemlich verblasst, aber der Strand von Kivik erinnerte sie, je nördlicher sie lief, an diese Inseln in Thailand mit dem feinen Sand, dem klaren Wasser und den grün bewachsenen Hügeln im Hintergrund. Um die Gegend hier mit DiCaprios Beach zu vergleichen, bedurfte es schon einigermaßen verzerrter Bilder und etwas Phantasie, doch zweifellos waren der Sandstrand mit der direkt angrenzenden Bewaldung und dem hügeligen Gelände ziemlich einzigartig.

»The Beach« – sie konnte sich auch an die Handlung kaum noch richtig erinnern. Jedenfalls hatte sich die vermeintliche Idylle letztlich als Hölle herausgestellt. Spätestens an dieser Stelle waren die Gemeinsamkeiten dann vorbei. Grauenhafte Verbrechen an diesem traumhaften Strand konnte und wollte sie sich nun wirklich nicht vorstellen.

Alma blieb stehen und ließ ihren Blick über das Meer schweifen. Die letzten Monate waren ihre schwierigste Zeit in Kivik gewesen, und trotzdem spürte sie so viel Energie durch ihren Körper strömen wie seit Langem nicht mehr. Sie schloss die Augen und konzentrierte sich auf sich selbst. Auf das, was bevorstand. Der Schmerz, ihre Bäckerei schließen zu müssen, sollte keinen Platz mehr in ihrem Herzen haben. Es zählte nur noch die Zukunft. Ihre persönliche genau wie die von Kivik. Alles sollte so bleiben, wie es war. Ein Ort, der von niemandem missbraucht wurde, um ein Hotspot Schwedens zu werden. Wenn alle anderen nicht den Mut aufbrachten, sich gegen diesen Lindvall zu stellen, musste sie eben allein dafür sorgen, dass ihm die Lust daran verging, Immobilie um Immobilie aufzukaufen. Und wenn dafür Dinge notwendig waren, an die sie unter normalen Umständen nicht einmal zu denken vermochte, dann würde sie in diesem Fall nicht zögern.

Alma fuhr herum, als sie plötzlich ein Geräusch hörte. Aufgeregtes Kreischen und dumpfe, kaum wahrnehmbare Klänge, die sie nicht zuordnen konnte.

Im nächsten Moment erkannte sie jedoch den Ursprung des plötzlichen Krachs. Ein Schwarm Möwen, so groß, dass sie kurzzeitig das Gefühl hatte, der Himmel verdunkele sich, hob sich einige Meter entfernt empor, dort, wo der Strand in den mit Sträuchern und Bäumen bewachsenen Hang überging. So viele von diesen Räubern auf einem Haufen hatte sie noch nie gesehen. Wahrscheinlich hatte hier jemand Müll oder Essensreste weggeworfen, auf die sie sich gestürzt hatten. Oder es lag dort ein totes Tier.

Alma sah den Vögeln hinterher. Sie flogen parallel zum Strand in Richtung Süden. Es wirkte fast so, als würden sie vor etwas fliehen. Etwas Grauenhaftem, das sie gerade gesehen hatten.

Ganz langsam wechselte ihr Blick zurück in die Richtung, aus der die Möwen gestartet waren. Zwischen Sand und Sträuchern stach etwas Dunkelgrünes hervor. Sie war aber zu weit entfernt, um erkennen zu können, was es war.

Obwohl sich ihr Verstand längst dagegen sträubte, sich dem unbekannten Objekt zu nähern, setzte sie einen Fuß vor den anderen. Wahrscheinlich lag es daran, dass sie niemals zuvor mit einer Situation konfrontiert gewesen war, in der sie spürte, dass etwas Furchtbares geschehen war, dem sie nachgehen musste. Denn hätte sie es bereits erlebt, wäre sie in diesem Moment wohl nicht weitergegangen.

Sie vermied es, genau hinzusehen. Doch je näher sie kam,

desto weniger gelang es ihr, den Blick abzuwenden. Was sie dort in wenigen Metern Entfernung aus ihren Augenwinkeln erkennen konnte, ließ keinen Zweifel zu.

Die Möwen hatten sich nicht über einen Haufen Müll hergemacht. Und auch nicht über ein totes Tier. Vor ihr lag ein fürchterlich zugerichteter männlicher Körper. Blutverschmiert und offenbar durch zahlreiche Messerstiche getötet. Doch als wäre dieser Anblick nicht schon grauenhaft genug, war ihr der Tote auch noch gut bekannt. Dort vor ihr lag zweifellos Viktor Pålsson.

Ausgerechnet Pålsson, in den sie so viel Hoffnung gesetzt hatte, dachte sie, ehe sie sich zur Seite drehte und in den Sand erbrach.

Am seidenen Faden

Reza wartete geduldig, während Ola Lindvall in sein Handy sprach und jemandem erklärte, dass er nicht länger auf irgendeine Erlaubnis warten wolle, um mit dem nötigen Umbau zu beginnen. Falls das nicht umgehend geschehe, würde er einfach Fakten schaffen. Dass Reza jedes Wort mit anhören konnte, wusste Lindvall nicht.

Seine Frau hatte Reza hineingelassen und stand im Wohnungsflur jetzt offenbar verunsichert neben ihm. Reza verzog seinen Mund zu einem kurzen Grinsen, dann nahm seine Mimik wieder den ernsten Ausdruck an, für den Reza Azadeh Zandi bekannt war.

Lindvalls Frau, die Reza auf Ende dreißig schätzte, zuckte entschuldigend mit den Schultern. Dann schob sie die Tür zu dem Arbeitszimmer auf, in dem ihr Mann telefonierte, und signalisierte ihm, dass Besuch da war.

Lindvall setzte noch einmal an und gab seinem Gesprächspartner unmissverständlich zu verstehen, dass er keine weiteren Entschuldigungen und Verzögerungen mehr dulde. Dann beendete er das Telefonat, steckte das Handy in die Hosentasche und trat zu Reza in den Flur der geräumigen Altbauwohnung im Herzen Malmös.

Ola Lindvall war ein groß gewachsener Mann mit leicht schütterem blondem Haar und einem durchtrainierten Körper. Reza musste sich sogar etwas strecken und seine Brust anspannen, um körperlich ebenso dominant zu wirken.

»Wer sind Sie?«, fragte Lindvall unfreundlich. Ohne eine Antwort abzuwarten, wandte er sich augenblicklich seiner Frau zu. »Wieso zum Teufel lässt du diesen Kerl in unsere Wohnung?«

»Er ist Polizist«, antwortete sie leise. »Es geht um den Toten in Kivik. Er hat ein paar Fragen an dich.«

»Ach, die Sache.« Lindvall klang genervt. »Mich würde vor

allem interessieren, wann ich mein Haus in der Stengatan wieder vermieten kann.«

»Reza Azadeh Zandi, Kripo Malmö«, stellte er sich vor und fixierte sein Gegenüber. »Ihre finanziellen Interessen in Ehren, aber mir fällt es schwer zu glauben, dass Gäste in absehbarer Zeit ein Haus buchen, in dem gerade jemand bestialisch ermordet wurde.«

»Das lassen Sie mal meine Sorge sein«, reagierte Lindvall dünnhäutig. »Hauptsache, die Polizei gibt die Wohnung bald wieder frei.«

»Das wird frühestens der Fall sein, wenn wir wissen, wer diese Tat begangen hat«, erklärte Reza ruhig. »Und vielleicht können Sie ja dazu beitragen, dass wir den Fall so schnell wie möglich aufklären.«

»Ich?« Lindvall tat übertrieben überrascht.

Wäre Reza nicht schon vorher genervt von dem Mann gewesen, dann spätestens jetzt. »In unseren bisherigen Ermittlungen ist Ihr Name immer wieder mal gefallen.«

»Was wollen Sie denn damit andeuten?« Lindvall klang jetzt empört.

»Dass Sie uns hoffentlich dabei helfen können, Antworten zu finden, die Licht ins Dunkel bringen.«

»Ich dachte, Sie hätten Rosa festgenommen. Haben Sie etwa doch Zweifel, dass sie es war?«

»Dazu kann ich nichts sagen, nur so viel: Sie befindet sich mittlerweile wieder auf freiem Fuß.«

»Hätte mich auch gewundert. So wie ich Rosa kennengelernt habe, passt das nicht zu ihr.«

»Weshalb passt das nicht?«, hakte Reza nach. »Wie gut kennen Sie denn Frau Møller?«

»Nicht sonderlich gut, aber so wie ich das mitbekommen habe, hat sie Kjell immer unterstützt.«

»In Bezug auf die Malerei?«

»Das weiß ich nicht, ich meinte, vor allem bei seinem Business.«

»Sie meinen den Kunstverleih?«

»Ja, eine wirklich spannende Idee, muss ich sagen.«

»Ist es richtig, dass Sie sich für Ihre Ferienwohnungen und Häuser des Öfteren Bilder bei Kjell Sundberg ausgeliehen haben?«

»Das ist korrekt«, antwortete Lindvall. »Mein Konzept besteht darin, die Einrichtungen meiner Wohnungen immer mal wieder zu verändern. Da kam mir der Ansatz, Kunst einfach zu leihen, ganz gelegen.«

»Haben Sie Sundberg dadurch auch privat näher kennengelernt?«

»Wir hatten regelmäßig Kontakt, aber rein geschäftlich. Wollen Sie mir vielleicht mal erklären, weshalb Sie mir diese Fragen stellen?«

»Wie denken Sie über Sundberg als Künstler?« Reza ignorierte Lindvalls Frage.

»Wie meinen Sie das nun wieder?« Lindvall schien ernsthaft überrascht.

»Die Bilder, die er gemalt hat, was halten Sie davon?«

»Ich weiß gar nicht, dass er selbst gemalt hat.« Lindvall zuckte mit den Schultern.

»Eigentlich hätte er in der Galerie Ljus seine Bilder ausgestellt«, erklärte Reza geduldig. »Allerdings hat er aus persönlichen Gründen davon Abstand genommen. Dann erst kam Casper Holmen ins Spiel.«

»Das wusste ich nicht.«

»Aber Holmen haben Sie an Pålsson vermittelt, richtig?«

»Wer behauptet das?«

»Beantworten Sie bitte meine Frage.«

»Pålsson kam vor einigen Wochen auf das Thema zu sprechen, als ich wegen einer anderen Sache bei ihm war. Er fragte mich, ob ich jemanden kenne, der kurzfristig für eine Ausstellung zur Verfügung stünde. Mir fiel Holmen ein, den ich von früher kannte.«

»Woher?«

»Wir hatten mal einen ähnlichen Freundeskreis, aber das liegt schon ein paar Jahre zurück. Damals lebte er noch in Malmö.«

»Sundberg und Holmen waren früher ebenfalls gut miteinander befreundet«, warf Reza ein.

»Mag sein.«

»Pålsson hat Ihren Vorschlag jedenfalls angenommen«, sagte Reza. »War er sofort angetan von Holmen, oder mussten Sie ihn überzeugen?«

»Ich habe den Kontakt vermittelt, das war's. Offenbar war Pålsson überzeugt, sonst hätte er die Ausstellung wohl nicht mit Holmen durchgeführt.«

»Lassen Sie uns über die Vernissage reden«, wechselte Reza das Thema. »Wie haben Sie den Abend verbracht?«

»Ich kam relativ spät und bin früh wieder gegangen«, antwortete Lindvall knapp.

»Weshalb sind Sie überhaupt dort gewesen?«

»Das habe ich mich auch gefragt. Pålsson hat mich eingeladen, und ich hatte wohl gehofft, dass ich dort einige Menschen treffen würde, die für meine Investments in Österlen hilfreich sein könnten. Aber die Gästeliste war ziemlich enttäuschend.«

»Mit wem haben Sie sich denn unterhalten?«

»Mit kaum jemandem. Ein paar Worte habe ich mit Holmen gewechselt, aber er hatte wenig Zeit, weil sich alle um ihn scharten.«

»Und mit Kjell Sundberg und Rosa Møller?«

»Hat sich nicht ergeben«, erklärte Lindvall emotionslos. »Die beiden waren allerdings auch früh verschwunden. Noch vor mir.«

»Die beiden?«, hakte Reza nach. »Wir wissen bislang lediglich, dass Rosa Møller die Vernissage zwischenzeitlich verlassen hat, um am Hafen etwas frische Luft zu schnappen.«

»Ich habe zumindest beobachtet, wie die beiden die Galerie zusammen verlassen haben.«

»Und kamen sie auch zusammen wieder zurück?«

»Keine Ahnung«, antwortete Lindvall. »Ich weiß ja nicht einmal, ob sie überhaupt zurückkamen. Wie gesagt, als ich die Vernissage verließ, waren sie nicht da.«

»Wann genau war das?«

»So um kurz nach neun.«

»Da waren außer den beiden noch alle Gäste anwesend?«

»Ich glaube schon.«

»Sie waren also nicht einer der Letzten, der die Vernissage verlassen hat?«, drängte Reza.

»Einer der Letzten? Soll das ein Witz sein? Anstandshalber bin ich zwei Stunden geblieben. Ich habe mich selten zuvor so sehr auf einer Feier gelangweilt.«

»Viktor Pålsson behauptet etwas anderes. Laut ihm haben Sie seine Galerie um kurz vor zwölf verlassen.«

»Wie bitte?«, polterte Lindvall entrüstet. »Warum erzählt er solche Lügengeschichten? Ich habe mich um neun von ihm verabschiedet und bin zurück nach Malmö gefahren. Fragen Sie meine Frau, wann ich neben ihr lag.«

»Das werde ich mit Sicherheit gleich tun, aber ich frage mich, weshalb Pålsson uns so etwas erzählt, wenn es gar nicht stimmt. Gab es Probleme zwischen Ihnen beiden, oder warum bringt er Sie mit dieser Aussage absichtlich in Schwierigkeiten?«

»Mir reicht es jetzt«, sagte Lindvall ungehalten. »Ich würde sagen, wir beenden das Gespräch.«

»Sie haben die Möglichkeit, die Unstimmigkeiten zu erklären. Wenn die gegensätzlichen Aussagen zum Zeitpunkt Ihres Verlassens der Vernissage so stehen bleiben, werden wir Sie vorladen müssen. Oder auch mehr. Sie verstehen, was ich meine.«

»Weshalb glauben Sie diesem alten Mann eigentlich mehr als mir? Er hat doch nur Angst davor, dass er sich eines Tages sein Haus nicht mehr leisten kann und an mich verkaufen muss.«

»Verstehe«, sagte Reza. »Haben Sie ihm das auch so deutlich gesagt?«

»Sie glauben ernsthaft, ich hätte ihn unter Druck gesetzt? Das ist nicht die Art und Weise, wie ich meine Geschäfte führe. Ich habe wirklich keine Ahnung, weshalb er Ihnen erzählt hat, ich wäre so lange auf dieser Vernissage gewesen. Vielleicht ist er auch verwirrt, oder er war betrunken, so wie die meisten seiner Gäste.«

»Kennen Sie eine Mila Falk?«

»Mila?«, fragte Lindvall zurück. »Natürlich, jeder kennt sie.«

»Was heißt ›jeder‹?«

»Jeder eben.«

»Und weshalb bitte kennt sie jeder?« Rezas eiserne Geduld hing mittlerweile am sprichwörtlich seidenen Faden. Die Tatsache, dass er jedes Detail aus Lindvall herausquetschen musste, zermürbte ihn. Dabei war er normalerweise in der Lage, dieses Spiel so lange mitzuspielen, bis sein Gegenüber aufgab oder wenigstens die Nerven verlor.

»Weil sie eine sehr spezielle Person ist.«

»Verdammt noch mal, beantworten Sie doch endlich meine Fragen mal so, dass ich nicht ständig nachfragen muss.«

Der Faden war gerissen. Reza spürte, dass sich nicht nur seine Tonlage veränderte, auch seine Mimik blieb nicht länger gelassen. Schlimmstenfalls würde Lindvall nun gar nichts mehr sagen, weil er sich bedroht fühlte. Er war nicht der Typ, der sich von Rezas grimmigem, durchdringendem Blick so einschüchtern ließ, dass er gleich mit der Sprache herausrückte.

Lindvall streckte sich nun ebenfalls und baute sich vor Reza auf. »Es gibt genügend Leute in Kivik, die Ihnen mehr über Mila erzählen können«, sagte er mit ruhiger, aber ernster Stimme. »Mit Sicherheit werde ich mich nicht an diesen Gerüchten um sie beteiligen.«

»Weil Sie selbst Teil dieser Gerüchte sind?«, fragte Reza provokant und rückte noch ein Stück näher an Lindvall heran, sodass ihre Gesichter nur noch wenige Zentimeter voneinander entfernt waren.

»Was soll das heißen?« Lindvall fauchte beinahe.

»Pålsson hat nicht nur ausgesagt, dass Sie als einer der Letzten die Vernissage verlassen haben, sondern auch, dass Sie zum gleichen Zeitpunkt wie Mila Falk gegangen sind.«

Lindvall versuchte sich dagegen zu wehren, dass seine Gesichtszüge entglitten. Vergeblich. Sein Kinn zuckte unkontrolliert, und die Lippen schienen sich nicht entscheiden zu können, ob sie ein bitterböses Lächeln oder ein wütendes Grollen zeigen sollten.

Eines wurde Reza in diesem Moment allerdings klar: Ola Lindvall hatte etwas zu verbergen. Denn warum sonst log er ihn an?

Schlüsselkarte

Wenn der Anruf einging, dass eine Leiche gefunden worden war, stürmten Niklas und Emma in der Regel zu ihrem Wagen, der im Parkhaus des Malmöer Polizeipräsidiums stand, und rasten so schnell wie möglich zum Tatort.

Hier in Kivik tickte die Welt allerdings anders. Sie liefen einfach zu Fuß zu dem Ort, an dem heute Morgen offenbar eine Spaziergängerin eine grauenhafte Entdeckung gemacht hatte. Denn der Bereich am Strand war mit dem Auto ohnehin nicht schneller erreichbar, als wenn sie die wenigen hundert Meter vom Ortskern zu Fuß zurücklegten.

Was ihnen am meisten zu schaffen machte, war der Name des Toten. Die Frau hatte ihn offenbar erkannt und war sich sicher, dass es sich um Viktor Pålsson handelte.

Allein die Tatsache, dass innerhalb von achtundvierzig Stunden in diesem beschaulichen Ort ein weiterer Mensch ums Leben gekommen war, ließ keinen Zweifel daran, dass ein Zusammenhang bestehen musste. Aber wenn das Opfer wirklich Viktor Pålsson hieß, wie es Haglund am Telefon gesagt hatte, hatte das Ganze erneut eine komplette Wendung genommen. Denn nach dem, was ihnen Fredriksson über die beiden vergangenen Abende erzählt hatte, deutete nun doch wieder alles auf Rosa Møller als Täterin hin. Hatte Niklas sie in der Stengatan heute Morgen etwa abgepasst, als sie gerade von einem weiteren Mord am Strand zurückgekehrt war?

Sie waren sich mit Haglund einig, dass sie Rosa Møller erneut in Gewahrsam nehmen mussten. Die Staatsanwaltschaft würde einem Haftbefehl hoffentlich sofort zustimmen. Jedenfalls durften sie keine Zeit verlieren, und Haglund hatte dafür gesorgt, dass bereits mehrere Streifenwagen zu der Pension, in der sie untergebracht war, unterwegs waren.

Niklas und Emma wechselten kein Wort miteinander, während sie schnellen Schrittes in nördlicher Richtung bis zum

Strand gingen. Schon von Weitem erkannten sie den Leichen-
fundort. Die Techniker hatten eine Stelle im Sand relativ nahe
am Übergang zum angrenzenden Wald abgesperrt.

Sie kannten diese Situation allzu gut. Niklas hatte irgendwann aufgehört zu zählen, wie viele Tatorte und Leichen er in
seinem Leben schon gesehen hatte. Bei Emma waren es zwar
einige weniger, aber längst genug, um sich nicht mehr an alle
erinnern zu können. Was natürlich so nicht stimmte, denn tief
im Innern verursachte jeder Tote eine Narbe in der Seele, mit
der Kriminalbeamte der Mordkommission ein Leben lang klarkommen mussten.

Auch Anders Haglund war bereits vor Ort. Er stand neben
der abgedeckten Leiche und sprach mit einem der Techniker.
Niklas trat dazu und kam direkt zur Sache.

»Ist es auf jeden Fall Pålsson?«

»Leider ja«, antwortete Haglund.

»Unfall und Suizid sind auszuschließen?«

»Zweifellos.«

»Ihr habt euch die Leiche bereits angesehen?«, fragte Niklas
weiter.

»Ihr seid die Profis von der Mordkommission. Ich dachte
eigentlich, ihr seht euch jedes Opfer im Detail an.«

»Natürlich tun wir das«, ging Emma dazwischen. Sie nickte
dem Techniker zu, der daraufhin die Plane anhob, und warf
Niklas aus dem Augenwinkel einen vorwurfsvollen Blick zu.

Er wusste, dass sie es nicht mochte, wenn er auf den Anblick
einer Leiche verzichten wollte. Sie konnte nur dann gedanklich
in Ermittlungen einsteigen, wenn sie das Opfer genauestens
unter die Lupe nahm. Und dazu gehörte auch die persönliche
Inspektion der Leiche.

Vielleicht lag es am Altersunterschied. Mit seinen knapp drei-
undvierzig Jahren war Niklas fast zehn Jahre älter als sie. Er
würde es ihr gegenüber so nicht äußern, weil Emma ziemlich angesäuert reagieren würde, aber die Erfahrung hatte ihn gelehrt,
dass die Ergebnisse der Spurensicherung und der Rechtsmedizin
in der Regel ausreichend waren, um sich ein umfängliches Bild

zu machen. Ihm genügten Berichte und Fotos, aber er konnte damit leben, wenn Emma und alle anderen glaubten, er habe ein Problem damit, sich übel zugerichtete Leichen anzusehen. Schließlich stimmte es auch.

Er warf über Emmas Rücken hinweg einen zögerlichen Blick auf den Körper von Viktor Pålsson und zuckte sofort zusammen. Auf eine weitere von Dutzenden Messerstichen übersäte Leiche war er nicht vorbereitet gewesen. Vor Schreck trat er einen Schritt zurück.

»So wie es aussieht, wurde Pålsson von einem harten Gegenstand am Hinterkopf getroffen«, erklärte Haglund. »Das ist aber auch schon der einzige Unterschied zu Kjell Sundberg. Die Einstiche ähneln sich auf erschreckende Weise. Wie im Wahn hat jemand auf ihn eingestochen. Die Tatwaffe wurde auch diesmal zurückgelassen.« Er deutete auf eine Stelle im Sand, etwa einen Meter entfernt von Pålsson. Dort lag ein blutverschmiertes mittellanges Küchenmesser. Es sah fast genauso aus wie das auf den Fotos vom Tatort in der Ferienwohnung in der Stengatan.

»Ihr seid die Profis«, wiederholte Haglund achselzuckend. »Wenn ihr mich fragt, wurden die beiden Morde von ein und derselben Person verübt.«

Niklas stöhnte leise auf. Nicht nur dass Haglunds Schlussfolgerung alles andere als ein Geniestreich war, ihn störten vor allem die andauernden Sticheleien. Als hätten »die Profis« ihm den Fall weggenommen. Er selbst hatte sie um Hilfe gebeten. Allmählich begann Niklas zu ahnen, welches Spiel Haglund da trieb. Allerdings würde er ihm nicht den Gefallen tun, sich darauf einzulassen.

»Es gibt noch einen weiteren Unterschied«, sagte Emma plötzlich. »Seht euch das hier an.« Sie deutete auf eine Plastikkarte, die etwas versteckt zwischen dem rechten Arm und dem Torso von Pålsson lag. »Wenn sie nicht Pålsson gehört, haben wir einen Gegenstand, den der Täter verloren hat.«

»Was ist denn das?«, fragte Niklas.

»Sieht aus wie eine Schlüsselkarte für ein Hotel- oder Pensionszimmer.«

»Du meinst –«

»Würde es uns überraschen?«, unterbrach Haglund die beiden. »Alles spricht nach Fredrikssons Aussage doch jetzt dafür, dass Rosa Møller die Täterin ist. Ich warte sekündlich auf die Nachricht meiner Leute, dass sie sie wieder in Gewahrsam genommen haben. Und diesmal sollten wir dafür sorgen, dass sie nicht wieder auf freien Fuß kommt. Angesichts dieser Tat hier möchte ich nicht in der Haut der Staatsanwaltschaft stecken. Sie hätte niemals freigelassen werden dürfen.«

»Gestern hatten wir alle durchaus unsere Zweifel, ob sie Kjell Sundberg wirklich umgebracht hat«, merkte Niklas an. »Und wenn ich dich daran erinnern darf, du warst es, der wegen der Ergebnisse der Spurensicherung keine andere Chance sah, als sie freizulassen.«

»Da hast du natürlich recht.« Haglund wirkte plötzlich kleinlaut. »Wir alle haben einen großen Fehler gemacht.«

Niklas wollte gerade dazwischengehen, um Haglund klarzumachen, dass nicht sie, sondern nur er einen Fehler begangen hatte, als Emma erneut ansetzte.

»Es fehlen Spuren im Sand«, sagte sie. »Das könnte bedeuten, dass der Täter sich von hinten über den begrünten Bereich angeschlichen hat. Von dort kann er das Opfer beobachtet haben. Es stellt sich die Frage, weshalb sich Pålsson überhaupt um diese Uhrzeit hier draußen aufgehalten hat.«

»Können wir denn sicher sein, dass er hier ermordet wurde?«, warf Niklas ein. »Vielleicht hat der Täter die Leiche hierhergeschafft.«

»Pålsson war öfter am Strand, auch spätabends«, sagte plötzlich der junge Techniker, mit dem sich Haglund unterhalten hatte. »Ich lebe in Kivik und bin selbst oft hier. Er saß meist auf dem Baumstamm da drüben und blickte stundenlang zum Horizont.«

»Danke für deine Beobachtung«, sagte Niklas. »Habt ihr eigentlich inzwischen irgendetwas an Spuren in den Gläsern aus der Galerie gefunden, das auf K.-o.-Tropfen oder Ähnliches hindeutet?«

»Nein, bislang leider gar nichts«, antwortete der Techniker, den Haglund vorhin mit Håkan angesprochen hatte. »Wir sind aber noch nicht ganz fertig mit unserer Arbeit.«

Niklas trat einen Schritt zur Seite. Er ließ seinen Blick über den Strand, das Meer und den bewaldeten Bereich schweifen. Ja, sie hatten eine Tatverdächtige, sinnierte er. Eine, die sie hoffentlich auch schnell dingfest machen konnten. Aber ihnen fehlte noch immer etwas Entscheidendes: das Motiv.

»Welchen Grund könnte Rosa Møller haben, auch Pålsson umzubringen?«, fragte er nachdenklich. »Weshalb hatten die beiden Streit miteinander?«

»Vielleicht wusste Pålsson zu viel«, warf Haglund ein. »Denkbar wäre, dass er sie erpresst hat. Weil er irgendetwas gegen sie in der Hand hatte.«

»Ernsthaft?«, fragte Emma etwas zu flapsig.

»Wir wissen noch immer nicht, wer der anonyme Anrufer war, der Kjells Tod gemeldet hat. Könnte es nicht sein, dass Pålsson –«

»Das würde ich ausschließen«, ging Niklas dazwischen. »Aber das ist eine andere Sache. Wodurch hätte Pålsson ihr gefährlich werden können? Weil er gewusst hatte, dass Rosa Møller Sundberg getötet hat? Aber das hast du doch gestern Abend selbst ausgeschlossen, als du sie freigelassen hast.«

»Die Spuren in der Wohnung waren ziemlich eindeutig.«

»Eben«, sagte Niklas. »Ich bin längst nicht überzeugt, dass sie die Täterin ist. Und wer sagt überhaupt, dass uns dieser Fredriksson die Wahrheit gesagt hat?«

Noch immer wunderte er sich darüber, dass Haglund diesem Aussteiger, der unten am Hafen illegal in zwei Fischerhütten lebte, mehrere tausend Kronen zugesteckt hatte, um an Informationen zu kommen. Er hatte Emma nichts davon erzählt, auch weil er das Ganze ja gedeckt hatte, statt Haglund zurechtzuweisen.

Seine Gedanken wurden durch das Klingeln von Haglunds Handy unterbrochen. Der Kollege aus Simrishamn trat ein paar Schritte zur Seite und nahm das Gespräch an. Es dauerte nur ein paar Sekunden, während derer er selbst kaum redete, dann kam er wieder auf sie zu.

»Rosa Møller wurde festgenommen«, sagte er mit ernster Stimme. »Offenbar hat sie sich erheblich zur Wehr gesetzt. Wohl weil sie verstanden hat, dass es vorbei ist.«

Defender

Er saß auf einem alten Holzstuhl in der Küche des Hauses und ließ eine Flasche Bier in seiner rechten Hand kreisen. Auf dem Tisch stand ein halbes Dutzend leerer Flaschen. Und eine angebrochene Flasche Aquavit, die er im Eisfach des Kühlschranks gefunden hatte. Er hatte nur einen kleinen Schluck davon genommen, schließlich durfte er sich nicht völlig abschießen.

Ein paar Bier stellten kein Problem dar, aber Schnaps war gefährlich. Er ließ ihn nicht mehr klar denken und sorgte dafür, dass alles in seinem Kopf matschig wurde. Noch schlimmer war, dass er die Kontrolle über sich verlor, immer aggressiver wurde. Und Dinge tat, die so schlimm waren, dass er sich im Nachhinein schämte. Und dann noch mehr trank, um die Erinnerungen an seine Totalausfälle möglichst wieder auszulöschen.

Seit mehr als zwölf Stunden saß er nun hier. Er hatte zwischendurch ein wenig geschlafen, mit dem Kopf auf dem Tisch. War zum Kühlschrank gegangen. Hatte ein weiteres Bier geöffnet, getrunken und nachgedacht. Und weitergetrunken. Und geschlafen. Und immer wieder nachgedacht. Jedoch ohne zu irgendeinem sinnvollen Ergebnis zu gelangen.

Gestern Abend war es später geworden, als er eigentlich geplant hatte. Gerade als er aus seinem Wagen ausgestiegen war, hatte er beobachtet, wie ein Mann, den er auf Mitte vierzig schätzte, und eine etwas jüngere Frau die Straße entlangkamen und auf das Haus, vor dem er gewartet hatte, zutraten. Die Tür hatte sich geöffnet, und sie waren im Innern verschwunden. Bis sie zweieinhalb Stunden später wieder herausgekommen waren. Die beiden hatten unzufrieden gewirkt, fast ein wenig aufgebracht. Er schätzte, dass es sich um einen Verwandtschaftsbesuch gehandelt hatte. Bei der Frau hatte er ganz besonders genau hingesehen. Gab es vielleicht eine Ähnlichkeit mit Maja? Nein, auf keinen Fall. Er hätte sie sofort erkannt, selbst nach so langer Zeit. Auch wenn sie damals noch ein kleines Kind gewesen war.

Er hatte noch ein paar Minuten gewartet, dann war er erneut ausgestiegen. Nach einigen letzten Zweifeln hatte er schließlich geklingelt und das ältere Ehepaar, das offenbar damit gerechnet hatte, dass ihr Besuch noch einmal zurückkam, vollkommen überrumpelt, rasch überwältigt und im Wohnzimmer mit ein paar langen Kabelbindern an einen der großen Heizkörper gefesselt. Anschließend hatte er jeden Winkel des Hauses durchsucht, in der Hoffnung, irgendeinen Hinweis auf Maja zu finden.

Doch da war nichts. Kein einziges Zeichen, dass sie lebte, aber immerhin auch keines, dass sie tot war. Einerseits war er froh, weil die Hoffnung, dass alles wieder gut werden würde, weiter bestand. Andererseits war er natürlich nicht vollkommen naiv. Zu viele Jahre waren vergangen: Wenn Maja damals gestorben war, würde er hier nichts finden, davon war auszugehen. Wenn es ein Unfall gewesen und seine Schwester überfahren worden war, hatten sie mit Sicherheit alle Hinweise darauf vernichtet. So wie dieses Ehepaar ihm gegenübergetreten war, war er sich sicher, dass sie jedes noch so kleine Risiko bedacht und keinerlei Spuren hinterlassen hatten.

Sofern Maja damals allerdings in den Wagen eingestiegen oder entführt worden war, bei diesen Leuten aufgewachsen war, wusste er nicht, was er von der Situation hier halten sollte. Wo war sie? Es gab nichts im Haus, was auf seine Schwester hindeutete.

Alles, was er sich ausgemalt hatte, schien plötzlich bedeutungslos zu sein. Wenn es nicht ein gut verstecktes Kellerverlies gab, in dem sie Maja festhielten, musste er sich wohl eingestehen, dass sie nicht hier war. Er hatte sich etwas vorgemacht. Die Sehnsucht nach Maja und der Wunsch, den Fehler von damals wiedergutzumachen, hatten seine Sinne vernebelt.

Er hatte die beiden befragt. Anfangs noch mit ruhiger Stimme, später mit allen Mitteln, von denen er sich erhofft hatte, sie würden sie zum Reden bringen. Falsch gehofft. Sie hatten so getan, als würden sie gar nicht verstehen, wovon er überhaupt sprach.

Er war kurz davor gewesen aufzugeben. Die beiden einfach wieder freizulassen und zurück nach Hause zu fahren, wo er seit vier Tagen nicht mehr gewesen war. Die Tür hinter sich zu schließen, die Vorhänge zuzuziehen und sich unter der Bettdecke zu verkriechen. Die nächste depressive Phase hätte ihn befallen und vielleicht so lange wie nie zuvor angehalten. Doch die Gedanken daran hatten ihn zermürbt, er wollte doch nicht schon wieder einen Rückfall erleiden. Er wollte das Hamsterrad endlich verlassen. Schließlich hatte er sich zusammengerissen und sich vehement eingeredet, dass er hier richtig war. Dass er seine Vergangenheit hier ein für alle Mal klären musste.

Er hatte sich noch eine Flasche Bier aus dem Kühlschrank geholt und sich an den Küchentisch gesetzt. Die Uhr an der Wand hatte kurz nach Mitternacht angezeigt. Er hatte die Müdigkeit in seinem Körper gespürt. In den vergangenen Tagen hatte er nie mehr als eine Stunde am Stück geschlafen.

Wie zum Teufel sollte er bloß etwas aus diesen beiden Alten herausbekommen? Nur darum hatten sich seine übermüdeten Gedanken in dieser Nacht gedreht, wenn er nicht gerade weggenickt war. Er hatte keine Lösung gefunden. Ein paarmal war er nebenan ins Wohnzimmer gegangen und hatte auf die beiden eingeredet. Hatte ihnen Dinge angedroht, die eigentlich fern seiner Vorstellungen lagen. Und hatte unmissverständlich klargemacht, dass er nicht gehen würde, bevor er nicht wusste, was sie mit Maja angestellt hatten.

All das hatte nichts genutzt. Sie hatten geschwiegen, weil sie angeblich keine Ahnung hatten, wovon er sprach. Sie hatten ihm sogar gedroht, dass er niemals mehr einen Schritt auf freiem Fuß tun würde, wenn er nicht sofort wieder verschwand. Was bildeten sich diese Menschen eigentlich ein? Sie hatten Maja auf dem Gewissen und kein Recht, so mit ihm zu reden.

Er stand auf und ging in der Küche auf und ab. Mehr Alkohol würde die Situation definitiv nicht lösen. Er würde noch einmal versuchen, mit den beiden zu reden. Ein letztes Mal. Vielleicht musste er einfach noch deutlicher werden.

Als er das Wohnzimmer betrat, schrak er kurz zusammen. Die beiden Alten saßen mit geschlossenen Augen und in sich zusammengesunken vor dem Heizkörper. Es schien fast so, als hätte jeder Hauch von Leben ihre Körper verlassen. Aber sie schliefen einfach nur. Erschöpft von einer Nacht, in der auch sie kaum ein Auge zugemacht hatten.

Er entfernte die Küchentücher, die er ihnen als Knebel um den Kopf gewickelt hatte, und rüttelte sie wach. Es dauerte eine Weile, bis sie wieder ansprechbar waren, dann zog er sich einen Stuhl heran und setzte sich direkt vor sie.

»Können Sie sich vorstellen, dass an diesem Tag damals, als Maja verschwand, einfach alles kaputtgegangen ist? Majas Leben, das meiner Eltern und nicht zuletzt mein eigenes? Nicht zu wissen, was mit ihr passiert ist, hat mich irre werden lassen. Verstehen Sie das? So richtig irre, Klapsmühle, Psychopharmaka, einfach wahnsinnig im Kopf. Das volle Programm.«

Er hielt kurz inne und schaute die beiden abwechselnd an. Sie machten keine Anstalten, etwas zu sagen.

»Noch schlimmer ist allerdings, dass es meine Schuld war. Ich habe nicht auf sie aufgepasst, das macht es für mich noch unerträglicher. Ich will einfach nur wissen, was mit ihr geschehen ist, anschließend werde ich …« Er brach ab und vergrub sein Gesicht in den Händen. Wenn sie tatsächlich nicht mehr am Leben war und er endlich diese Gewissheit hatte, wünschte er sich nichts mehr, als ihr dahin zu folgen, wo sie hoffentlich glücklich war.

»Wirklich tragisch«, sagte der Mann mit den grauen Haaren und dem ernsten Gesichtsausdruck. »Aber Sie sind hier falsch. Wir haben mit dieser Sache nichts zu tun. Binden Sie uns jetzt bitte los und verlassen Sie dieses Haus. Andernfalls werde ich –«

»Gar nichts werden Sie!« Er sprang von seinem Stuhl auf, beugte sich hinunter und packte den Mann am Kragen seines Hemds. So heftig, dass direkt zwei Knöpfe abrissen. Dann drückte er dessen Oberkörper gegen den Heizkörper, bis der

Alte mit schmerzverzerrtem Gesicht darum flehte, dass er von ihm abließ.

»Ich gehe nicht, bevor ich die Wahrheit weiß. Ich habe den Wagen hier vor diesem Haus gesehen. Exakt vor drei Tagen.«

»Welchen Wagen denn?«, fragte der Mann mit schwacher Stimme.

»Der grüne Geländewagen, Sie wissen genau, wovon ich spreche. Was ist damals passiert?«

»Es tut mir wirklich leid, aber wir können –«

»Pssst!« Er legte den Zeigefinger der rechten Hand auf seinen Mund und machte dem Mann mit seinem Blick unmissverständlich klar, dass er die Lüge nicht noch einmal wiederholen solle. Er stand auf und trat an das große Fenster im Raum. Sie würden ihm nichts sagen, das wurde ihm in diesem Moment endgültig klar.

Er massierte seine Schläfen so stark, dass sie schmerzten. Aber die Müdigkeit sorgte dafür, dass er seine Umgebung nur noch schemenhaft wahrnahm. Durch das Fenster blickte er auf den großen Garten bis hinüber aufs Meer. Das hereinfallende Licht blendete ihn, sorgte aber gleichzeitig dafür, dass er wieder klarer denken konnte.

Vielleicht war es aber auch etwas anderes, das plötzlich seine Aufmerksamkeit in Anspruch nahm. Etwas, das ihm beim Blick aus dem Fenster aufgefallen war: ein Anbau, eine Garage vielleicht.

Sofort war er wieder hellwach. Er fuhr herum und sah die beiden Alten an. Der Mann zuckte kurz. Hatte er es bereits begriffen, dass er dahintergekommen war? Dass in dieser Garage das Fahrzeug stand, das er damals als Kind aus dem Augenwinkel hatte wegfahren sehen? Das Fahrzeug, mit dem Maja verschwunden war?

»Ich bin gleich wieder da«, sagte er leise. Obwohl sein Puls auf einmal raste und seine Beine losrennen wollten, ging er ganz langsam aus dem Raum in das benachbarte Esszimmer mit Wintergarten, von wo aus eine Glastür nach draußen führte.

Er ließ seinen Blick schweifen. Der Garten war schön angelegt, durch und durch gepflegt. Und den Blick auf das in der Sonne glitzernde Meer genossen die beiden Alten bestimmt, wenn sie hier mit einem Glas Weißwein auf der Terrasse saßen. Ein traumhaftes Leben auf die alten Tage. Hier konnten sie abschalten und vergessen. Und niemand würde mitbekommen, was sie getan hatten. So hatten sie sich das wohl vorgestellt.

Die letzten Meter bis zu dem Holzanbau ging er mit geschlossenen Augen. Erst als er die Tür erreicht hatte und seine Hand sich auf den metallenen Griff legte, öffnete er sie wieder. Er hatte Probleme, seine Emotionen unter Kontrolle zu halten. Zwanzig Jahre Ungewissheit, Schuldgefühle und Selbstzerstörung. Zumindest die Ungewissheit konnte in wenigen Augenblicken ein Ende finden.

Er drückte die Klinke hinunter. Die Tür quietschte und knarzte. Geruch von Diesel und Eisen drang in seine Nase. Es war dunkel in der Garage, aber das wenige Licht, das jetzt durch die offene Tür drang, gab den Blick auf einen grünen Geländewagen, einen Land Rover Defender, frei. Ein älteres Modell, genau so eines, wie er damals gesehen hatte.

Er wusste nicht, wohin mit seinen Gefühlen. Zumal es zu viele unterschiedliche waren. Er wollte am liebsten weinen, aber die Tränen kamen nicht. Auch der Schrei, zu dem er ansetzte, verpuffte lautlos in der kleinen Garage. Er fühlte sich hilflos und erleichtert zugleich. Sein Kopf spielte verrückt. Minutenlang spürte er alles auf einmal, während er wie erstarrt vor dem Wagen stand und zwanzig Jahre alte Bilder im Hintergrund vorbeiliefen.

Ganz langsam beruhigte er sich wieder. Das Durcheinander in seinem Kopf löste sich auf, doch etwas Dunkles erschien plötzlich irgendwo in den hinteren Windungen seines Gehirns und näherte sich mit rasender Geschwindigkeit der Oberfläche. Dunkel und vor allem bedrohlich.

Er ahnte längst, worauf es hinauslaufen würde. Denn die Tatsache, dass er nun wusste, wem dieser Wagen gehörte, den er doch eigentlich selbst für Einbildung gehalten hatte, führte zu einer nahezu ungebremsten Wut in ihm, die sich entladen musste. Der Gedanke, endlich Rache nehmen zu können, verschaffte ihm Genugtuung und machte ihm zugleich Angst. Denn eigentlich suchte er doch die Antwort auf die Frage nach dem Schicksal von Maja. Nur würde er die bekommen? Wahrscheinlich würden die beiden da drinnen weiterhin alles abstreiten. Oder einfach schweigen. Und in diesem Fall gäbe es nur eine Alternative.

Er schloss die Augen erneut und atmete dreimal tief ein und wieder aus. Dann wandte er sich ab und verließ die Garage so langsam, wie er sie betreten hatte. Ein letzter Blick über den weitläufigen Garten hinab aufs Meer, ehe er zurück zur Terrasse ging und das Haus betrat. Im vollen Bewusstsein, dass die Dunkelheit jetzt vollständig Besitz von ihm ergriffen hatte.

Route 1

»Kannst du dir vorstellen, dass wir in nicht einmal einem Monat die Route 1 von San Francisco nach Los Angeles entlangfahren?« Niklas setzte sich auf einen großen Findling am Strand und machte eine einladende Geste, damit Emma sich neben ihn gesellte. Aber sie zog es vor, stehen zu bleiben.

»Ich denke augenblicklich nicht mal an morgen«, antwortete sie.

»Freust du dich denn gar nicht?«

»Doch, natürlich, aber jetzt gerade ist das nicht mein Thema. Ich kann nicht abschalten und an Urlaub denken, wenn wir einen Fall wie diesen aufklären müssen.«

»Warst du eigentlich schon immer so?«, fragte er etwas unbeholfen.

»Wie meinst du das?«

Niklas war kurz versucht, sich zur Seite zu drehen und sie anzusehen, aber stattdessen verlor sich sein Blick irgendwo im Nichts auf dem kristallblauen Meer. »Ich habe das Gefühl, dass du mal entspannter warst«, sagte er schließlich. »Kann es sein, dass du Ermittlungen und Privates besser voneinander trennen konntest?«

»Genau das tue ich doch gerade«, antwortete sie entschieden.

»Eben nicht, im Gegenteil. Du konntest früher privat sein, obwohl wir gemeinsam an einem Fall arbeiteten. Es hat dich nicht so belastet, wie es das jetzt offenbar tut.«

»Und ich glaube, du verstehst einfach nicht, weshalb ich mich so verhalte«, entgegnete Emma ausweichend.

»Nein, aber sag es mir.«

»Das bringt doch nichts.«

Aus dem Augenwinkel erkannte Niklas, dass Emma sich abwandte. »Was ist denn los mit dir? Seitdem wir hier in Kivik sind, bist du irgendwie seltsam. Du redest kaum ein Wort mit mir, und ich habe das starke Gefühl, dass du auf Abstand zu mir gehst.«

»Vielleicht liegst du damit gar nicht mal so falsch.«

»Was soll das heißen? Habe ich denn irgendetwas getan, womit du ein Problem hast?«

»Die Situation ist nicht einfach für mich«, antwortete Emma. »Ich erkenne mich momentan ja selbst nicht wieder.«

»Du redest gerade echt in Rätseln. Nimmt dich dieser Fall so mit?«

»Nicht mehr oder weniger als sonst. Es geht um etwas anderes.«

»Und zwar?«

»Um uns, Niklas«, seufzte Emma. »Also, genauer gesagt, um dich und mich und unsere Arbeit. Ich bin einfach nicht glücklich damit, wie es läuft. Irgendwie habe ich das Gefühl, dass ich gehemmt bin, wenn wir so eng zusammenarbeiten. Du führst die Gespräche, du sagst, was wir als Nächstes machen sollen, du hast die Ideen. Und ich stehe wie eine Praktikantin daneben und sage nichts. Das bin nicht ich, und das weißt du auch. Normalerweise arbeite ich eigenständig und nehme selbst das Heft des Handelns in die Hand.«

»Und hindere ich dich etwa daran?«, fragte Niklas überrascht. »Wir arbeiten doch schon seit Jahren Seite an Seite. Ich hatte nie das Gefühl, dass du gehemmt bist.«

»Seitdem wir privat fast jeden Tag miteinander verbringen, hat sich etwas geändert«, erklärte Emma. »Also zumindest bei mir. Wir verbringen privat und beruflich jede Minute miteinander, ich bin mir nicht sicher, ob das wirklich gut für unsere Beziehung ist. Für den Job bin ich jedenfalls zu der Erkenntnis gekommen, dass wir etwas verändern müssen.«

»Nur weil wir seit etwas mehr als vierundzwanzig Stunden zusammen hier in Kivik sind?«

»Nein, ich habe schon länger das Gefühl, dass es gut wäre, wenn wir nicht alles gemeinsam machen würden. Anfangs dachte ich, vielleicht ist es besser, wenn wir wieder getrennt leben. Du hast dein Haus und ich meine Wohnung. Aber das ist eigentlich nicht das, was ich möchte. Ich will so viel meiner freien Zeit wie möglich mit dir verbringen. Bei der Arbeit brauche ich dich aber nicht unbedingt.«

»Nett formuliert«, sagte Niklas mit einer gehörigen Portion Sarkasmus in der Stimme.

»Du verstehst schon, was ich meine. Wie du selbst sagst, wir haben auch früher bei Ermittlungen bereits in einem Team gearbeitet, aber da waren wir eben nur Kollegen. Jeder hatte seinen Aufgabenbereich, und ich konnte so arbeiten, wie ich mir das vorstelle. Das ist es, was ich gerne –«

»Na schön.«

»… wieder haben möchte. Du musst verstehen, dass –«

»Ja, ist angekommen.«

»Wie bitte?«

»Ich habe es verstanden«, sagte Niklas. »Und ich glaube, du hast recht. Wir haben beide unsere Stärken, aber wenn wir so eng zusammenarbeiten, können wir vielleicht nicht immer unser Bestes geben.«

»Geht es dir denn genauso?«

»Gewissermaßen schon, du verdrehst mir einfach so sehr den Kopf, dass ich mich in deiner Gegenwart kaum auf die Arbeit konzentrieren kann.«

»Idiot!«

»Nein, ernsthaft, ich kann deine Argumente nachvollziehen. Ich bin sowohl Einzelkämpfer als auch Teamplayer, aber unsere jetzige Konstellation war auch für mich gewöhnungsbedürftig. Gut, dass wir darüber geredet haben.«

»Ich wollte es eigentlich nicht hier in Kivik tun«, sagte Emma. »Aber jetzt bin ich doch ganz froh. Vor allem dass du es auch so siehst. Am besten besprechen wir sofort, wer sich um was kümmert.«

»Hat das nicht Zeit, bis wir wieder in Malmö sind und diesen Fall abgeschlossen haben?«

»Wenn du möchtest, dass ich mit dir gut gelaunt die Route 1 entlangfahre, sollten wir nicht warten, sondern direkt mit der Aufgabenteilung beginnen.«

Niklas versuchte, mit einem Lächeln die Situation zu überspielen, merkte aber sofort, dass es ihm misslang.

»Ich meine das ernst«, sagte Emma. »Wenn sich das nicht sehr kurzfristig ändert, weiß ich nicht, wie ich mit dir unbeschwert nach Kalifornien fliegen soll.«

»So schlimm?«

Sie nickte und zuckte entschuldigend mit den Schultern.

»Was stellst du dir vor?«

»Kümmere du dich um Rosa Møller, ich versuche Casper Holmen ausfindig zu machen und ihn auszuquetschen.«

»Du glaubst nicht daran, dass sie die Täterin ist?«, fragte Niklas.

»Genauso wenig wie du. Es ergibt keinen Sinn, außer sie hat ein Motiv, von dem wir bislang noch nichts wissen. Für mich sieht es danach aus, als wollte ihr jemand die Schuld in die Schuhe schieben. Oder zumindest benutzt jemand sie dafür, geschickt von sich selbst abzulenken.«

»Wenn es so wäre, stünden wir mit unseren Ermittlungen tatsächlich wieder ganz am Anfang, mit dem Unterschied, dass wir es mittlerweile mit zwei Todesopfern zu tun haben.«

Niklas stand auf und wollte gerade versöhnlich nach Emmas Hand greifen, als sein Handy klingelte. Es war Reza. »Gut, dass du anrufst«, sagte er. »Wir brauchen dich hier, heute Morgen wurde eine zweite Leiche gefunden.«

»Wer?«

»Viktor Pålsson, der Galerist.«

»Pålsson?«, fragte Reza. Für seine Verhältnisse klang er beinahe schockiert. »Dann können wir Rosa Møller als Täterin immerhin ausschließen.«

»Leider nicht wirklich«, erklärte Niklas. »Sie wurde gestern Abend auf Kaution freigelassen. Und wir haben eine Zeugenaussage, der zufolge sie kurz danach streitend mit Pålsson gesehen wurde.«

»Irgendetwas ist hier ziemlich faul«, sagte Reza. »Ich habe eben mit Ola Lindvall gesprochen. Ich glaube allerdings, er hat mir auch nicht die Wahrheit über den Abend der Vernissage gesagt. Jedenfalls hat er vehement bestritten, einer der letzten Gäste gewesen zu sein, so wie Pålsson es behauptet hat. Lindvalls Reaktion lässt darauf schließen, dass die beiden nicht gerade die engsten Freunde waren.«

»Was willst du damit andeuten? Dass er ihn umgebracht hat?«

»Für den Abend der Vernissage hat ihm seine Frau zumindest ein Alibi gegeben und bestätigt, dass er um kurz vor zehn zu Hause war«, antwortete Reza. »Aber das muss ja nicht unbedingt etwas heißen. Er hat nervös reagiert, als ich ihn auf Mila Falk angesprochen habe. Würde mich nicht wundern, wenn die beiden eine Affäre hätten. Mit ihr sollten wir uns auch dringend unterhalten. Ich erzähle euch mehr, wenn ich wieder in Kivik bin.«

»Klingt alles ziemlich nebulös«, sagte Niklas. »Kannst du vielleicht noch das Alibi von Lindvall für vergangene Nacht überprüfen, oder bist du bereits auf dem Weg hierher?«

»Ich könnte noch mal zurückgehen und klingeln, die werden sich bestimmt freuen, mich wiederzusehen.«

»Das kann ich mir vorstellen.«

»Eine Sache noch«, setzte Reza erneut an. »Nicht nur Lindvall hat möglicherweise nicht die Wahrheit gesagt, sondern auch Rosa Møller. Lindvall hat nämlich erzählt, dass sie am Abend der Vernissage, als sie zwischendurch rausgegangen ist, nicht allein war, sondern in Begleitung von Sundberg. Er klang nicht so, als hätte er sich das gerade ausgedacht. Bleibt die Frage, warum Rosa Møller uns das nicht gesagt hat.«

»Und weshalb Fredriksson nichts davon erwähnt hat«, sagte Niklas leise.

»Wer?«

»Erkläre ich dir, wenn du wieder hier bist. Beeil dich!«

Wahrheitssuche

Niklas hatte Haglund gebeten, die Vernehmung von Rosa Møller nicht wieder in der kleinen Polizeistation durchzuführen, sondern an der frischen Luft in einem eigens dafür abgesperrten Bereich unten am Hafen. Haglund hatte zwar irritiert reagiert, insbesondere nachdem sich Møller bei ihrer erneuten Festnahme zur Wehr gesetzt hatte, aber letztlich hatte er zugestimmt und alle Sicherheitskräfte angewiesen, dafür zu sorgen, dass Niklas in Ruhe mit ihr reden konnte.

Er umkreiste Rosa Møller, während sie ihn argwöhnisch ansah, dann stellte er sich direkt neben sie. Reza, auf den er gewartet hatte, blieb etwas abseits stehen und blickte über sie beide hinweg aufs Meer.

»Heute Morgen, als ich Sie auf der Straße angesprochen habe«, begann Niklas, »da sagten Sie, dass Sie gerade vom Strand zurückkämen. Bleiben Sie bei dieser Aussage?«

»Man hat mir gesagt, was ich angeblich getan haben soll«, antwortete Rosa Møller. »Ich war in den frühen Morgenstunden am Strand, so wie ich es Ihnen gesagt habe. Aber ich habe nichts mit dieser Sache zu tun, die man mir vorwirft.«

»Es spricht aber einiges dafür«, entgegnete Niklas. »Uns liegt eine Zeugenaussage vor, dass Sie gestern Abend mit dem Mordopfer gestritten haben. Wie schon am Tag zuvor auf der Vernissage.«

»Viktor und ich waren nicht immer einer Meinung, deswegen bringe ich ihn aber nicht um.«

»Ist das alles an Erklärung?«

»Was wollen Sie denn hören? Ich habe keine Alibis, so wie Sie sich das wünschen. Aber denken Sie ernsthaft, ich würde Pålsson umbringen, kurz nachdem ich freigelassen wurde? Das ist ja noch absurder als der Vorwurf, ich hätte Kjell getötet.«

»Aber Sie können hoffentlich verstehen, dass Sie diese Zeugenaussage in Schwierigkeiten bringt.«

»Mein Freund ist tot«, sagte Rosa Møller. »Damit habe ich sehr große Probleme. Mir geht es nach wie vor nicht gut, wie ich Ihnen heute Morgen schon sagte. Mit den Vorwürfen gegen mich kann ich mich nicht beschäftigen, es gibt wirklich Wichtigeres für mich.«

»Sie haben sich Ihrer Festnahme entziehen wollen und einen Streifenpolizisten dabei verletzt.«

»Wie würden Sie denn reagieren, wenn Ihnen innerhalb von vierundzwanzig Stunden zum zweiten Mal Handschellen angelegt würden?«

»Ich rate Ihnen, sich einen Anwalt zu nehmen«, sagte Niklas, ohne auf ihre Frage einzugehen.

»Mir ist nach wie vor nicht klar, was das bringen sollte. Ich habe nichts mit den beiden Morden zu tun, und so wie ich das verstehe, haben Sie keinerlei Beweise gegen mich in der Hand außer einer Zeugenaussage, dass ich mit Viktor eine Meinungsverschiedenheit hatte.« Sie hielt kurz inne und sah Niklas mit stoischem Blick an, ehe sie weiterredete.

»Weshalb noch mal wurde ich freigelassen? Genau, weil die Spurensicherung Hinweise darauf gefunden hat, dass jemand in unsere Wohnung eingedrungen ist. Derjenige, der Kjell ermordet hat, hat sicherlich auch Viktor umgebracht.«

»Wir müssen endlich wissen, worum es hier eigentlich geht«, sagte Niklas nach einigen Sekunden des Schweigens eindringlich. »Wir haben es mit jeder Menge widersprüchlicher Aussagen und mit Menschen zu tun, die uns offenbar ganz bewusst nicht die Wahrheit sagen. Wenn Sie uns nicht helfen, wird es schwierig für uns herauszufinden, wer Kjell und Viktor Pålsson getötet hat. Und es wird schwierig für Sie, noch einmal auf freien Fuß zu kommen.«

»Ich habe Ihnen alles gesagt, was ich weiß. Wenn ich etwas wüsste, das mich entlastet, würde ich es Ihnen doch sagen.«

»Heute Morgen behaupteten Sie, dass Sie nicht wüssten, mit wem Sie am Abend der Vernissage in Streit geraten sind. Sind Sie denn überrascht, dass diese Person offenbar Viktor Pålsson gewesen ist?«

»Nein, weil wir, wie Sie ja mittlerweile wissen, auch gestern Abend eine Meinungsverschiedenheit hatten.«

»Weshalb haben Sie heute Morgen nichts davon gesagt?«

»Weil ich nicht gewusst habe, dass es wichtig sein könnte.«

»Oder weil Sie wussten, dass Viktor Pålsson tot ist, und Sie sich nicht in Bedrängnis bringen wollten?«, hakte Niklas nach.

»Nein, ich hatte keine Ahnung davon.«

»Worum ging es denn in dem Streit mit Pålsson?«

»Spielt das eine Rolle?«

»Und ob.« Niklas spürte, dass er ungehalten wurde. »Verstehen Sie eigentlich gar nicht, was los ist? Zwei Menschen wurden auf brutale Weise ermordet. Einer davon war Ihr Freund, der tot neben Ihnen aufgefunden wurde. Mit dem anderen Opfer haben Sie sich am Abend vor dessen Tod lauthals gestritten. Und Sie wollen ernsthaft nichts dazu beitragen, dass sich Ihre ziemlich bescheidene Situation verbessert? Fangen wir damit an, weshalb Sie am Abend, bevor Kjell starb, so wütend auf Pålsson waren.«

»Es ging um die Vernissage. Ich war sauer auf Viktor, weil Casper seine Bilder im Ljus ausstellen durfte.«

»Sie hatten ein Problem damit?«

»Es hat nichts mit Casper persönlich zu tun, aber Kjell hatte mit Viktor besprochen, dass niemand seinen Platz dort einnimmt und er so schnell wie möglich die Ausstellung nachholt.«

»Pålsson wurde durch die kurzfristige Absage auf dem falschen Fuß erwischt«, sagte Niklas. »Es ist davon auszugehen, dass er für Ersatz sorgen musste, um keinen finanziellen Schaden zu erleiden.«

»Aber doch nicht mit Casper«, erwiderte Rosa Møller barsch. »Er hätte kein einziges Bild von ihm verkauft. Casper konnte Kjell nicht ansatzweise das Wasser reichen.«

»Das habe ich so ähnlich schon einmal gehört«, sagte Niklas leise.

»Jeder, der die beiden kennt, denkt so. Es geht hier einfach nur um die Kunst.«

»Gestern Abend hat Viktor Pålsson Ihnen dann Vorwürfe gemacht. Weshalb genau?«

»Haben Sie das alles von diesem Fredriksson?«

»Möglicherweise. Aber erzählen Sie bitte einfach, was gestern Abend nach Ihrer Freilassung passiert ist.«

»Die Nerven lagen blank bei Viktor. Er glaubte, ich hätte Schuld an allem, was passiert ist.«

»Wieso denn das?«

»Keine Ahnung, das hätten Sie ihn fragen müssen. Ich glaube, er hatte Angst, dass nach meiner Freilassung nun er ins Visier der Polizei gerät und mit dem Tod von Kjell in Verbindung gebracht wird. Es war eine unangenehme Situation, das können Sie mir glauben.«

»Um ehrlich zu sein, wissen wir inzwischen nicht mehr so recht, was wir Ihnen glauben sollen«, sagte Niklas. »Sie haben uns zum Beispiel auch verschwiegen, dass Sie am Abend der Vernissage nicht allein die Galerie verlassen haben, um frische Luft zu schnappen, sondern in Begleitung von Kjell.«

»Wie bitte?«, platzte Rosa Møller heraus. »Was hat Fredriksson Ihnen denn noch alles aufgetischt?«

»Stimmt es denn? Oder können Sie sich wie an so vieles an diesem Abend auch daran nicht erinnern?«

»Ich war allein hier unten am Hafen«, sagte sie mit zusammengekniffenen Lippen. »Kjell wollte mich nicht begleiten, das ist die Wahrheit.«

Niklas musterte die Frau. Diese Reaktion hatte er nicht erwartet. Bedeutete das etwa, dass es zwischen ihr und Kjell an diesem Abend Probleme gegeben hatte? »Gab es dafür einen Grund?«, fragte er vorsichtig nach.

»Ich denke schon.«

»Sie denken schon? Würden Sie Ihre Gedanken bitte mit uns teilen, auch wenn es eine sehr persönliche Frage ist?«

»Es war nur eine Kleinigkeit«, wiegelte Rosa Møller ab. »Ich wollte dringend mal raus, weil die Luft unerträglich war. Er war aber in ein Gespräch verwickelt und hatte keine Lust mitzukommen.«

Sofort spürte Niklas, dass sie sich wieder gefangen hatte. Für einen kurzen Moment war sie aus ihrer Rolle gefallen und hatte etwas preisgegeben, das ein neues Licht auf Kjell und sie warf. Offenbar war am Abend vor seinem Tod zwischen den beiden etwas vorgefallen, das zu einer Meinungsverschiedenheit geführt hatte. Hatte sie sich vielleicht daran gestört, mit wem er gesprochen hatte?

»War zwischen Ihnen, als sie später zurückkamen, dann wieder alles in Ordnung?«

»Ja, wie gesagt, es war nichts –«

»Ich dachte, Sie erinnern sich an nichts«, unterbrach Niklas sie.

»Ein paar Erinnerungsfetzen sind mittlerweile zurückgekommen, das sagte ich Ihnen doch heute Morgen schon.«

»Ja, das sagten Sie. Haben Sie denn mittlerweile eine Idee, wer Ihnen die K.-o.-Tropfen in Ihr Getränk getan haben könnte?«

»Nein, nur ein paar einzelne Momente, aber nichts, was zu einem klaren Bild wird.«

»Könnte es vielleicht doch sein, dass Ihr Blackout damit zu tun hat, dass Sie etwas zu viel getrunken haben? Oscar Fredriksson hat Derartiges anklingen lassen.«

»Fredriksson!«, stieß Rosa Møller beinahe fauchend aus. »Dieser alte Kauz erzählt doch alles, was Sie hören möchten, wenn der Preis stimmt.«

»Wollen Sie damit etwa andeuten, wir hätten ihn bestochen, um an Informationen zu kommen?« Niklas fühlte sich schlecht, aber die Worte kamen ihm einfach über die Lippen. Ihm blieb keine andere Wahl, wenn er Haglund nicht in Schwierigkeiten bringen und gleichzeitig Fredrikssons Informationen nutzen wollte.

»Vielleicht haben die K.-o.-Tropfen ja bereits gewirkt, als ich die Galerie verlassen habe. Es ging mir da schon nicht so gut, daran erinnere ich mich.«

»Ziemlich viele Beobachtungen, die Sie alle abstreiten. Überall steht Aussage gegen Aussage. Ich sehe keinen Grund, weshalb Fredriksson uns anlügen sollte. Das Gleiche gilt übrigens auch für Ola Lindvall.«

»Ola? Was hat er denn jetzt damit zu tun?«

»Er ist derjenige, der ausgesagt hat, Sie und Kjell hätten gemeinsam die Galerie verlassen.«

»Warum zum Teufel …?« Rosa Møller stockte plötzlich.

»Ja?«

»Ich verstehe nicht, weshalb er so etwas sagt. Es muss sich um ein Missverständnis handeln.«

»Mindestens eine Person sagt nicht die Wahrheit«, setzte Niklas nach. »An der Stelle erwähne ich auch noch einmal die unterschiedlichen Aussagen dazu, wann Lindvall die Vernissage verlassen hat.«

»Ich weiß wirklich nicht, was hier vor sich geht«, sagte Rosa Møller. »Vielleicht glauben Sie mir nicht, aber es ist die Wahrheit. Es macht mir Angst, was passiert ist. Ich meine, können Sie mir garantieren, dass ich in Sicherheit bin?«

»Sie befinden sich in Untersuchungshaft, falls ich Sie erinnern darf. Und ich sehe derzeit nicht viel, das Ihnen helfen wird, schnell wieder herauszukommen. Sie brauchen somit keine Angst zu haben, dass Ihnen etwas passiert. Angesichts der Faktenlage sollten Sie andere Sorgen haben als Ihre Sicherheit.«

»Können Sie mir einen Gefallen tun?«, fragte Rosa Møller plötzlich.

»Einen Gefallen?« Niklas sah sie argwöhnisch an.

»Sorgen Sie dafür, dass man mich in ein richtiges Gefängnis bringt. Ich will weg von hier, bevor ich die Nächste bin, die sterben muss.«

Töpferkurs

Emma empfand es als befreiend, als sie sich daran erinnerte, wie sie bei der Malmöer Kriminalpolizei zum ersten Mal eigenständig einen Fall bearbeitet hatte. Das Gefühl, ins kalte Wasser zu springen, war zwar herausfordernd gewesen, aber auch absolut prägend. Sie hatte erfahren, was wirklich wichtig war und wie sie vorgehen musste, um eine Ermittlung strukturiert zu leiten. Und sie hatte gelernt, auf welche Weise sie Vernehmungen und Gespräche führen musste, um an Informationen zu gelangen.

In dieser Zeit hatte sie sich ihren Stil angeeignet, mit dem sie, wie sie fand, nicht gerade erfolglos war. Sie brauchte längst keinen erfahrenen Kollegen mehr an ihrer Seite, der den Ton angab. Und auch nicht Niklas, dem sie zwar keinen Vorsatz unterstellte, in dessen Gegenwart sie aber dennoch nicht das Gefühl hatte, sie selbst zu sein und ihre Stärken ausspielen zu können. Noch vor ein paar Jahren hätte sie sich niemals getraut, dieses Thema so offensiv anzusprechen. Vielleicht war es bei Niklas einfacher, weil er nicht nur ihr Freund war, sondern der verständnisvollste Mann, den sie kannte.

Ihr war trotzdem unwohl gewesen. Sie hatte nicht gewusst, wie er reagieren würde, zumal er in letzter Zeit ziemlich angespannt war. Und ihr war auch klar, dass sie in solchen Momenten nicht immer den sensibelsten Ton traf, weshalb ihre Worte bisweilen falsch verstanden wurden. Umso erleichterter war sie gewesen, dass Niklas zwar kurz geschluckt hatte, aber dann souverän mit der Situation umgegangen war. Vielleicht war ihm tatsächlich selbst bewusst geworden, dass er sich seiner besten Waffe beraubte, wenn er sie nicht vernünftig einsetzte. Sie schmunzelte kurz über ihren Vergleich, dann konzentrierte sie sich wieder auf Casper Holmen.

Er war die einzige wichtige Person, mit der sie noch nicht gesprochen hatten. Emma war sich sicher, dass er ein entscheidender Schlüssel zur Aufklärung des Falles sein konnte. Aber bislang schien es fast, als wäre Holmen vom Erdboden verschluckt.

Sie hatten ihn weder in der Pension im Jochum Becks Väg angetroffen, noch waren Kollegen aus Ystad an seinem festen Wohnsitz oder in seinem Atelier erfolgreich gewesen. Sie waren sich einigermaßen sicher, dass er sich noch immer in Kivik aufhielt. Aber dass er bislang gar nicht aufgetaucht war, machte ihn nicht gerade unverdächtig.

Emma war in der Erinnerung an das Gespräch mit Viktor Pålsson in dessen Galerie eine Idee gekommen. Holmens Bilder zeigten häufig einen bestimmten Blickwinkel auf die Ostsee. Dieser Punkt musste etwas nördlich von Kivik liegen. Und tatsächlich hatte sie auf Satellitenfotos im Internet eine Stelle gefunden, bei der es sich um den Ort handeln musste, der Casper Holmen bei seinen Bildern inspiriert hatte. Vielleicht hatte er sich in den vergangenen achtundvierzig Stunden dorthin zurückgezogen.

Jetzt stand sie rund einen Kilometer vom Ortskern Kiviks entfernt vor der kleinen, gelb gestrichenen Holzhütte, die in unmittelbarer Nähe zu einem Stück Steilküste regelrecht über der Landschaft thronte. Es war nicht zu erkennen, welchen Zweck sie erfüllte, jedenfalls existierte hier kein dazugehöriges Haus oder irgendein Grundstück.

Vor der Hütte stand eine Bank, davor wiederum eine Staffelei. Sie hatte mit ihrer Vermutung also richtiggelegen. Allerdings deutete in diesem Moment nichts darauf hin, dass Holmen sich gerade hier aufhielt. Die Tür war geschlossen, und hinter dem einzigen kleinen Fenster verhinderte ein dunkler Vorhang, dass man hineinsehen konnte.

Emma klopfte ohne große Hoffnung und legte schon die Hand auf die Türklinke. Doch die Tür öffnete sich so schnell, dass sie überrascht zwei Schritte nach hinten trat. Sie musterte den groß gewachsenen, durchtrainierten Mann mit der sonnengebräunten Haut und den halblangen blonden Haaren, der plötzlich vor ihr stand, von oben bis unten. Ein paar Sekunden zu lange, wie sie schließlich selbst merkte.

»Kann ich Ihnen helfen?«

»Mir?«, fragte sie, noch immer völlig perplex vom Anblick des Mannes, der nichts als eine Shorts trug.

»Ansonsten sehe ich hier niemanden, der an meine Tür geklopft haben kann.«

»Casper Holmen?«

»Ja. Sie sind von der Polizei, richtig?«

»Emma Steen, Kripo Malmö. Sie können sich sicherlich denken, weshalb ich hier bin. Ich würde Ihnen gerne ein paar Fragen stellen.«

»Klar, kein Problem«, sagte Holmen. »Aber es würde mich durchaus interessieren, woher Sie wissen, dass ich hier bin.«

»Sagen wir mal so, künstlerisches Interpretationsvermögen und kriminalistischer Spürsinn.« Emma lächelte, aber Holmen schien nicht zu verstehen, was sie meinte.

»Möchten Sie einen Filterkaffee?«, fragte er. »Mehr kann ich Ihnen leider nicht anbieten.«

»Danke, den kann ich gut gebrauchen.«

»Ich bin gleich zurück, nehmen Sie doch schon mal auf der Bank Platz und genießen Sie den Ausblick.«

Emma sah Holmen hinterher, als er in der Hütte verschwand, und warf einen Blick durch den Türspalt ins Innere, als sie sich sicher war, dass er sie nicht sehen konnte. Viel war in der Dunkelheit nicht zu erkennen, aber eine Matratze am Boden bedeckte einen Großteil der Fläche. Ein Schlafsack und ein paar Kleidungsstücke lagen darauf.

Holmen kam zurück. Emma wandte sich schnell ab und setzte sich auf die Bank.

»Ich hoffe, er ist nicht zu stark«, sagte er und reichte ihr einen Blechbecher.

»Für mich kann Kaffee gar nicht stark genug sein.«

»Sehr sympathisch. Dann schießen Sie los mit Ihren Fragen, ich bin gespannt.«

Emma musterte Casper Holmen. Sie war etwas irritiert, wie locker er mit der Situation umging.

»Wir haben Sie gesucht. Seit wann sind Sie hier? Sie wohnen doch eigentlich in einer Pension im Ort.«

»Ich bin am Samstagmorgen hierhergekommen, nachdem ich von den Martinshörnern wach geworden bin. Dass sie wegen Kjell anrücken, hätte ich mir nicht eine Sekunde lang vorstellen können.«

»Wem gehört diese Hütte?«

»Das ist ganz interessant«, antwortete Holmen. »Ich weiß es nämlich nicht. Dieser Fleck Erde ist schon seit einigen Jahren mein persönlicher Rückzugsort. In all dieser Zeit habe ich hier aber nie jemanden gesehen. Vielleicht gehört das Ganze der Gemeinde.«

»Wann haben Sie erfahren, dass Kjell tot ist?«, wechselte Emma abrupt das Thema.

»Viktor Pålsson hat mich angerufen.«

»Wann war das?«

»Ich war schon eine Weile hier, vielleicht gegen elf Uhr morgens.«

»Und Sie sind anschließend nicht auf die Idee gekommen, in den Ort zurückzukehren?«

»Ich war ziemlich geschockt, wie Sie sich vorstellen können. Vor allem als ich hörte, dass Rosa es getan haben soll.«

»Wie gut kennen Sie sie?«

»Nicht sonderlich gut, um ehrlich zu sein«, antwortete Holmen. »Kjell und ich waren früher eng befreundet. Wir haben gemeinsam die Kunstakademie in Malmö besucht und eine Zeit lang fast alles gemeinsam unternommen. Irgendwann hat dann jeder von uns sein eigenes Ding gemacht.«

»Kjell ist in Malmö geblieben«, sagte Emma. »Er hat Rosa Møller kennengelernt und sein eigenes Unternehmen gegründet. Was haben Sie gemacht?«

»Ich bin nach Ystad gezogen und habe dort ein kleines Atelier übernommen. Meistens trifft man mich dort an, wenn ich nicht gerade in Kivik oder woanders bin.«

»Verdienen Sie Ihr Geld mit der Kunst?«

»Ich brauche nicht viel.«

»Also ja?«

»Einen regelmäßigen Job habe ich nicht, falls Sie darauf hinauswollen. Aber ich komme über die Runden. Und das ein oder andere Bild verkaufe ich ja auch.«

»Da dürfte die Ausstellung im Ljus hilfreich sein.«

»Absolut, ich bin Viktor für die Chance wirklich dankbar.«

»Er ist tot«, sagte Emma beinahe beiläufig.

»Was?«, fragte Holmen irritiert.

»Er wurde heute Morgen gefunden. Am Strand, gar nicht weit von hier.«

»Ist das ein Scherz? So eine Art Prüfung, wie ich darauf reagiere, wenn Sie mir –«

»Leider nicht«, fuhr Emma dazwischen. »Viktor Pålsson wurde ganz offenbar ermordet, und wir müssen davon ausgehen, dass wir es mit demselben Täter zu tun haben, der auch Kjell Sundberg umgebracht hat.«

»Das kann nicht sein. Weshalb sollte Rosa das tun?« Holmen lehnte sich mit dem Rücken an die Hütte, als würden seine Beine ihn nicht mehr halten. Dann griff er sich mit beiden Händen an den Kopf.

»Er war in den letzten Wochen eine meiner engsten Bezugspersonen«, fuhr er nach einigen Sekunden der Stille fort. »Ehrlich gesagt weiß ich nicht, wie es jetzt weitergehen soll.«

»Noch wissen wir nicht, ob tatsächlich Rosa Møller die Täterin ist«, sagte Emma mit gedämpfter Stimme. Für einen kurzen Moment empfand sie Mitleid für Holmen. Und seine ehrliche Betroffenheit machte ihn noch attraktiver. Sie versuchte, sich wieder zusammenzureißen. »Fällt Ihnen vielleicht irgendetwas ein, das uns helfen könnte? Hat Pålsson etwas erwähnt? Hatte er Probleme mit jemandem? Wurde er vielleicht bedroht?«

»Nein, tut mir leid«, sagte Holmen kopfschüttelnd. »Er war ganz normal und hat sich auf die Vernissage und die Ausstellung genauso gefreut wie ich. Tut mir leid, ich kann noch immer nicht glauben, dass Viktor tot sein soll.«

»Verständlich«, sagte Emma. »Dennoch muss ich Ihnen noch ein paar Fragen stellen.«

»Stellen Sie sie ruhig, auch wenn ich Ihnen nicht versprechen kann, alle zu beantworten.«

»Ursprünglich sollte Kjell Sundberg im Ljus seine Bilder ausstellen«, fuhr Emma fort. »Wie sind Sie dann mit Pålsson ins Geschäft gekommen? Kannten Sie ihn schon vorher?«

»Kjell selbst hat sich bei mir gemeldet und gesagt, dass er sich momentan nicht in der Lage sieht, seine Werke auszustellen. Viktor brauchte dringend jemand anderen, und Kjell hat ein gutes Wort bei Pålsson für mich eingelegt.«

»Sie wurden also nicht professionell an Pålsson vermittelt?«

»Professionell?«, fragte Holmen überrascht. »Von wem denn? Ich habe keinen Agenten. Viktor wollte unbedingt, dass mich Björn Åkerlund unter seine Fittiche nimmt. Er war auch auf der Vernissage, aber ich hatte nicht das Gefühl, dass er zu mir passt.«

»Wollten Sie lieber mit Ola Lindvall zusammenarbeiten?«

»Ach, darauf wollen Sie die ganze Zeit hinaus«, sagte Holmen und atmete fast erleichtert durch. Er schien sich wieder etwas gefangen zu haben und setzte sich neben Emma auf die Bank. »Ja, Ola hat auch ein wenig dazu beigetragen, dass das mit Viktor geklappt hat. Aber er ist kein professioneller Agent.«

»Sprechen wir über den Abend, an dem Ihre Vernissage stattgefunden hat«, wechselte Emma das Thema. »Wie haben Sie das Ganze erlebt?«

»Wie ich die Eröffnung meiner ersten eigenen Ausstellung erlebt habe?«, fragte Holmen erstaunt. »Was soll ich sagen, es war phantastisch. Für diesen Augenblick steht man tage- und nächtelang vor der Leinwand und verzweifelt manchmal.«

»Ich dachte immer, man malt in erster Linie für sich selbst und nicht für andere.«

»Natürlich, die Motivation liegt darin, etwas mit der eigenen Hand zu erschaffen und durch die gesamte Komposition eigene Emotionen und Stimmungen auszudrücken. Aber ebenso wichtig ist es, bei den Betrachtern Gefühle zu wecken.«

»Ich habe mal einen Töpferkurs belegt«, sagte Emma, ohne eine Miene zu verziehen. »Zu mehr hat's bei mir künstlerisch nicht gereicht, deshalb kann ich da nicht mitreden. Mich interessiert vielmehr, ob Ihnen an dem Abend an Kjell und Rosa irgendetwas aufgefallen ist, das anders war als sonst.«

»Darüber habe ich mir natürlich seit gestern Morgen auch schon unzählige Gedanken gemacht«, antwortete Holmen. So schnell und souverän, dass er sich die Worte zurechtgelegt haben musste, war sich Emma sicher.

»Und?«

»Ich glaube, da war tatsächlich etwas mit den beiden. Oder, besser gesagt, zwischen ihnen.«

»Geht's etwas präziser?«

»Ich habe nur ein paar schnelle Worte mit Kjell gewechselt. Rosa stand daneben und schien ziemlich genervt zu sein.«

»Wovon?«

»Da kann ich nur spekulieren«, sagte Holmen. »Vielleicht saß die Enttäuschung bei Kjell, dass nicht er an meiner Stelle im Mittelpunkt stand, tiefer, als ich dachte.«

»Und weshalb war Rosa Møller genervt?«

»Wissen Sie, Kjell war jemand, der durchaus zwei Gesichter haben konnte.« Holmen erhob sich und trat ein paar Schritte vor, bis er direkt an der Kante der Steilküste stand. »Was seine Malerei anging, war er ein zurückhaltender, fast schüchterner Mensch. Schon früher an der Kunstakademie, aber auch in den letzten Jahren, obwohl er längst eine sehr ausgereifte Technik besaß und ihm jeder ein außerordentliches Talent bescheinigte. Ich war nicht überrascht, als er die Ausstellung abgesagt hat.«

»Was war das andere Gesicht von ihm?«, fragte Emma, nachdem Holmen einige Sekunden lang geschwiegen hatte.

»Es gehört sich vielleicht nicht, über einen Verstorbenen schlecht zu reden«, fuhr er jetzt mit schwerer Stimme fort. »Und möglicherweise ist es Kjell gegenüber auch unfair, aber mein Eindruck war, dass er Rosa manchmal nicht so behandelt hat, wie sie es verdient hätte.«

»Was soll das heißen?«

»Kjell war damals an der Kunstakademie schon jemand, der dem ein oder anderen Flirt nicht abgeneigt war. Manchmal hatte ich das Gefühl, er macht das nur, weil das so ein Künstlerding ist.«

»Ich verstehe nicht.«

»Sie wissen schon, was ich meine. Er hatte diese Vorstellung, dass Frauen in seinem Umfeld seine Kreativität fördern.«

»Musen?«

»Richtig«, antwortete Holmen. »Es gab da immer einige Frauen, die um ihn herumschwirrten. Kommilitoninnen oder Aktmodelle, ich glaube, dass da sogar zwischen ihm und einer unserer Dozentinnen etwas lief.«

»Das war alles, bevor er mit Rosa Møller zusammengekommen ist?«

»Da bin ich mir nicht sicher.«

»Gab es am Abend der Vernissage eine Situation mit einer anderen Frau, die dazu geführt haben könnte, dass Rosa Møller wütend auf ihn wurde? Ist es das, worauf Sie hinauswollen?«

»Ich kann nicht sagen, was dort vorgefallen ist, weil ein Gespräch vom nächsten abgelöst wurde. Ich stand an diesem Abend wirklich unter Strom.«

»Was wissen Sie?«, drängte Emma. »Sie haben ganz bewusst erwähnt, dass Rosa Møller genervt gewirkt hat. Wir wissen, welche Gäste anwesend waren. Viele Frauen waren es nicht.«

»Hören Sie, ich habe weder Beweise, noch bin ich mir überhaupt sicher, dass Kjell tatsächlich fremdgegangen ist, aber ich hörte davon, dass er und Mila Falk …« Er stockte. »Na ja, Sie wissen schon.«

»Mila Falk«, murmelte Emma leise. Hatte sie bis vor einigen Minuten noch geglaubt, Casper Holmen wäre die letzte wichtige Person, mit der sie noch nicht gesprochen hatten, wurde ihr in diesem Moment schlagartig bewusst, dass sie möglicherweise nicht den Hauch einer Ahnung hatten, was hinter den Morden steckte. Der Name Mila Falk war mittlerweile jedenfalls so oft und in unterschiedlichen Zusammenhängen gefallen, dass sie sich dringend mit ihr auseinandersetzen mussten. Gleichzeitig wurde sie das Gefühl nicht los, dass Holmen ihr gerade eine Lüge auftischte, um Kjell absichtlich in ein schlechtes Licht zu rücken.

»Wie gesagt, ich kann auch völlig falschliegen.«

»Wir müssen darüber reden, wie der Abend weiter verlaufen

ist«, sagte Emma. »Haben Sie beobachtet, dass Rosa die Galerie zwischendurch verlassen hat?«

»Ich habe es nicht gesehen.«

»Aber?«

»Es gab Gerede, dass die beiden Stress miteinander hatten. So wie ich es gehört habe, ist sie rausgerannt und er dann hinterher.«

»Wann kamen sie wieder?«

»Rosa habe ich nicht mehr gesehen, aber mit Kjell habe ich später doch noch einmal angestoßen. Da hatte ich das Gefühl, dass er kurz davor war, sich wieder mit mir zu versöhnen.«

»Versöhnen?«, fragte Emma überrascht. »Gab es denn größere Differenzen zwischen Ihnen?«

»Nach der Kunsthochschule hatten wir nicht mehr viel miteinander zu tun. Es gab nie etwas, weswegen wir wirklich Streit hatten, aber es lag immer eine seltsame Anspannung in der Luft. Als wären wir so etwas wie Rivalen.«

»Waren Sie das nicht?«

»Ich habe das nie so empfunden.«

»Und in Bezug auf Frauen? Gab es da einen Konkurrenzkampf?«

»Ernsthaft?«, fragte Holmen lachend.

»Warum nicht?«

»Ich stehe auf Männer. Ich dachte, das wäre ziemlich offensichtlich.«

Emma war froh, dass sie saß. Und dass Holmen noch immer mit dem Rücken zu ihr dastand. Nein, damit hatte sie nicht gerechnet. Eigentlich konnte es ihr egal sein, aber so wie er da vor ihr stand, gut aussehend und mit freiem Oberkörper, fühlte sie sich peinlich berührt. Sie hatte sich von seiner Optik ziemlich aus der Bahn werfen lassen.

»Damit ich es richtig verstehe«, sagte sie schließlich. »Rosa und Kjell haben nicht gemeinsam die Vernissage verlassen?«

»Ich denke nicht.«

»Wie spät war es, als Sie mit Kjell angestoßen haben?«

»Ich weiß nicht mehr ganz genau. Aber das müsste so gegen halb elf gewesen sein.«

»Wie sicher sind Sie sich?«

»Ich habe natürlich auch ein paar Gläser Prosecco und Negroni getrunken«, antwortete Holmen etwas zögerlich. »Aber ja, ich bin mir einigermaßen sicher, weil sich kurz danach einige Gäste verabschiedet haben. Das müsste so gegen elf Uhr gewesen sein.«

»Und war Kjell zu diesem Zeitpunkt noch dort?«

»Das ist wirklich etwas seltsam«, sagte Holmen. »Er war plötzlich einfach weg.«

»Wer waren denn die letzten Gäste, die die Vernissage verlassen haben?«

»Ich habe das nicht so genau mitbekommen, weil ich mich irgendwann zurückgezogen habe. Der ganze Stress und die Negronis haben ihre Wirkung gezeigt.«

»Wohin haben Sie sich denn zurückgezogen?«

»Viktor hat mir sein Gästezimmer zur Verfügung gestellt, als er gemerkt hat, dass es mir nicht so gut ging. Ich habe mich dort ein paar Stunden hingelegt.«

»Waren Sie richtig ausgeknockt?«, hakte Emma nach.

»So hat es sich angefühlt.«

»Glauben Sie, dass es vom Alkohol kam?«

»Ich verstehe die Frage nicht.«

»Könnten Sie sich vorstellen, dass Ihnen jemand etwas ins Getränk getan hat?«

»Sie meinen K.-o.-Tropfen?«

»Zum Beispiel.«

»Möglich, ich kann mich jedenfalls nicht erinnern, dass mich ein paar Drinks schon einmal so umgehauen haben. Aber wer bitte schön sollte denn das getan haben?«

»Eine sehr gute Frage«, sagte Emma leise. Sie verzichtete darauf, Holmen zu erzählen, dass wohl auch Rosa Møller Opfer dieser unbekannten Person gewesen war. Hatte sie oder er auch Kjell Sundberg und Viktor Pålsson ermordet?

»Noch mal zu der Nacht nach der Vernissage.« Emma war der genaue Ablauf noch immer nicht klar. »Wenn ich Sie vorhin richtig verstanden habe, haben Sie in der Pension im Ort übernachtet. Jetzt gerade sagten Sie allerdings, Sie hätten bei Pålsson in der Galerie geschlafen.«

»Warum interessiert Sie so sehr, wo ich die Nacht verbracht habe?«, fragte Holmen. Er drehte sich zu ihr um und sah sie irritiert an. Zum ersten Mal fiel er aus der Rolle des netten, bemühten und trauernden Künstlers heraus.

»Beantworten Sie bitte meine Frage«, drängte Emma.

»Als ich in der Galerie wach wurde, war es mitten in der Nacht. Alles war dunkel, Viktor schlief längst. Mein Kopf dröhnte, und mir war schlecht. Als es dann irgendwann dämmerte, habe ich mich rausgeschlichen und bin zurück zur Pension gelaufen. Das war ja nicht weit. Aber ich konnte nicht mehr einschlafen. Als dann auch noch diese Martinshörner durch den Ort hallten, habe ich ein paar Sachen zusammengepackt und bin hierhergekommen.«

»Kann das, was Sie sagen, jemand bezeugen?«

»Nein, ich meine, wie soll hier draußen –«

»Das wird im Zweifel niemanden interessieren«, unterbrach Emma ihn. »Gibt es wirklich niemanden, der Sie seit dem Moment, in dem Sie die Galerie Ljus verlassen haben, gesehen hat?«

»Ich war hier«, antwortete Holmen unbeeindruckt. »Und hierher verirrt sich zum Glück auch niemand einfach so.«

»In diesem Fall vielleicht nicht zu Ihrem Glück.«

»Was wollen Sie mir eigentlich unterstellen? Denken Sie etwa, ich habe …?« Holmen trat plötzlich einen Schritt auf Emma zu und baute sich vor ihr auf. Beim Anblick des gut gebauten, halb nackten Mannes einen knappen Meter vor ihr begann Emma sich unbehaglich zu fühlen. Schlimmer war jedoch sein Gesichtsausdruck, der auf einmal so ganz anders als noch vor ein paar Minuten wirkte. Eine Mischung aus Nervosität und Wut zeichnete sich ab. Zudem zuckte sein rechtes Auge ohne Unterlass.

»Wir ermitteln in einem doppelten Mordfall«, sagte sie, während sie aufstand und sich ihm direkt gegenüber hinstellte. »Noch ist vieles unklar, da ist es für jeden, der im weitesten Sinne Teil der Ermittlungen ist, vorteilhaft, ein Alibi zu haben.«

»Welchen Grund sollte ich denn haben, Kjell und Viktor umzubringen?« Holmen flüsterte, und dennoch klangen seine Worte bedrohlich.

Emma legte die rechte Hand auf den Griff ihrer Waffe, die auf Gürtelhöhe im Holster steckte. Sie schwankte zwischen dem Gefühl, sich lächerlich zu machen, und ernsthafter Sorge, dass Holmen plötzlich ein Messer zückte und auf sie einstach. »Sagen Sie es mir.« Sie hielt seinem durchdringenden Blick stand, wich jedoch einen Schritt zurück.

»Es gibt keinen Grund«, sagte er. »Ich habe nichts damit zu tun, allerdings kann ich Ihnen leider auch kein Alibi liefern. Alles, was ich weiß, habe ich Ihnen gesagt. Ich würde Sie jetzt bitten, wieder zu gehen. Dass Kjell und jetzt auch noch Viktor tot sind, muss ich erst einmal verarbeiten.«

Holmens Miene entspannte sich. Binnen wenigen Sekunden schien er wieder der gut aussehende und sympathische Künstler zu sein. Aber sein Verhalten in den letzten Minuten hatte bei Emma Eindruck hinterlassen. Und definitiv keinen guten.

»In Ordnung«, sagte sie nach einer halben Ewigkeit, in der sie schweigend dagestanden hatten. »Aber eine letzte Frage habe ich noch.«

»Wenn es keine ist, die Ihren Verdacht gegen mich weiter-treibt«, entgegnete Holmen.

»Ich denke nicht«, sagte Emma. »Erzählen Sie mir von El-linor. Wer ist diese Frau, die Sie schon so oft gemalt haben?«

Wieder veränderte sich Holmens Gesichtsausdruck. Die Nervosität war zurück. In seinen Augen erkannte Emma aber noch mehr: Da war Angst. Und diesmal war sie sich absolut sicher.

Treffer

Niklas folgte Håkan, dem Kollegen der Spurensicherung, und einem IT-Experten in das Haus, in dem sich die Galerie Ljus befand, und vermied es, nach rechts oder links zu blicken. Am liebsten hätte er seine Augen geschlossen und wäre im Blindflug bis zum Büro ganz am Ende durchgelaufen.

Gerade eben hatte er einen Anruf von Haglund bekommen, der ihm berichten wollte, dass erste Ergebnisse der rechtsmedizinischen Untersuchung vorlagen. Sundbergs Todeszeitpunkt lag zwischen zwei und drei Uhr nachts. Nicht nur bei Rosa Møller war eine größere Menge Restalkohol festgestellt worden, auch Sundberg hatte offenbar am Abend zuvor einige Drinks zu sich genommen. Interessant war vor allem, dass Spuren in Møllers Blut auf die Einnahme einer synthetischen Droge hindeuteten. Das stützte ihre Behauptung, dass ihr jemand etwas ins Getränk getan hatte. Niklas hatte Emma eine Sprachnachricht geschickt, in der er ihr diese Neuigkeiten kurz mitteilte.

Der Gedanke daran, dass Viktor Pålsson sie erst gestern hier durch die Galerie geführt hatte, kam ihm beinahe unwirklich vor, so viel war seitdem vorgefallen. Und doch mussten sie nun in diesem Haus erneut nach Hinweisen suchen.

Niklas hatte nicht viel Hoffnung, aber eine Sache wollte er selbst überprüfen und dazu einen Blick auf das Notebook von Pålsson werfen. Der hatte ihnen gestern die E-Mail von Kjell Sundberg gezeigt, in der er die Ausstellung aus persönlichen Gründen abgesagt hatte. Vielleicht hatten die beiden noch mehr Nachrichten ausgetauscht. Oder es gab andere Mails oder Dokumente, die ihnen helfen würden, Licht ins Dunkel zu bringen.

Der Computer lag auf dem runden Tisch in dem kleinen Raum, als hätte Pålsson ihn eigens für sie dort hingestellt. Niklas klappte das Notebook auf und schaltete es ein. Für die Passwortabfrage winkte er den IT-Spezialisten aus Simrishamn heran, den er zu diesem Zweck mitgebracht hatte. Was immer der Mann da auch tat, es sah so aus, als kenne er sich aus. Und tatsächlich, nach nicht einmal zwei Minuten hatte er sich eingeloggt.

Ein Desktop mit nur wenigen Anwendungssymbolen erschien. Interessanter war das Hintergrundbild – eines der Bilder von Casper Holmen, das drüben in der Galerie hing. Ein Zusammenspiel von Licht, Meer und der offenbar nackten Frau mit den dunklen Haaren. Wie hatte er sie noch gleich genannt? Ellinor, erinnerte sich Niklas. Pålsson musste von Holmens Kunst tatsächlich sehr angetan gewesen sein.

Er klickte sich durch die Ordnerstruktur, öffnete einige Text- und Tabellendokumente und schloss sie wieder. Da war nichts dabei, was in irgendeiner Weise auffällig war. Nur Rechnungen und Auflistungen von Kosten und Einkünften. Niklas wunderte sich lediglich, wie Pålsson es geschafft hatte, seine Galerie überhaupt noch zu halten und seinen Lebensunterhalt damit zu bestreiten. Ihm gehörte zwar das Haus, aber der Galeriebetrieb warf nicht nur kein Geld ab, am Ende jeden Jahres schien ein ordentliches Minus zu stehen.

Niklas öffnete das Mailprogramm. Keine neu eingegangene Nachricht, seitdem er sich zuletzt eingeloggt hatte. Überhaupt hatte Pålsson wenige Mails erhalten, wie Niklas am Datum erkennen konnte. Offenbar hatte er nur selten per E-Mail kommuniziert, in letzter Zeit meistens mit Holmen, aber auch mit Kjell Sundberg und Ola Lindvall.

Jede einzelne Mail ging Niklas durch, aber auch hier fiel ihm nichts Neues ins Auge. Pålsson hatte die Vernissage und die Ausstellung mit Holmen geplant, nachdem Sundberg ihm abgesagt hatte. Die Mail, die Pålsson ihm gestern gezeigt hatte, war auch dabei.

Er scrollte noch weiter herunter. Ihm sagten die Namen jetzt nichts mehr. Es ging um frühere Ausstellungen, Interesse an Bildern und Anfragen für eine Zusammenarbeit auf Kunstfestivals und in anderen Galerien. Pålsson hatte jede Menge Menschen in der Kunstszene von Schonen gekannt. Selbst bis Stockholm hatten seine Kontakte gereicht.

Wonach suchte er überhaupt? Niklas' Blick glitt weiter über

den Bildschirm. Namen und Betreffzeilen verschwammen vor seinen Augen. Er flüsterte vor sich hin.

Persson.

Lindström.

Zetterberg.

Er zuckte zusammen. Eine E-Mail von seinem Vater. Er wusste seit gestern Abend, dass die beiden sich gekannt hatten. Aber ihm war nicht klar gewesen, wie gut. Und das verunsicherte ihn.

Die Nachricht war etwas mehr als vier Jahre alt, der Betreff lautete »Göteborg«. Das war nicht sehr aussagekräftig, und das beunruhigte Niklas noch mehr. Er zögerte, die Mail zu öffnen, aber seine Finger auf der Maus machten sich förmlich selbstständig. Im nächsten Moment öffnete sich ein Fenster, und die Nachricht seines Vaters an Viktor Pålsson erschien auf dem Monitor. Niklas war versucht, sie sofort wieder zu schließen, weil sich etwas in ihm weigerte, ausgerechnet seinen Vater zu einem Teil dieser Ermittlungen zu machen. Aber dann siegte seine Neugier, und er begann zu lesen.

Hej Viktor,
ich habe versucht, dich anzurufen, aber du bist nicht rangegangen. Bevor es so weit ist, wollte ich noch einmal mit dir sprechen. Es ist nicht so, dass ich Zweifel habe, aber ganz wohl ist mir bei der Sache einfach nicht. Das größte Problem ist, dass wir nicht wissen, ob wir ihm trauen können. Wir kennen ihn kaum, und ganz ehrlich, das, was wir hier tun, ist einfach ein Wahnsinn. Ich hoffe wirklich, dass alles gut ausgeht. Für mich bleibt das aber eine einmalige Sache, ich will nicht in dieser ständigen Unruhe leben. Und finanziell ist das Ganze nicht so lukrativ, dass ich so ein Risiko öfter eingehen will. Falls du auch Zweifel hast, melde dich bei mir. Vielleicht ist es besser, wenn wir einfach aussteigen. Ansonsten sehen wir uns am Donnerstag in Göteborg. Es bleibt dabei, wir fahren getrennt.
Gruß, Richard

Niklas saß mit offenem Mund vor dem Computer und versuchte zu begreifen, was sein Vater da geschrieben hatte. Er las noch einmal. Und ein weiteres Mal. Ohne es zu begreifen.

Er stand auf, wollte auf und ab gehen, doch der Raum war zu klein dafür. Was um alles in der Welt hatte sein Vater mit Viktor Pålsson zu tun gehabt? Aus jedem einzelnen Satz sprach etwas, das ihn verunsicherte. Das ihm Angst bereitete. War er allen Ernstes in etwas Kriminelles verwickelt? Was war diese Sache, von der er schrieb? Dieser Wahnsinn und das Risiko, das sie eingehen würden. Und wer war diese Person, der sie vielleicht nicht trauen konnten?

Niklas hatte gehofft, hier in Pålssons Büro auf etwas zu stoßen, das ihnen bei den Ermittlungen weiterhelfen würde. Diese völlig unerwartete E-Mail seines Vaters warf ihn allerdings regelrecht aus der Bahn. Er griff sich an die Schläfen, fuhr sich immer wieder mit der Hand über seine Glatze, biss die Zähne aufeinander. Und wollte am liebsten laut aufschreien.

Konnte es sein, dass Richard Zetterberg, sein über alles erhabener, immer rechthaberischer und moralisch überlegener Vater, mit den Mordfällen hier in Kivik etwas zu tun hatte? Das wollte und konnte er nicht glauben. Aber worum ging es denn dann in dieser Nachricht?

Er setzte sich wieder, tippte auf der Tastatur herum und suchte nach weiteren Mails seines Vaters.

Es gab tatsächlich zwei weitere, aber die hatte er vor mehr als sechs Jahren geschickt. Es ging um Banalitäten, eine Nachfrage zu einer Ausstellung und ein kurzes Dankeschön auf Pålssons Antwort. Mehr nicht.

Niklas klickte auf den Ordner der gesendeten E-Mails und gab den Namen seines Vaters in der Suche ein.

Zwei Treffer.

Die Antwort auf die Frage seines Vaters bezüglich der Ausstellung. Und die Reaktion auf die Mail wegen der Sache in Göteborg.

Niklas spürte, wie sein Puls wieder hochschnellte. Das Verhältnis zu seinem Vater war seit seiner frühesten Jugend im

Grunde nicht existent gewesen. Die Enttäuschung, dass er niemals Interesse an seinem Leben gezeigt hatte und seinen Job mehr oder weniger verachtete, saß tief. Und trotzdem erlebte er in diesem Moment ein Wechselbad der Gefühle zwischen Sorge, Entsetzen und Wut. Viel zu viel an Emotion, dafür dass es andersherum niemals so gewesen war.

Er schüttelte die Gedanken ab und öffnete die vier Jahre alte E-Mail von Viktor Pålsson an seinen Vater. Die Buchstaben auf dem Bildschirm verschwammen vor seinen Augen, mühsam rückte er sie wieder zusammen.

Hej Richard,
mir geht es ganz genauso. Ich traue der ganzen Sache auch nicht unbedingt. Aber wir haben ihm zugesichert mitzumachen, und ehrlich gesagt ist das Geld für mich durchaus ein Argument. Was soll uns schon passieren? Wir beide sind doch im Grunde unwichtig und müssen nur unsere Rolle spielen. Der Plan ist wahrscheinlich sogar besser, als wir denken. Und wenn er funktioniert, wovon ich ausgehe, sehen wir einfach weiter. Die Idee ist simpel, aber gut. Immerhin waren wir alle uns einig, dass wir etwas gegen das System tun und dafür sorgen müssen, auch ein Stück vom Kuchen abzubekommen. Ich jedenfalls werde jetzt, kurz bevor es so weit ist, nicht kneifen, auch wenn ich deine Bedenken absolut nachvollziehen kann. Wir sehen uns in Göteborg.
Viktor

Er hatte gehofft, mehr zu erfahren, aber Pålssons Antwort an seinen Vater war ähnlich kryptisch. Doch je öfter er die Nachrichten las und sie leise wiederholte, desto mehr Bedeutung bekam das ein oder andere Wort.

Die beiden hatten – sofern es denn an diesem Donnerstag vor vier Jahren in Göteborg dazu gekommen war – bei einer Sache mitgemacht, die alles andere als legal gewesen war. Kriminell. Ein Betrug oder etwas in der Art. Und es hatte einen Drahtzieher gegeben, von dem sein Vater nicht sicher war, ob sie ihm trauen konnten.

Welches System meinte Pålsson? Wogegen wollten sie vorgehen? Und von welchem Kuchen wollten sie ein Stück abhaben?

Hatte es mit der Kunst zu tun? Mit der Malerei und der ganzen Szene? Was sonst sollte es sein? Sein Vater kannte Pålsson doch wahrscheinlich nur daher. Egal, Niklas musste es wissen, so schnell wie möglich. Allein schon, um auszuschließen, dass diese Sache irgendetwas mit den Morden an Sundberg und Pålsson zu hatte.

Er zog sein Handy aus der Hosentasche und wollte gerade die Nummer seiner Eltern wählen, als er auf dem Display sah, dass Emma ihn anrief. Einen kurzen Augenblick zögerte er, denn er wollte jetzt nicht darüber sprechen, was er hier gerade entdeckt hatte. Doch er nahm das Gespräch an.

»Bist du noch in der Galerie?«, kam sie sofort zur Sache.

»Ja, ich wollte aber –«

»Geh bitte in den Ausstellungsraum und sieh dir noch mal die Bilder von Casper Holmen an.«

»Weshalb denn?«

»Ich glaube, ich weiß, wer Ellinor ist.«

Köttbullar und Kartoffelstampf

Sein Leben lang hatte er geglaubt, es würde ihm besser gehen, wenn er Genugtuung verspürte. Ohne zu wissen, was Genugtuung überhaupt bedeutete.

Genugtuung war vielleicht auch das falsche Gefühl, oder zumindest das falsche Wort. Er hatte es sich angeeignet, weil Rache so hart klang. Rache war unbarmherzig und so wenig hoffnungsvoll. Rache war nichts, worauf er sann. Genugtuung setzte wiederum voraus, dass es ihm irgendwann besser ging. Dass er mit allem, was ihm diese Menschen an Schmerz und Leid zugefügt hatten, irgendwann tatsächlich seinen Frieden schließen konnte.

Jetzt in diesem Moment wusste er, dass er keine Genugtuung verspüren würde. Nicht nach dem, was er getan hatte. Er hatte schlichtweg Rache genommen an dem Mann, der dafür verantwortlich war, dass Maja nicht mehr da war.

Er hatte dem Alten die Chance gegeben, sich zu erklären. Ihm die ganze Wahrheit über damals zu erzählen. Ob er Maja entführt hatte, ob sie noch am Leben war. Er hatte wissen wollen, warum er sich nicht gestellt hatte, wenn es ein Unfall gewesen war. Was er mit ihrer Leiche gemacht hatte.

Nichts. Dieser Mann hatte einfach nichts gesagt. Obwohl der Beweis für seine Schuld doch in diesem alten Schuppen stand, hatte er geschwiegen. Bis das passiert war, was er befürchtet hatte. Er hatte die Kontrolle über sich verloren und nach einer der leeren Bierflaschen gegriffen. Ohne zu zögern, hatte er sie ihm übergezogen, so heftig, dass sie sofort zersprang. Genau wie die Schädeldecke des Mannes. Noch einmal hatte er ausgeholt und zugeschlagen. Blut war in Strömen über die grauweißen Haare und das Gesicht gelaufen, während der Mann in sich zusammengesunken war.

Die Frau neben ihm hatte ihren Blick abgewandt und nach Luft gerungen. Sie hatte versucht zu schreien, aber keinen Ton über ihre Lippen gebracht. Einen Moment lang hatte er überlegt, ihr dasselbe anzutun. Hatte sogar schon ausgeholt, aber im letzten Moment davon abgelassen, weil er wusste, dass es sinnlos war. Sie schien wirklich nicht den Hauch einer Ahnung zu haben, weshalb er überhaupt hier war. Sie wusste nichts von alldem, was ihr Mann getan hatte.

So schnell er die Kontrolle über sich verloren hatte, so schnell war sie auch wieder zurückgekommen. Direkt nachdem ihm bewusst geworden war, dass er den Alten wohl ins Jenseits befördert hatte, war er sofort wieder klar im Kopf gewesen. Was es allerdings nur noch schmerzlicher für ihn gemacht hatte. Denn er musste einsehen, dass es ein für alle Mal vorbei war.

Seine Arme gaben nach, und sein Kopf, den er mühsam auf den Handinnenflächen abgestützt hatte, sank auf den Küchentisch, an dem er seit einer halben Stunde wieder saß.

Eigentlich hatte er gar nicht glauben können, dass er so knapp davor gewesen war, endlich zu erfahren, was mit Maja geschehen war. Durch nichts anderes als einen Zufall war er auf den grünen Geländewagen gestoßen. Als hätte das Schicksal es nach so vielen Jahren endlich mal gut mit ihm gemeint. Zum ersten Mal in seinem Leben hatte er gedacht, dass es vielleicht doch einen Gott geben könnte, der ein Einsehen mit ihm hatte und endlich für Gerechtigkeit sorgte.

Aber er hatte die Chance nicht genutzt und es nicht zu Ende bringen können. Auch wenn er natürlich machtlos gewesen war. Denn der Alte hatte bis zur letzten Minute seines Lebens geschwiegen. Er hatte die Wahrheit über Majas Schicksal lieber mit in sein Grab nehmen wollen, statt zu reden. Er hatte den Tod einfach in Kauf genommen.

Sein Schweigen bedeutete gleichzeitig aber auch nichts anderes, als dass Maja tot war. Daran konnte es keinen Zweifel geben. Eine Erkenntnis, die jetzt auch die letzte Energie aus seinem Körper sog.

Sein Kopf war leer und die Gedanken schwarz. Wie oft hatte er diese Momente schon erlebt? Wie oft hatte er an der Klippe gestanden, ohne letztlich zu springen? Weil ganz tief im Innern die Hoffnung nicht versiegen wollte, Maja eines Tages wieder in die Arme schließen zu können. Diese Hoffnung war gestorben. Nicht durch den Schlag mit einer zersplitternden Bierflasche, sondern durch die Tatsache, dass der Mann, der das alles getan hatte, schon damals für sich selbst beschlossen hatte, dass niemand jemals davon erfahren sollte.

Er konnte nicht mehr. Nein, das stimmte nicht. Er wollte einfach nicht mehr. Jegliche Kraft hatte ihn endgültig verlassen. Jetzt, wo er sich sicher sein konnte, dass sie tot war, kam der Gedanke zurück, der ihm schon einige Male geholfen hatte, wenn er mal wieder verzweifelt gewesen war. Dann stellte er sich vor, wie er vom Klettergerüst auf dem Spielplatz hinabstieg und Maja entgegenlief. Sie war noch immer da, alles war in Ordnung. Und gleich würden sie nach Hause gehen, wo ihre Mutter mit selbst gemachten Köttbullar und Kartoffelstampf auf sie wartete.

Eine parallele Welt, in einem Jenseits, in dem alles so war, wie es sein sollte. Das war das einzige Ziel, das er jetzt noch anstrebte. Doch dafür musste er dem Ganzen hier unten im Diesseits endlich ein Ende setzen.

Die Waffe hatte er gefunden, als er spät in der Nacht auf der Suche nach etwas zu essen alle Schränke und Schubladen aufgerissen hatte. Hinter einem Gewürzregal hatte eine ältere Pistole gelegen. Sie war geladen und sogar entsichert. Vielleicht hatte der Alte insgeheim damit gerechnet, dass dieser Tag kommen würde, und sich vorbereitet.

Sie lag nun vor ihm. Immer wieder hatte er sie in die Hand genommen, den Finger ganz vorsichtig an den Abzug gehalten und sie wieder auf den Tisch gelegt. Durch die verschränkten Arme, auf denen sein Kopf ruhte, sah er aus kürzester Distanz in den Lauf der Pistole. Er stellte sich vor, wie ihm die Kugel in Zeitlupe entgegenflog und in seinen Körper eindrang. Ob es schmerzhaft war? Ob der Übergang an den Ort, an dem er Maja wiedertreffen würde, lange dauerte? Ob es vielleicht wirklich eine Gabelung gab, an der sich die guten und die schlechten

Menschen trennten? Der Gedanke machte ihn zwar nervös, aber sein Entschluss stand fest.

Langsam richtete er sich ein Stück weit auf und umfasste den Griff der Pistole. Der harte Kunststoff lag gut in seiner rechten Hand, fühlte sich geschmeidig an. Er hatte darüber nachgedacht, wie er es machen wollte. Schläfe oder Mund? Die Entscheidung war schwer, beides hatte Vor- und Nachteile. Es gab Risiken, die er lange abgewogen hatte. Er würde aus der Situation heraus entscheiden, hatte er sich schließlich gesagt. Und diese Situation war nun gekommen.

Er saß jetzt ganz aufrecht und spannte seinen Körper an. Nicht nur dass er für den finalen Schuss Kraft benötigte. Er wollte zumindest mit ein wenig Stolz, den er in seinem Leben niemals gezeigt hatte, sterben.

Vorsichtig schob er sich die Waffe in den Mund, bis es am Gaumen schmerzte und er beinahe würgen musste. Der Anblick des Pistolenlaufs nur wenige Zentimeter vor seinen Augen machte ihn plötzlich nervös. So wollte er nicht sterben.

Zitternd zog er die Pistole wieder aus seinem Mund und führte sie stattdessen seitlich an den Kopf. Als der kalte Stahl schließlich seine Schläfe berührte, atmete er noch einmal tief durch.

Es war so weit.

In ein paar Minuten würde er auf Maja zustürmen und sie umarmen. Und nie mehr loslassen. Gab es auf der anderen Seite überhaupt Minuten, fuhr es ihm durch den Kopf. Vielleicht war Zeit nur etwas Irdisches. Die Vorstellung war schön und würde ihm den Abschied von dieser für ihn so grauenhaften Welt noch erleichtern.

Sein Finger bewegte sich in Richtung Abzug. Nur ein kurzes Zucken, und alles wäre vorbei. Endlich, er konnte es nicht mehr erwarten. Hätte er gewusst, dass Maja tot ist, wäre er ihr schon längst gefolgt.

Er schloss die Augen und begann leise zu zählen.

Eins.

Zwei.

Die Schritte auf dem Dielenboden, die er mit einem Mal hinter sich wahrnahm, waren so leise, dass er im ersten Moment dachte, eine Katze schleiche sich an. Dann verstand er, dass es sich um die Schritte eines Menschen handeln musste.

Seine Hand mit der fest umklammerten Pistole verharrte. Sein gesamter Körper war steif vor Angst. Vollkommen absurd, wollte er doch sterben. Er brauchte nur abzudrücken. Das leise Atmen hinter ihm ließ ihn panisch werden. Wer war diese Person?

Sein Finger zuckte. Jetzt oder nie.

Verdammt, er schaffte es einfach nicht. Er war zu feige.

Während er innerlich zerbrach und die Anspannung aus seinem Körper wich, spürte er einen Luftzug. Dann Laute voller Wut und Verzweiflung. Und schließlich einen Schmerz, der sich anfühlte wie von tausend kleinen Nadeln, die jemand in seinen Hals hineinrammte.

Augenblicklich sah er das Blut an sich hinunterfließen, während diese Nadeln immer und immer wieder seinen Hals malträtierten. Sein Arm sank herunter, die Waffe fiel ihm aus der Hand und landete geräuschvoll auf dem Boden. Er würde sterben, daran zweifelte er nicht.

Schon spürte er, wie er das Bewusstsein verlor. Aber es fühlte sich nicht richtig an. Er selbst hatte entscheiden wollen, wie und wann er starb, um Maja endlich wiederzusehen. Dass er nicht einmal dazu in der Lage gewesen war, war eine bittere Erkenntnis, die zu seinem Leben passte.

Um ihn herum verschwand die Welt in einem unscharfen Nebel. Er sank in sich zusammen und konzentrierte sich jetzt nur noch auf Maja, die er gedanklich bereits auf sich zukommen sah.

Als sich seine Augen für immer schlossen, zog sie sich so leise, wie sie an ihn herangetreten war, wieder zurück. Sie hatte gehofft, dass es ihm gelingen würde, selbstbestimmt aus dem Leben zu treten. Es hätte ihm mit Sicherheit ein besseres Gefühl gegeben. Aber sie hatte ihn während der letzten Stunden beobachtet und war zu der Überzeugung gelangt, dass er dazu nicht in der Lage sein würde. Unter Schmerzen war es ihr schließlich gelungen, mit den Kabelbindern so lange an einer Ecke des Heizkörpers hin und her zu scheuern, bis sie durchtrennt waren.

Sie hatte ihm einen Gefallen getan. Ausgerechnet sie.

Mit Tränen in den Augen humpelte sie zurück ins Wohnzimmer und blieb kurz vor ihrem toten Mann stehen. Sie schloss die Augen und schluckte noch einmal schwer, dann holte sie den Autoschlüssel und ging über den Wintergarten nach draußen in Richtung Garage. Sie musste den Defender verstecken, und das so schnell wie möglich.

Am Boden

Niklas stand in der Mitte des Raums und drehte sich um seine eigene Achse. Die Motive von Casper Holmen glitten an ihm wie in einem Dreihundertsechzig-Grad-Kino vorbei. Alles wiederholte sich, und doch gab es immer wieder neue Details, die ihm auffielen.

Es stimmte tatsächlich. Sie hatten es gestern nicht gesehen, aber es gab keinen Zweifel. Ellinor war eindeutig Rosa Møller. Trotz der abstrakten Technik und des auf allen Bildern nur schemenhaft zu erahnenden Gesichts. Casper Holmen hatte sie gemalt. Leicht bekleidet, teilweise nackt. Immer und immer wieder. Man konnte sie nicht sofort erkennen, Einzelheiten stachen jedoch heraus, nicht nur die dunklen glatten Haare, auch die hohe Stirn, die markanten Wangenknochen und die schmalen Lippen. Und die leicht nach vorn gebeugte Körperhaltung, genauso hatte er sie in ihren Gesprächen erlebt.

»Du hast recht«, sprach er leise in sein Handy. »Sie ist es wirklich.«

»Gut«, sagte Emma. »Dann hat Holmen zumindest in dem Punkt die Wahrheit gesagt.«

»Und was heißt das jetzt?«, fragte Niklas. »Hast du Holmen gefragt, weshalb er immer wieder Rosa Møller malt?«

»Ich habe ihn erst mal gefragt, wer diese Ellinor ist«, antwortete Emma. »Und dann hat er es mir verraten.«

»Er stellt sie teilweise in ziemlich freizügiger Pose dar. Denkst du, sie stand ihm Akt?«

»Wohl eher nicht, er bittet nämlich darum, ihr nichts davon zu sagen, dass sie das auf den Bildern ist.«

»Glaubst du, er ist an ihr interessiert?«

»Holmen ist schwul«, erwiderte Emma. »Und geht damit auch ziemlich offen um. Zumindest optisch ein echter Verlust für die Frauenwelt.«

»Ich frage jetzt nicht weiter nach«, sagte Niklas mit gespielter

Eifersucht. »Immerhin dürfte es dann Kjell Sundberg nicht weiter gestört haben, wenn er denn wusste, dass Holmen sie malt.«

»Mich würde interessieren, wie gut die beiden sich wirklich verstanden haben«, sagte Emma plötzlich.

»Worauf willst du jetzt wieder hinaus?«

»Sie waren beste Freunde und haben zusammen die Kunsthochschule besucht. Vielleicht war da noch mehr zwischen ihnen.«

»Unwahrscheinlich. Rosa und Kjell waren seit vier Jahren ein Paar.«

»Vielleicht hat sich auch Kjell früher etwas ausprobiert. Ich hörte davon, dass das in der Kunstszene nicht ungewöhnlich ist.«

»Du hörtest davon?«, fragte Niklas argwöhnisch.

»Hatte mal eine Freundin, die mir davon erzählt hat. Klang spannend.«

»Aha.« Niklas war irritiert und spürte, dass er auch so klang. Dass Emma nicht mehr nur an seiner Seite ermitteln wollte, konnte er nachvollziehen, aber irgendwie verhielt sie sich in letzter Zeit etwas sonderbar. »Bist du eigentlich noch bei Holmen?«, wechselte er das Thema.

»Ich bin schon auf dem Weg zurück in den Ort.«

»Wie wollen wir denn jetzt weitermachen?«, fragte Niklas und merkte selbst, dass er etwas ratlos war. »Ich habe das Gefühl, wir kommen einfach nicht richtig voran. Im Gegenteil, es entstehen immer mehr Fragezeichen in meinem Kopf.«

»Wir müssen mit Mila Falk sprechen. Holmen glaubt, zwischen ihr und Kjell Sundberg könnte womöglich etwas gelaufen sein.«

»Wie bitte?«, fragte Niklas überrascht. »Das wäre dann ja das Motiv, das wir die ganze Zeit suchen. Und das sagst du so nebenbei?«

»Ich habe meine Zweifel daran, dass er die Wahrheit gesagt hat«, antwortete Emma. »Für mich klang es ein bisschen so, als wäre er enttäuscht gewesen, dass Kjell nicht auch auf Männer stand.«

»Und weshalb sollte er dann Rosa Møller durch dieses Gerücht derart belasten?«

»So wie ich ihn erlebt habe, könnte es sein, dass er das in dem Moment gar nicht verstanden hat. Oder aber er versucht, Rosa die Schuld für etwas in die Schuhe zu schieben, für das er selbst verantwortlich ist. Vielleicht hat er ihn aus enttäuschter Liebe umgebracht.«

»Ich weiß nicht«, sagte Niklas nachdenklich, »klingt ziemlich weit hergeholt. Aber natürlich müssen wir beiden Theorien nachgehen, auch wenn ich nicht weiß, wie der Tod von Pålsson dazu passt. Holmen sollten wir uns noch mal etwas genauer vorknöpfen. Und auch wenn ich allmählich keine Lust mehr auf weitere Gespräche mit ihr habe, werden wir ein weiteres Mal mit Rosa Møller reden müssen.«

»Was ist mit Mila Falk?«, wechselte Emma das Thema, ohne auf seine Vorschläge einzugehen. »Willst du das übernehmen?«

»Schnapp dir Reza, der hat sich in der Polizeistation an einem Arbeitsplatz eingerichtet. Ich muss gerade noch etwas anderes erledigen.«

»Erledigen?«, fragte Emma irritiert.

»Da gibt es etwas, das ich mit meinem Vater besprechen will.«

»So wichtig, dass das nicht warten kann?«

»Für mich schon.«

»Willst du darüber reden?«

»Später.«

»Na schön, treffen wir uns danach?«

»Wenn du das möchtest.«

»Bist du jetzt etwa auch noch beleidigt?«

»Nein, alles in Ordnung. Wir können uns gerne treffen.«

»Klingt aber nicht gerade so.«

»Doch, ich muss nur …« Niklas brach ab. »Lass mich die Sache mit meinem Vater klären, danach melde ich mich bei dir.«

Er verabschiedete sich mit einem kurzen »Lieb dich« und legte auf. Dann verharrte er noch einige Sekunden und sah sich in dem lichtdurchfluteten Raum um. Der Boden glitzerte, und die Sandsteinskulptur in Form einer Meerjungfrau in der Mitte der Galerie strahlte. Eine beeindruckende Architektur, die auf eine bestimmte Weise vereinte, was Kivik ausmachte. Das Meer und die Küste als Thema. Offen, hell und einladend gestaltet. Aber gleichzeitig auch von überschaubarer Größe und irgendwie unprätentiös wirkend.

Niklas nickte dem Kollegen von der Spurensicherung zu, den er heute Vormittag schon am Strand getroffen hatte und der gerade dabei war, noch einmal jeden Winkel des Raums abzusuchen, und verließ schließlich die Galerie.

Bis zum Haus seiner Eltern waren es keine fünfhundert Meter. Eigentlich hatte er kein Auge für die Umgebung und den Blick aufs Meer, aber die Schönheit dieses Ortes ließ ihn einen kurzen Augenblick vergessen, weshalb er hier war.

Wieder wollte er den metallenen Türklopfer benutzen, doch er zögerte und wartete, ob sein Vater öffnete, weil er ihn längst hatte kommen sehen. Diesmal tat sich allerdings nichts.

Er klopfte. Zweimal. Ein tiefes, hallendes Klopfen auf der Holztür.

Nichts.

Noch einmal. Etwas lauter.

Er horchte auf Schritte auf den Dielenbrettern im Flur. Vielleicht ein Knarzen. Oder die Stimme seines alten Herrn. Doch da war nichts. Keinerlei Reaktion.

Auf der Einfahrt vor dem Haus stand ihr Wagen, aber vielleicht waren seine Eltern zu Fuß unterwegs. Einkaufen im Ort oder am Strand spazieren. Er kannte ihren Tagesablauf nicht, vielleicht hatten sie sich jetzt am frühen Nachmittag auch hingelegt.

Ein letztes Mal legte er seine Hand auf den eisernen Klopfer und schlug ihn dann regelrecht gegen die Tür.

Ohne irgendeine Reaktion.

Niklas wandte sich ab und ging den Weg durch den Vorgarten zurück in Richtung Stengatan. Während er überlegte, wo er seine Eltern wohl am ehesten im Ort treffen würde, hielt er noch einmal inne und bog vom Weg ab in den weitläufigen

Garten, der um das Haus führte und den Blick auf das tiefblaue Meer freigab.

Ob seinen Eltern wirklich bewusst war, wie schön es hier war? Ob sie wussten, wie gut sie es in ihrem Leben hatten? Es schien ihm irgendwie schwer vorstellbar, wenn er daran dachte, wie verbittert sie manchmal wirkten.

Auf der Rückseite des Hauses blieb er stehen. Von hier war der Blick auf die Ostsee mit den Obstbäumen im Vordergrund am eindrucksvollsten. Ein paar Meter weiter hatten sie gestern Abend im Wintergarten gesessen und von seinem Vater erfahren, dass er der anonyme Anrufer in der Nacht nach der Vernissage gewesen war, als er den toten Kjell Sundberg in dessen Ferienwohnung entdeckt hatte. Die Begründung, dass sein Vater so früh am Morgen unterwegs gewesen war, um Sundberg etwas zurückzugeben, war Niklas sofort seltsam vorgekommen. Noch merkwürdiger war allerdings die Tatsache, dass er partout nicht verraten wollte, worum es sich dabei handelte.

Aber jetzt waren da die E-Mails, die er auf Pålssons Computer gefunden hatte, in denen es um irgendwelche vier Jahre alten Machenschaften in Göteborg ging, die krimineller Natur waren.

Sein Blick glitt durch den Garten und blieb schließlich an der offenen Garagentür hängen. Vielleicht war sein Vater doch zu Hause und schraubte an dem alten Defender herum, den er dort bestimmt untergebracht hatte. Wenn er ihn denn noch besaß, schließlich war der Wagen bestimmt schon dreißig Jahre alt.

Zielstrebig ging Niklas auf die Garage zu, doch während er sich näherte, fiel ihm auf, dass die Terrassentür offenbar nur angelehnt war. Der Wind schlug sie immer wieder ganz leicht zu.

Er wunderte sich, so kannte er seine Eltern nicht. Wenn sie das Haus verließen, hatten sie immer geprüft, ob alle Türen und Fenster verschlossen waren. Manchmal selbst die Rollos und Jalousien heruntergelassen, bevor sie für wenige Stunden nach Malmö in die Innenstadt fuhren, damit sein Vater sich ein neues Hemd kaufen konnte.

Wenn sie zu Hause waren, warum zum Teufel öffneten sie dann nicht? Lauter klopfen konnte er nun wirklich nicht.

Er verlangsamte sein Tempo, setzte nur noch Fuß vor Fuß. Ein ungutes Gefühl durchfuhr plötzlich seinen Körper. Es war nicht greifbar, und doch spürte er, dass etwas nicht in Ordnung war.

Vorsichtig umfasste er den Türgriff, aber seine Hand zitterte. Er konnte sich nicht erinnern, jemals bei einem Einsatz ein derart mulmiges Gefühl gehabt zu haben wie in diesem Augenblick. Anspannung kannte er, Adrenalin war sein ständiger Begleiter, wenn sie in schwierige Situationen gerieten und Täter dingfest machen mussten. Aber das hier war anders. Dass sein Vater offenbar in etwas Verbotenes verstrickt war, hatte ihn schon nervös gemacht. Die Situation jetzt bereitete ihm Angst. So stark, dass er wie gelähmt war.

Wahrscheinlich bildete er sich das alles bloß ein. So wie bei Pernille, die ihm nicht nur im Traum, sondern selbst bei vollem Bewusstsein erschienen war.

Niklas schob die Tür ein Stück auf und betrat den Wintergarten. Es roch abgestanden, gestern Abend hatte es hier doch noch nach frischen Blumen geduftet. Irgendetwas lag in der Luft, was er nicht einordnen konnte. Süßlich, aber nicht angenehm.

»Seid ihr zu Hause?«, rief er. Seine Stimme war allerdings so belegt, dass das Rufen eher wie ein leises Flüstern klang. »Vater? Mutter?«

Niemand antwortete.

Vielleicht hatten die beiden einfach einen Spaziergang durch ihren Garten gemacht und waren vor bis zum Wasser gegangen. Sie hatten die Tür zum Wintergarten mit dem großen Esstisch einfach offen gelassen, weil sie gleich zurückkämen. Oder sie hatten sich nichts weiter dabei gedacht, weil in Kivik doch die Uhren anders tickten. Hier war die Welt noch in Ordnung. Er lachte bitter bei dem Gedanken daran, dass so wohl jeder dachte, der hier durch die kleinen Gassen mit den niedlichen Häusern lief. Die Wahrheit sah allerdings anders aus.

Ganz langsam ging er weiter, bog vom Wintergarten in den Flur ein und bewegte sich dicht an der Wand entlang. Immer wieder stützte er sich kurz daran ab, weil er merkte, dass seine Beine jetzt auch zitterten.

Der Durchgang zum Wohnzimmer war nur noch wenige Schritte entfernt. Der seltsame Geruch wurde jetzt immer stärker. Wenn er sich nicht völlig täuschte, roch es nach Alkohol. Und Schweiß. Und noch etwas anderem.

Um ihn herum verschwamm alles zu einem großen Durcheinander. Der Flur wankte. Alles stand kopf. Trotzdem schleppte er sich noch einen Schritt weiter, hielt sich am Türrahmen fest und wagte es schließlich, einen Blick ins Wohnzimmer zu werfen.

Niklas konnte gar nicht mehr unterscheiden, ob die Bilder real waren oder sich nur in seinem Kopf abspielten. Seit der Sache mit Pernille zweifelte er immer mehr an seinem Verstand. Er schloss die Augen sofort wieder. Denn wenn das, was er für den Bruchteil einer Sekunde wahrgenommen hatte, keine Einbildung war, dann durfte er nicht zulassen, dass sich dieses Grauen auf seiner Netzhaut einbrannte.

Er stand einfach nur regungslos da. Wartete darauf, dass die Bilder verschwanden, aber den Gefallen taten sie ihm nicht. Der kurze Moment hatte gereicht – er würde sie nicht mehr loswerden, und das war das Schlimmste daran. Zu verstehen, dass das Letzte, was er von seinen Eltern abspeicherte, ihre an einen Heizkörper gelehnten und blutverschmierten Körper waren.

Noch immer hielt er seine Augen geschlossen. Er verstand, dass der Geruch, den er nicht einordnen konnte, metallisch war. Blut.

Seine Beine gaben nach, sodass er erst auf die Knie und dann mit dem Kopf auf den Boden fiel. Er war völlig hilflos, nicht in der Lage, irgendetwas zu tun. Nicht einmal ein Schrei wollte über seine Lippen fahren. So musste sich ein Schock anfühlen. Zwischen ihm und der Welt außerhalb seines Körpers war eine unsichtbare Mauer entstanden. Und er hatte keine Ahnung, wann und ob diese jemals wieder verschwinden würde.

»Niklas?«

Er krümmte sich auf dem Boden liegend noch stärker zusammen und hielt sich die Ohren zu, obwohl er natürlich wusste, dass es gegen die Stimmen, die er hörte, nichts brachte.

»Niklas, hier drüben. Ich lebe.«

Alibis

Mila Falk lächelte Emma und Reza gezwungen an, als sie die Tür öffnete. Den beiden entging nicht, dass sie etwas Unnahbares und Ablehnendes ausstrahlte.

Nachdem sie sich vorgestellt hatten, bat Mila Falk sie herein und führte sie in die geräumige Küche ihres Hauses am westlichen Ortsrand von Kivik. Das Haus mit der segelförmigen Dachkonstruktion und den großen Panoramafenstern war ein architektonisches Highlight und stach zwischen den Holz- und Fachwerkhäusern des Orts heraus. Es war zu Beginn des Jahrtausends von einem Stockholmer Architekten gebaut worden, der das Haus anfangs noch selbst genutzt, später dann allerdings verkauft hatte. Emma hatte so viele Informationen, wie das Internet und andere Quellen hergaben, gesammelt und auf dem Weg hierher mit Reza geteilt.

Mila Falk war vor knapp zwei Jahren in die Villa eingezogen. Auch sie verdiente ihr Geld im weitesten Sinne mit Kunst, allerdings in einem anderen Bereich. Sie managte mehrere Bands und Musiker, die zum Teil überregional erfolgreich und auch Emma ein Begriff waren.

Sie nahmen an einem modernen weißen Kunststofftisch auf Barhockern Platz und warteten darauf, dass Mila Falk ihnen frisches Zitronen-Minze-Wasser einschenkte.

Emma musterte die Frau, die sie auf Mitte dreißig schätzte. Sie war relativ groß und schlank. Ihre schwarzen Haare trug sie mittellang mit einem kurzen Pony, was ihr ein strenges Aussehen verlieh. Ihre grünen Augen stachen genauso hervor wie der rote Lippenstift und standen im starken Kontrast zu ihrer komplett schwarzen Kleidung. Bei ihrem Anblick fragte sich Emma, ob sie selbst auch diesen strengen Eindruck vermittelte. Denn zumindest was die Frisur betraf, ähnelte sie dieser Frau. Und auch ihren Kleidungsstil empfanden manche als exzentrisch, wenn er auch vollkommen anders als der von Mila Falk war.

»Sie haben mitbekommen, dass Viktor Pålsson heute Morgen tot aufgefunden wurde?«, kam Emma direkt zur Sache, nachdem sie einen Schluck getrunken hatte.

»Ja, schrecklich«, antwortete Mila Falk mit einer Anteilnahme, die so aufgesetzt war, dass Emma sich zusammenreißen musste, um nicht direkt in den Angriffsmodus umzuschalten.

»Sie kannten ihn gut?«

»Hier in Kivik kennt man sich. Viktor war ein Freund, wir waren gewissermaßen auch Kollegen.«

Dass man sich in Kivik kannte, hatte Emma in den vergangenen zwei Tagen nun zur Genüge gehört. Es schien, als wäre das die Standardfloskel, wenn es um die Beschreibung des Ortes ging. »Sie sind Musikmanagerin, richtig?«, hakte sie nach.

»Das stimmt. Ich bin vor fünf Jahren eher zufällig in diese Branche gestolpert. Aber von Anfang an lief es ziemlich gut. Ich habe nicht nur jede Menge Talente unter Vertrag, sondern mittlerweile auch ein paar bekannte Namen.«

»Ich las davon«, sagte Emma wenig beeindruckt. »Sprechen wir über Freitagabend und die Vernissage in der Galerie Ljus. Sie waren auch da?«

»Genau, ich liebe fast jede Art von Kunst. Und wenn dann ein so talentierter Künstler wie Casper Holmen, der auch noch aus der Region stammt, seine Werke ausstellt, ist es für mich fast schon eine Pflicht, die Vernissage zu besuchen.«

»Die Gäste waren handverlesen, weshalb hat Pålsson Sie eingeladen?«

»Um ganz ehrlich zu sein, weil ich glaube, dass er sich mit einigen Namen rühmen wollte.« Mila Falk lächelte. Es sollte vielleicht verlegen aussehen, aber das Gegenteil war der Fall.

»Wie haben Sie den Abend erlebt?«, fragte Emma und ignorierte ihre Worte. »Gab es irgendetwas Besonderes, das Ihnen aufgefallen ist?«

»Wenn Sie darauf hinauswollen, ob ich etwas mitbekommen habe, das mit Sundbergs Tod zu tun hat, muss ich Sie enttäuschen. Ich kannte ihn kaum.«

Emma beobachtete Mila Falk aufmerksam. Es schien ihr

wichtig zu sein, sofort klarzustellen, nichts zu ihren Ermittlungen beitragen zu können. Dabei wirkte sie so freundlich, wie es ihr möglich war, aber auch kühl. Und ein wenig hektisch.

»Kannten Sie denn einen der Anwesenden näher?«, hakte Reza ein.

»Nicht in dem Sinne, wie Sie das wahrscheinlich meinen«, antwortete Mila Falk. »Für einen Small Talk reicht es mit jedem, der dort war. Aber richtige Freunde waren nicht dabei.«

»Trotzdem haben Sie es ziemlich lange auf der Vernissage ausgehalten«, fuhr Reza fort. »Wir haben gehört, Sie waren eine der Letzten, die die Galerie verlassen haben.«

»Richtig, es war ein angenehmer Abend. Und das ein oder andere Getränk war auch dabei.«

»Das kam uns auch zu Ohren«, sagte Emma. »Hatten Sie im Verlauf des Abends irgendwelche körperlichen Probleme?«

»Wie meinen Sie das denn?«

»Wir gehen davon aus, dass an diesem Abend jemand in mindestens ein Glas Substanzen getan hat, die zu Unwohlsein bis hin zum kompletten K. o. führen können.«

»Davon habe ich nichts mitbekommen.«

»Noch einmal zurück zu Sundberg«, sagte Emma. »Sie haben sich mit ihm gar nicht unterhalten?«

»Nein.«

»Und mit Rosa Møller?«

»Ist das seine Freundin?«

»Ja.«

»Nein, ich habe mit beiden noch nie etwas zu tun gehabt.«

Schon wieder so ein zähes Gespräch, dachte Emma. Hier in Kivik gab es offenbar niemanden, der gern mal ungefragt aus dem Nähkästchen plauderte.

»Dann sprechen wir doch über Ola Lindvall«, übernahm Reza wieder. Er wartete einen Moment, um ihre Reaktion zu beobachten, aber Mila Falk verzog keine Miene. »Kennen Sie ihn auch nicht besser als die anderen Gäste der Vernissage?«

»Ich habe mit Ola vorgestern zum ersten Mal mehr als zwei

Sätze gewechselt«, antwortete sie. »Das sollte Ihre Frage beantworten.«

»Nicht unbedingt«, sagte Reza. »Uns liegt die Aussage vor, Sie hätten die Galerie gemeinsam mit Ola Lindvall verlassen. Wir haben daraufhin mit ihm gesprochen, und er hat das bestätigt.«

»Was genau hat er bestätigt?«

»Sagen Sie uns bitte, was passiert ist.« Rezas Stimme blieb ruhig. »Es ist wenig hilfreich, wenn Sie das Gespräch verschleppen. Oder möchten Sie, dass wir auf der Polizeistation weiterreden?«

»Drohen Sie mir etwa?«

»Nein, ich gebe Ihnen die Chance, ein paar Dinge selbst anzusprechen, bevor wir es tun.«

»Was wollen Sie denn wissen?«, fragte Mila Falk plötzlich kleinlaut.

»Ola Lindvall hat Andeutungen gemacht, dass Sie eine bekannte Person im Ort sind, ohne das jedoch näher auszuführen. Was meint er damit? Und wieso kann er das über Sie sagen, wenn Sie sich im Grunde gar nicht kennen?«

Mila Falk sah Reza einige Sekunden lang mit einer Mischung aus Unverständnis und blanker Wut an. Offenbar wollte sie ihm deutlich machen, dass er sich mit seinen Fragen zurückhalten sollte. Da kannte sie Reza nicht. Emma sah ihm an, dass der gerade erst richtig warmlief.

»Also?«

»Ich habe keine Ahnung, was Ola damit meint«, antwortete sie kurz angebunden. »Wie Sie selbst sagen, er kennt mich gar nicht.«

»Dann noch einmal anders gefragt: Waren Sie und Lindvall die letzten Gäste am Freitagabend?«

»Ola kam erst spät wieder zurück. Wir sind dann noch ein wenig ins Gespräch gekommen, bevor Pålsson uns irgendwann –«

»Moment«, ging Emma dazwischen. »Was soll das heißen, er kam erst spät wieder zurück? Wo war er denn zwischendurch?«

»Er sagte, er hätte in einer seiner Wohnungen hier im Ort noch etwas zu erledigen.«

»Wann genau war er wieder in der Galerie?«

»So gegen dreiundzwanzig Uhr müsste das gewesen sein.«

Emma und Reza tauschten einen kurzen Blick. Wenn das stimmte, warf das noch einmal ein ganz neues Licht auf Lindvall. Was hatte er zwischen neun und elf Uhr abends in einer seiner Wohnungen zu regeln gehabt? Sie mussten ihn anrufen und fragen, in welcher Wohnung er gewesen war.

»Lindvalls Frau sagt, er sei um zehn Uhr wieder zu Hause in Malmö gewesen«, sagte Reza schließlich. »Wie passt das zusammen?«

»Das behauptet sie?« Mila Falk lächelte müde. Fast so, als hätte sie Mitleid mit Paula Lindvall. »Dann lügt sie sich wohl etwas in die Tasche.«

»Wieso sollte sie das tun?«

»Das müssen Sie sie selbst fragen.«

Emma beobachtete Mila Falk genau, versuchte aus ihrem Gesicht etwas abzulesen, das darauf hindeutete, dass sie nicht die Wahrheit sagte. Oder zumindest etwas verschwieg. Aber sie ließ sich nichts anmerken.

»Eben sind Sie der Frage ausgewichen«, setzte Reza wieder an, »aber haben Sie denn nun gemeinsam mit Ola Lindvall die Galerie verlassen?«

»Ja, das habe ich. Auf der Straße haben wir uns dann voneinander verabschiedet. Ich bin nach Hause gegangen und Ola in Richtung seines Autos.«

»Welche Richtung war denn das genau?«, hakte Emma nach.

»Er ging die Kapplabacken runter und bog dann rechts zum Hafen ab.«

»Wo waren Sie gestern Nacht?« Emmas Frage traf Mila Falk wie ein Giftpfeil. Von einem auf den anderen Moment veränderte sich ihre Mimik. Plötzlich war von ihrer Souveränität nicht mehr viel zu erkennen.

»Denken Sie ernsthaft, dass Sie solche Fragen stellen können, ohne irgendeinen –«

»Sagen Sie doch einfach, wo Sie gewesen sind«, unterbrach Emma sie. »Waren Sie hier?«

»Nein, war ich nicht.«

»Sie haben nicht zu Hause geschlafen?«

»Nein.«

»Dann wäre es für Sie umso wichtiger, wenn Sie uns sagen, wo Sie die Nacht verbracht haben«, drängte Emma. »Und am besten liefern Sie auch gleich ein Alibi.«

»Ich habe den Abend am Strand und später in einer kleinen Wohnung nicht weit davon entfernt verbracht.« Mila Falk atmete schwer und stand von ihrem Cocktailhocker auf, um in die angrenzende offene Küche zu gehen und weitere Zitronen aufzuschneiden.

»In wessen Wohnung haben Sie geschlafen?«

»Können Sie sich das nicht denken?«

»Ola Lindvall?«

»Wir haben uns den ganzen Samstag Nachrichten geschrieben. Am frühen Abend meinte er, er würde nach Kivik kommen, weil er mich unbedingt sehen müsse. Vielleicht war das keine gute Idee, aber …« Sie verstummte und zuckte mit den Schultern.

»Das heißt, Ola Lindvall könnte Ihnen ein Alibi für letzte Nacht geben?«, fragte Reza.

»Ja, das kann er.«

»Ich habe heute Morgen mit ihm und seiner Frau gesprochen. Laut den beiden war Lindvall den ganzen Tag in Malmö, und die Nacht hat er ganz normal in ihrem gemeinsamen Bett verbracht.«

»Dass Ola das sagt, verstehe ich«, entgegnete Mila Falk. »Aber weshalb seine Frau das Spiel mitspielt, ist mir ein Rätsel. Ich meine, sie ist verheiratet mit einem Mann, der sie eiskalt betrügt.«

»Wie sind Sie auseinandergegangen?«, hakte Emma nach. »Auch wenn es sehr persönlich ist, aber wollen Sie beide sich wieder treffen? Oder war das eine einmalige Sache?«

»Das ist in der Tat eine sehr private Frage«, antwortete Mila Falk. »Ich will und kann dazu nichts sagen.«

»Sie waren die ganze Nacht zusammen?«, bohrte Emma weiter.

»Ja.«

»Können Sie ausschließen, dass Lindvall zwischendurch zurück zum Strand gegangen ist?«

»Wie bitte?« Mila Falk wurde laut.

Da war sie wieder, die angriffslustige, selbstbewusste Frau, die Emma vor ein paar Minuten kennengelernt hatte. Aber irgendwie wurde sie das Gefühl nicht los, dass Mila Falk nur eine Rolle spielte. Ihre Reaktion kam ihr sehr übertrieben vor.

»Um auch Lindvall von den Ermittlungen auszuschließen, wäre ein Alibi, das Sie ihm geben, durchaus hilfreich.«

»Wir sind nebeneinander eingeschlafen«, sagte Mila Falk und drehte sich wieder zu ihnen um. »Ich bin neben ihm aufgewacht. Nennen Sie mir einen Grund, weshalb er in dieser Nacht getan haben sollte, was Sie ihm gerade unterstellen.«

»Wir haben nun einmal unterschiedliche Aussagen über die beiden vergangenen Abende und Nächte vorliegen, in denen zwei Menschen ermordet wurden.«

»Ich habe Ihnen alles gesagt, was ich weiß«, sagte Mila Falk schmallippig. »Wenn Sie keine weiteren Fragen mehr haben, würde ich Sie jetzt bitten zu gehen.«

Emma und Reza wechselten einen kurzen Blick und nickten sich dann zu. Sie hatten für den Moment genug gehört, auch wenn Emma das Gefühl hatte, mehr Fragen zu haben als zu Beginn ihres Gesprächs.

Dass Paula Lindvall ihrem Mann ein Alibi für Freitagabend und gestern Nacht gegeben hatte, mochte vielleicht daran liegen, dass sie ihn in ihrer Verzweiflung über ihre offenbar kaputte Ehe nicht in eine erklärungsbedürftige Situation bringen wollte. Oder aber sie hatten möglicherweise ein entsprechendes Agreement über eine offene Ehe geschlossen, in der jeder tun konnte, was er wollte.

Die beiden standen auf und verabschiedeten sich von Mila Falk. Als sie in den Flur des Hauses traten, hörte Emma plötzlich ein Geräusch. Offenbar kam jemand aus der oberen Etage die Treppe herunter. Im nächsten Augenblick tauchte eine männliche Person auf, die raschen Schrittes das Haus verließ.

Durch das große Fenster in der geräumigen Küche, an der sie gerade vorbeikamen, sah Emma dem Mann hinterher. Als er sich noch einmal umdrehte, zuckte sie zusammen. Sie kannte ihn, war sie sich sicher. Aber woher?

Im nächsten Moment vibrierte ihr Handy. Es war Anders Haglund. Sie wollte dem Kollegen aus Simrishamn gleich mitteilen, dass es gerade schlecht sei, als seine Worte bereits zu ihr durchdrangen. Langsam glitt das Telefon an ihrem Ohr hinab. Alles in ihr weigerte sich, das, was Haglund sagte, tatsächlich anzunehmen.

Schwarzes Loch

Niklas kam mühsam auf die Beine, während Emma sich bei ihm einhakte. Es war seine erste bewusste Bewegung, seit er im Haus seiner Eltern zusammengebrochen war.

Behutsam und schweigend begleitete sie ihn aus dem Raum in den Flur und schließlich an die frische Luft. Niklas warf nur einen flüchtigen Blick auf die tote Person und das viele Blut in der Küche. Er hatte keine Ahnung, um wen es sich bei dem Mann handelte. Und bislang hatte er auch keinerlei Interesse gehabt, irgendetwas über das Geschehen hier zu erfahren.

Nicht einmal mit Emma hatte er ein Wort gesprochen. Jedes davon wäre auch falsch gewesen, denn was sich in diesem Haus abgespielt haben musste, war in diesem Moment einfach zu viel für ihn, um es in Gänze zu begreifen.

Niklas setzte sich etwas abseits an den Straßenrand ins halbhohe Gras und versuchte, seine Gedanken zu ordnen. Er erkannte von Weitem seine Mutter, die auf einer Pritsche in einem Rettungswagen saß, der direkt vor dem kleinen Vorgarten geparkt war. Ihr ging es den Umständen entsprechend gut, zumindest körperlich war sie unversehrt. Wie es in ihr drin aussah, wollte er sich allerdings nicht vorstellen.

Das Blaulicht des Wagens war noch immer eingeschaltet, genau wie das der anderen Rettungs- und Einsatzfahrzeuge, die aufgereiht in der Stengatan standen. Auch die Spurensicherung aus Simrishamn war bereits angerückt, ebenso zwei Leichenwagen.

Er schluckte schwer bei der Vorstellung, wie die Männer in Schwarz seinen Vater heraustragen würden. Vielleicht warteten sie damit, bis seine Mutter zur Untersuchung in ein Klinikum in der Nähe gebracht worden war. Und er selbst am besten auch nicht mehr hier wäre. Er wollte nur noch weg von diesem eigentlich so paradiesischen Ort in traumhafter Lage, den er fortan nur noch mit den grauenhaften Bildern, die er gesehen hatte, in Verbindung bringen würde.

Emma versuchte, das ganze Chaos in und vor dem Haus seiner Eltern zu regeln. Souverän teilte sie die Leute ein, telefonierte zwischendurch immer wieder, beantwortete Fragen und wies Haglunds Team an, so schnell wie möglich alles über den unbekannten Toten herauszufinden.

Als sich ihre Blicke kreuzten, verstand Niklas allerdings sofort, dass Emma jetzt nicht länger warten konnte und ihm einige Fragen stellen musste. Er nickte ihr zu und schloss die Augen, während sie auf ihn zutrat.

»Bist du bereit?«, fragte sie, ohne dabei zu drängend zu klingen.

»Eigentlich nicht, aber bringen wir es hinter uns«, antwortete Niklas. »Auch wenn ich befürchte, dass ich gar nichts beitragen kann.«

»Ein paar Dinge drinnen deuten darauf hin, dass der Täter schon einige Stunden hier gewesen ist. Wie es aussieht, sogar seit gestern Abend.«

»Gestern Abend waren wir doch hier …«

»Deine Mutter hat gesagt, dass er sie, kurz nachdem wir gegangen sind, überfallen hat. Das Martyrium hat also die ganze Nacht und auch noch den heutigen Tag angedauert. Währenddessen hat sich dieser Mann, der mutmaßliche Mörder deines Vaters, am Kühlschrank deiner Eltern bedient und einiges getrunken.«

»Soll das etwa heißen, dass er nicht mehr Herr seiner Sinne war?«

»Nein, aber das Verhalten ist …« Emma brach ab, weil sie offenbar nach den richtigen Worten suchte. »Denkst du, dass das alles zusammenhängt?«, fragte sie schließlich.

»Du meinst, ob der Tote da drinnen am Küchentisch auch der Mörder von Sundberg und Pålsson ist?«, fragte Niklas. »Ich weiß es nicht. Alles spricht dafür, es ist kaum vorstellbar, dass hier in Kivik zur selben Zeit zwei Mörder herumlaufen. Und trotzdem habe ich meine Zweifel.«

»Weshalb?«

»Es ist nur ein Gefühl, die Art und Weise passt nicht zusammen.«

»Du spielst auf die Tatwaffe an?«

»Auch«, antwortete Niklas. »Aber dass er sich das Leben genommen hat, spricht meines Erachtens auch dagegen.«

»Er hat sich nicht das Leben genommen«, sagte Emma überrascht. »Ich dachte, das wüsstest du.«

»Wie jetzt? Woher soll ich …?« Niklas brach ab, als er verstand, was das bedeutete. Gerade erst hatte er sich etwas gefangen, und schon schien er wieder den Boden unter den Füßen zu verlieren. Konnte es wirklich sein, dass seine Mutter diesen Mann getötet hatte? War es das, was Emma meinte?

»Sie hat es den Sanitätern vorhin so gesagt«, erklärte Emma. »Er hat damit gedroht, auch sie zu töten, aber sie hat es gerade noch rechtzeitig geschafft, ihm eine kaputte Flasche in den Hals zu rammen.«

»Hat sie das genau so gesagt?«

Emma nickte. »Das läuft auf Notwehr hinaus.«

»Das alles ist vollkommen surreal«, sagte er den Tränen nahe.

Emma setzte sich neben Niklas, legte ihren Arm um ihn und drückte ihn so fest sie konnte an sich. Er vergrub sein Gesicht in ihrem Schoß. Minutenlang, bis Emma ihn mit einer Frage ins Hier und Jetzt zurückholte.

»Weshalb wolltest du unbedingt zu deinem Vater? Du meintest, du müsstest dringend etwas mit ihm besprechen.«

»Vielleicht hätte ich dir gar nicht davon erzählt«, sagte Niklas. »Weil es etwas ist, das mir überhaupt nicht in den Kopf will. Aber jetzt habe ich keine andere Wahl mehr. Ich habe in den E-Mails von Pålsson etwas gefunden, das meinen Vater belastet. Ich weiß nicht genau, was er und ein paar andere, unter anderem Pålsson, getan haben, aber es war etwas Kriminelles, das geht aus den Mails hervor. Und es muss vor vier Jahren in Göteborg stattgefunden haben.«

»Und denkst du, dass das der Grund ist, warum er sterben musste?«

»Ich denke leider gar nichts mehr«, antwortete Niklas wie betäubt. »In welche Machenschaften mein Vater tatsächlich verwickelt war, weiß ich nicht, aber wir werden es mit Sicherheit in Erfahrung bringen. Um herauszubekommen, was hier vorgefallen ist, wäre es hilfreich zu wissen, wer ihn umgebracht hat.«

»Ich gehe davon aus, dass wir das in Kürze wissen.«

»Hat meine Mutter eigentlich noch mehr erzählt? Welchen Grund hatte der Täter, sie über so viele Stunden festzuhalten und zu quälen?«

»Leider nicht«, sagte Emma. »Wir werden aber auch mit ihr noch einmal in Ruhe sprechen müssen.«

»Das mache ich, wenn der richtige Zeitpunkt gekommen ist. Sie braucht jetzt erst mal Ruhe.«

»Ich glaube, das ist keine gute Idee«, sagte Emma vorsichtig, aber auch unmissverständlich. »Du kannst in dieser Angelegenheit nicht ermitteln. Nicht nur dass du befangen bist, es würde dir emotional viel zu sehr zusetzen. Das kann ich nicht verantworten.«

»Du kannst das nicht verantworten?«, fragte Niklas überrascht.

»Wer sonst soll denn jetzt hier die Entscheidungen treffen?«

»Ich kann doch nicht tatenlos herumsitzen. Wir haben schließlich noch einiges zu erledigen. Vorerst müssen wir von zwei verschiedenen Tätern ausgehen. Also von Taten, die vielleicht nichts miteinander zu tun haben.«

Emma rückte ein Stück von ihm ab und sah ihm tief in die Augen. Offenbar wurde ihr bewusst, dass sie ihn miteinbeziehen musste. Egal, wie sehr ihn der Tod seines Vaters und das, was sich in dem Haus abgespielt hatte, psychisch mitnahmen, sich zurückzuziehen und nicht an der Aufklärung der Morde mitzuwirken konnte keine Alternative sein. Er hatte Angst davor, in ein tiefes schwarzes Loch zu fallen, wenn er erst mal richtig zur Ruhe kam und die Tatenlosigkeit dazu führte, dass er sich Gedanken machte, die nicht gut für ihn waren.

»Du entscheidest, und ich unterstütze dich«, sagte er und nickte ihr zu, als Zeichen, dass er darüber nicht diskutieren würde.

Emma schien nicht überzeugt und wollte gerade etwas erwidern, als Anders Haglund auf sie zutrat.

»Wir wissen, wie der Täter heißt«, sagte er. »Sein Name ist Krister Dahlin, vierundzwanzig Jahre alt. Aktuell in Brösarp wohnhaft gewesen, etwa zehn Kilometer von Kivik entfernt.«

»Findet er sich in der Datenbank?«, fragte Emma.

»Allerdings«, antwortete Haglund. »Trotz seiner jungen Jahre hatte er einiges auf dem Kerbholz. Überhaupt hatte er ein sehr bewegtes und tragisches Leben.«

Niklas dachte angestrengt nach, aber den Namen Krister Dahlin hatte er noch nie gehört. Und vor allem hatte er nicht den geringsten Schimmer, weshalb dieser Mann in das Haus seiner Eltern eingedrungen war und seinen Vater getötet hatte.

Reza hatte das Gefühl, den Mann schon einmal gesehen zu haben, ohne dass ihm einfiel, wann und wo das der Fall gewesen sein sollte. Von Mila Falk hatten sie erfahren, dass es sich um ihren Bruder Håkan handelte, mit dem sie zusammenlebte.

Reza hatte sich zurückgezogen, als der Anruf einging, dass es erneut einen Todesfall in Kivik gab, um ein weiteres Mal alles durchzugehen, was ihnen bislang an Informationen vorlag. Und um herauszufinden, weshalb ihm dieser Håkan bekannt vorkam. Das schien ihm sinnvoller und wichtiger, als untätig an einem Tatort herumzustehen, der gerade erst von der Spurensicherung abgesperrt worden war.

Hier ging es ihm nicht anders als Niklas, allerdings mit dem Unterschied, dass er normalerweise kein Problem damit hatte, Opfer genauer in Augenschein zu nehmen. Vielleicht fiel es ihm in diesem speziellen Fall allerdings doch schwerer als sonst, denn schließlich war der Tote niemand Geringeres als Richard Zetterberg, Niklas' Vater. Emma und er hatten einen Kloß im Hals, seitdem ihnen klar geworden war, was der Mord an ihm für die Ermittlungen, aber vor allem für Niklas bedeutete.

Der improvisierte Arbeitsplatz in der Polizeistation war nicht im Geringsten vergleichbar mit seinem Büro in Malmö. Dort teilte er sich einen Raum mit seinem erfahrenen Kollegen Tommy Wallner. Sie redeten nicht viel, aber wenn es wichtig war, tauschten sie sich intensiv miteinander aus und arbeiteten gut zusammen.

Hier war er komplett auf sich allein gestellt. Wenn er irgendeinen Hinweis fand, den sie bislang übersehen hatten, würde er Niklas oder Emma anrufen müssen und sich mit ihnen beratschlagen. Es sei denn, er würde … Reza schob den Gedanken schnell wieder beiseite. Schräg hinter ihm saß Johan, der nach Kivik abgeschobene Dorfpolizist, dem sie von der ersten Sekunde an ein Dorn im Auge gewesen waren.

Bis auf eine Begrüßung hatte er noch kein Wort mit Johan gewechselt. Der weißhaarige Kollege saß einfach nur stumm da, mit auf seinem runden Bauch zusammengefalteten Händen und einem Gesichtsausdruck, der unmissverständlich zu verstehen geben sollte, dass er Rezas Anwesenheit maximal duldete, aber nicht guthieß.

Als er von dem Gespräch mit Mila Falk hierher zurück-gekehrt war, hatte er einen kurzen Blick hinter den Paravent geworfen. Rosa Møller saß regungslos auf ihrem Bett, mit dem Rücken an die Wand gelehnt, und sah ihn mit leeren und gleichermaßen durchdringenden Augen an. Es war nahezu unmög-lich, aus ihrer Mimik auf einen Gemütszustand zu schließen. Am ehesten erkannte er Resignation, aber genauso war es mög-lich, dass sie wütend war.

Er hatte darauf verzichtet, ihr weitere Fragen zu stellen, und sich stattdessen mit einem Becher kaum genießbarem Filter-kaffee in der Hand an den kleinen Tisch rechts vorn im Raum gesetzt, den er sich als Arbeitsplatz eingerichtet hatte.

Aus einem kleinen Stapel Papier zog er noch einmal die Gäs-teliste für die Vernissage hervor. Mit einigen der Leute hatten sie mittlerweile gesprochen oder zumindest deren Hintergrund überprüft. Und neben Rosa Møller gab es durchaus Personen, die sich durch ihre Aussagen verdächtig gemacht hatten. Aber niemand war dabei, der ein offensichtliches Motiv hatte, Kjell Sundberg und Viktor Pålsson zu töten. Und womöglich nun auch noch Richard Zetterberg?

Die Reihenfolge der aufgelisteten Namen schien willkürlich zu sein. Er hatte sich zu den meisten bereits Notizen gemacht, mit Ausnahme der letzten beiden.

Björn Åkerlund.

Reza erinnerte sich. Åkerlund war der Kunstagent, den Pålsson eingeladen hatte, um Holmen unter seine Fittiche zu nehmen. Er würde ihn anrufen und ihm ein paar Fragen zum Verlauf des Abends und zu seiner Meinung über die künst-lerischen Fähigkeiten von Kjell Sundberg stellen, aber nichts deutete darauf hin, dass er ihnen tatsächlich helfen konnte. Geschweige denn, dass es sich bei ihm um die Person handelte, die sie suchten.

Sein Finger glitt weiter nach unten. Da war noch ein letzter Name auf dem Zettel.

Håkan Malmberg.

Håkan? Reza stutzte.

Kein ungewöhnlicher Vorname, aber hatte Mila Falk vorhin nicht gesagt, dass ihr Bruder Håkan hieß? Aber weshalb Malmberg? War Mila Falk verheiratet gewesen und hatte einen anderen Namen angenommen? Oder lag er mit dieser Vermutung völlig falsch?

Reza überlegte, Mila Falk direkt anzurufen und sie offen darauf anzusprechen, entschied sich jedoch, den Namen zunächst in die Suchmaschine seines Browsers einzugeben.

Es gab einige Håkan Malmbergs in Schweden. Darunter auch einen durchaus bekannten Menschen, wenn er den Treffern und den vielen Fotos, auf denen ein umjubelter Rocksänger zu sehen war, Glauben schenken konnte. Zusätzlich zum Namen gab er schließlich noch Kivik und Österlen ein.

Tatsächlich gab es einen Håkan Malmberg, der in Kivik lebte. Er spielte offenbar bei Kiviks AIF, dem hiesigen Fußballverein, im Sturm. Reza klickte auf die Bildersuche und erkannte ihn sofort. Es war der Mann, den er vorhin nach dem Gespräch mit Mila Falk aus dem Haus hatte gehen sehen. Ihr Bruder, wie sie gesagt hatte.

Wahllos klickte er einen der Links unterhalb der Bilder an. Ein Artikel aus dem vergangenen Jahr. Ein kurzes Porträt über Håkan Malmberg, den erfahrenen und besten Stürmer des Vereins, der die Mannschaft fast im Alleingang gerade erst in die nächsthöhere Klasse geschossen hatte.

Reza überflog den Artikel und wollte das Browser-Fenster gerade wieder schließen, als seine Augen am letzten Absatz hängen blieben. Er las ihn noch einmal. Und sogar ein drittes Mal. Als müsste er sich selbst davon überzeugen, dass er sich nicht irrte. Dabei war das, was dort schwarz auf weiß stand, längst bei ihm eingesickert. Während ihm um ein Haar der Becher

Kaffee aus seiner Hand gerutscht wäre, kam mit einem Mal seine Erinnerung zurück. Reza wusste wieder, woher er Håkan Malmberg kannte. Auch wenn er in diesem Moment noch keine Ahnung hatte, was das bedeutete.

Er fuhr seinen Rechner herunter und sah sich um. Genau jetzt hätte er sich gewünscht, jemanden zum Reden zu haben. Tommy hätte ihm gesagt, ob er auf dem richtigen Weg war oder vollkommen falschlag. Aber stattdessen saß da nur Johan und sah ihn mit einer Mischung aus Ablehnung und Desinteresse an. Unmöglich, mit diesem Mann darüber zu sprechen.

Reza packte seine Unterlagen zusammen, verstaute sie in einer Schublade des Rollcontainers unter dem Tisch und wandte sich dann Johan zu. Eigentlich wollte er ihm noch sagen, dass er zu ihrer Sicherheit ein Auge auf Rosa Møller werfen solle, aber er schluckte seine Worte hinunter und verabschiedete sich mit einem kurzen »Bis später«.

Vor der Polizeistation war alles wie immer. Auf der anderen Straßenseite stand Oscar Fredriksson und beobachtete ihn, ohne einen Hehl daraus zu machen. Und unten am Hafen kreischten die Möwen vor dem Fischrestaurant.

Jugendflirt

Rosas Erinnerung war wieder da. Aber absurderweise wünschte sie sich nun, wo es so weit war, dass dies niemals eingetreten wäre. Was an diesem Abend in der Galerie geschehen war, plötzlich wieder klar und deutlich vor dem inneren Auge zu sehen, sorgte bei ihr für noch mehr Beunruhigung und Angst als in den vergangenen zwei Tagen.

Sie befand sich jetzt wieder in der Galerie. Am Abend der Vernissage. Diesmal schwebte sie nicht über die Gäste hinweg, sondern ging in dem lichtdurchfluteten Ausstellungsraum mit einem Glas Negroni in der Hand ganz langsam von Bild zu Bild. Die Szenerien, die Casper malte, wiederholten sich leicht abgewandelt immer wieder. Die Küstenlandschaft und das atemberaubende Licht waren technisch sauber eingefangen, und dennoch fand sie seinen Stil wenig kreativ und etwas uninspiriert. Überhaupt schien es ihm gar nicht unbedingt um den Bildhintergrund zu gehen, sondern um die Person, die auf den meisten Werken zu sehen war.

Eine Frau mit langen dunklen Haaren und blassem Teint. Das Gesicht mal verdeckt, mal verschwommen gemalt. Sie wirkte unnahbar, fast ein wenig mystisch mit dem schwarzen Umhang, der sie schwach bekleidete. Auf manchen Bildern war der Oberkörper fast vollständig nackt zu sehen. Es war, als wäre diese so geheimnisvolle wie begehrenswerte Frau die eigentliche Inspiration für Caspers Kunst. Das Drumherum war nur Beiwerk, eine zweifellos schöne Landschaftsmalerei, die nur den Rahmen für diese Frau im Mittelpunkt lieferte.

Er nenne sie Ellinor, hatte er vorhin bei seiner kurzen Ansprache erzählt. Der Name bedeute so viel wie die Strahlende oder die Schöne, hatte er gesagt. Oder die Fackel und die Sonnenhafte. Aber auch die Fremde.

Wer war diese Frau?, fragte sich Rosa. Obwohl sie nur schemenhaft zu sehen war, kam sie ihr plötzlich sehr vertraut vor.

Irgendwo hatte sie sie schon einmal gesehen. Aber soweit sie wusste, hatte Casper keine Freundin oder Frau. Im Gegenteil, Kjell hatte einmal erwähnt, dass Casper auf Männer stehe, was sie sich bei ihm durchaus vorstellen konnte. Schade eigentlich.

Bei dem Gedanken musste sie schmunzeln und stellte sich vor, wie Kjell wohl reagieren würde, wenn er wüsste, dass sie ausgerechnet Casper attraktiv fand.

Aus dem Augenwinkel erkannte sie den Mann, auf den sie heute Abend gern verzichtet hätte, aber sie hatte ihn bereits gesehen, als sie an der Seite von Kjell die Galerie betreten hatte. Er stand an der Bar und lächelte sie an, so wie er es immer tat, wenn sie sich sahen. Mit diesem Blick, als würde er ununterbrochen daran denken, was damals zwischen ihnen gewesen war.

Seine Anwesenheit war Rosa mittlerweile richtig unangenehm. Sie wusste nicht, wie sie sich verhalten sollte. Freunde waren sie nicht, und eigentlich wollte sie mit ihm auch nichts zu tun haben. Aber immer wenn Kjell und sie hier in Kivik waren, tauchte er plötzlich auf und warf ihr diese Blicke zu. Oder flüsterte ihr Dinge zu, die sie nicht mehr hören wollte. Dass er niemals aufgehört habe, sie zu lieben. Dass er sich nach ihr sehne. Und dass sie doch zu ihm zurückkommen solle.

Bei ihrer letzten Begegnung vor einem halben Jahr hatte Rosa zum ersten Mal richtiges Unbehagen in seiner Nähe verspürt. Sie hatte sich gefragt, ob er allmählich den Verstand verlor. Anders konnte sie sich sein Verhalten nicht mehr erklären. Wie kam er auf diese absurde Idee, dass er und sie …? Sie hatte den Gedanken nicht einmal zu Ende führen können, ohne fassungslos den Kopf zu schütteln oder einen Lachanfall zu bekommen. Nach Lachen war ihr allerdings inzwischen nicht mehr zumute.

Und das alles, weil sie damals mit achtzehn, als sie und ihre Freundinnen zum ersten Mal ein paar Tage hier in Kivik verbracht hatte, eine kurze Affäre mit ihm hatte. Es hatte harmlos mit einem Kuss begonnen, aber am letzten Abend wäre es beinahe zum Äußersten gekommen. Sie hatte die Reißleine gezogen, weil sie mit ihm nicht ihr erstes Mal erleben wollte. Sie hatte schließlich nichts für ihn empfunden, wollte nur auch einen Typen haben, so wie ihre Freundinnen. Eigentlich war es ihr sogar ziemlich peinlich gewesen, weil er nicht einmal gut ausgesehen hatte.

Schon damals war er ziemlich merkwürdig gewesen, ein Einzelgänger, aber sie hatte sich damals einfach darauf eingelassen, ohne groß darüber nachzudenken. Und als sie Kivik wieder verlassen hatten, war die Sache für sie erledigt gewesen. Bis sie im Jahr danach wieder mit ihren Freundinnen in Kivik Urlaub gemacht und er offenbar geglaubt hatte, sie würden da weitermachen, wo sie im Jahr zuvor aufgehört hatten. Aber sie war ihm aus dem Weg gegangen, nicht nur weil sie inzwischen ihre Erfahrungen gesammelt hatte und sich nicht vorstellen wollte, ihn noch einmal zu küssen. In diesem Sommer hatte sie zum ersten Mal Kjell getroffen.

Sie waren so jung, und trotzdem war es Liebe auf den ersten Blick gewesen. Die wenigen Tage hatten gereicht, um daraus eine feste Beziehung entstehen zu lassen, die vielleicht bis zu ihrem Lebensende angedauert hätte, wenn nicht Kjell getötet worden wäre, während sie danebengelegen hatte.

Er kam jetzt immer näher, war nur noch eine Körperlänge entfernt. Im nächsten Moment legte er seinen Arm auf Rosas Schulter und drückte sich an sie. »Gefallen dir die Bilder?«, fragte er.

»Ich finde sie ziemlich einfach.« Sie rückte ein Stück von ihm ab. »Ich hätte lieber gesehen, wenn Kjell seine Bilder ausgestellt hätte.«

»Kjell?«

»Mein Freund.«

»Natürlich, ich kenne ihn doch.«

»Klar, du hast uns in den letzten Jahren oft genug gesehen.«

»Was nicht schön war.«

»Tut mir leid, es ist nun mal so, wie es ist«, sagte Rosa. »Aber wir beide sind sehr glücklich, das weißt du. Ich habe es dir oft genug gesagt.«

»Gefallen dir die Bilder gar nicht?«, fragte er.

»Wie meinst du das?«

»Siehst du es nicht?«

»Wovon sprichst du?«

»Die Frau, erkennst du sie nicht?«

»Doch«, sagte Rosa irritiert. »Ich meine, nein, wer soll das sein? Sie kommt mir bekannt vor, aber ich weiß nicht, wer das –«

»Doch, du weißt es ganz genau«, unterbrach er sie. »Sieh ganz genau hin.«

Plötzlich überkam sie wieder dieses Unbehagen, das inzwischen sogar noch viel mehr war. Ein Schauer fuhr über ihren Nacken den Rücken hinab, als sie spürte, dass seine Hand ihre Schulter leicht streichelte. »Hör bitte auf damit«, sagte sie leise. »Ich will das nicht.«

»Sieh dir all diese Bilder an«, wiederholte er. »Sieh sie dir an. Das bist du. Fast so wunderschön, wie du in Wirklichkeit aussiehst.«

Rosa schloss ihre Augen. Innerlich hatte sie es wohl bereits gewusst, als ihr Blick über die Bilder an den Wänden gewandert war. Die Gestalt war ihr so vertraut, doch es war ihr gar nicht in den Sinn gekommen, es könnte sich um sie selbst handeln. Es war vollkommen verrückt, in jeder Ecke dieses Raums sah sie ihr eigenes Konterfei.

Weshalb hatte Casper das getan? Warum malte er ausgerechnet sie und nannte sie Ellinor? Er musste doch damit rechnen, dass sie sich selbst erkannte. Oder dass Kjell dahinterkam. Wollte er ihn provozieren? Nur weshalb? Die beiden waren nicht mehr eng befreundet, aber es hatte in den letzten Jahren auch keinen Streit zwischen ihnen gegeben, soweit sie wusste. Und wenn, dann hätte höchstens Kjell einen Grund gehabt, von Casper und Pålsson enttäuscht zu sein. Beide wussten schließlich, wie schwer es für ihn gewesen war, seine Ausstellung abzusagen. Dass jetzt ausgerechnet sein ehemals engster Freund hier auf seiner Vernissage stand und sich feiern ließ, traf Kjell härter, als er zugeben würde. Und dazu kam jetzt auch noch die Erkenntnis, dass sie auf Caspers Bildern zu sehen war.

Sie musste mit Kjell reden. Oder besser zuerst mit Casper.

Sie würde ihn zur Rede stellen. Wie konnte er sie denn in so eine unangenehme Situation bringen?

»Ich musste es einfach tun.«

Rosa riss ihre Augen auf und blickte zur Seite. Hastig schüttelte sie seinen Arm von ihrer Schulter, während er weiterlächelte. Was meinte er damit?

»Verstehst du denn nicht, was ich sage?«, fragte er und klang jetzt regelrecht hysterisch. »Das alles hier war ich. Jedes einzelne Bild habe ich für dich gemalt. Damit du endlich begreifst, was du mir bedeutest.«

»Ich bin mir nicht sicher, ob ich –«

»Klar überrumpele ich dich damit«, fiel er ihr wieder ins Wort. »Aber kann es einen größeren Liebesbeweis geben? Seit unserem ersten Kuss damals wusste ich, dass du und ich für immer zusammengehören. Ich verzeihe dir natürlich, dass du noch mal etwas anderes ausprobieren wolltest. Aber jetzt ist unsere Zeit gekommen.«

Rosa zitterte. Sie wollte laut schreien, aber um sie herum standen mindestens ein Dutzend Menschen. Jetzt eine Szene zu machen, würde wahrscheinlich vor allem Kjell und sie selbst blamieren. Und es erschien ihr unmöglich, die ganze Vernissage und den Schwindel um Caspers Bilder auffliegen zu lassen. Wie hatte es überhaupt dazu kommen können, dass Casper nicht selbst –

Rosas Gedanken an Freitagabend wurden plötzlich von Geräuschen unterbrochen. Eben noch hatte sie in Pålssons Galerie gestanden und die Stunden vor Kjells Tod ein zweites Mal erlebt. Doch von einer auf die andere Sekunde war sie wieder im Hier und Jetzt.

Es hatte sich angehört, als schöbe jemand einen Stuhl über den Linoleumboden. Anschließend stampfende Schritte, und schließlich war die Tür des Gebäudes zugefallen. Jetzt herrschte wieder Stille.

Dieser Kriminalkommissar mit dem mürrischen Blick und dem dichten schwarzen Bart hatte die Polizeistation, in der sie seit heute Morgen nun schon zum zweiten Mal innerhalb kürzester Zeit einsaß, vorhin verlassen, war sie sich einigermaßen sicher. Somit war nur noch dieser alte Polizist übrig, der immer nur stoisch dasaß und mit niemandem ein Wort wechselte. Oder war er jetzt etwa auch noch gegangen?

Die Angst kam in sehr schnellen Wellen zurück und schwappte durch ihren Körper. Sie hatte es diesem Zetterberg gesagt, dass sie sich hier nicht länger sicher fühlte und in ein ordentliches Gefängnis verlegt werden wollte. Und er hatte genickt, als Zeichen dafür, sich zu kümmern. Doch jetzt war niemand außer diesem Dorfpolizisten hier. Hatte der sie nun etwa auch noch im Stich gelassen?

Sie horchte. Wieder ein Geräusch. Das Knarzen der sich öffnenden Tür war dieses Mal jedoch ganz leise. Genau wie die Schritte, die sich plötzlich näherten. Ganz anders als die von dem Alten. Ein Gefühl von Panik machte sich in ihr breit.

Sie war gefangen in einer Gitterzelle, nicht größer als sechs Quadratmeter. Davor ein simpler Paravent, um den Bereich der Zelle vom Rest der Polizeistation abzutrennen. Wie früher in den Westernfilmen, die sich ihr Vater immer angesehen hatte, fuhr es ihr bitter durch den Kopf.

Im nächsten Augenblick sah sie, dass sich der Paravent bewegte. Sie erkannte seine Hand, und dann tauchte auch schon der Rest der Person auf. Sie hatte es befürchtet, dass er auftauchen würde. Der Mann, mit dem sie in ihrer Gedankenwelt eben noch in der Galerie gesprochen hatte. Der Mörder von Kjell und Pålsson. Der Mann, der ihr seinen Arm auf die Schulter gelegt und sie gestreichelt hatte. Der ihr seine Liebe gestanden und ihr offenbart hatte, Casper Holmens Bilder gemalt zu haben. Ein Jugendflirt, mehr nicht. Zumindest nicht für sie.

Håkans Lächeln, an das sie sich vom Abend der Vernissage erinnerte, war verschwunden. Er sah angespannt aus und blickte sie abschätzig an, wie sie fand. Als wollte er ihr zeigen, dass ihr Schicksal längst besiegelt war. Sie würde so enden wie Kjell und Pålsson. Das, was er ihr auf der Vernissage erzählt hatte, schien offenbar nicht mehr zu zählen.

In seiner Hand sah sie den Schlüssel für die Zelle. Er musste ihn dem Alten abgenommen haben. Das, was ihr in den letzten Stunden immer klarer geworden war, passierte tatsächlich. Und es passierte vor allem, weil es ihr immer klarer wurde. Dass sie sich wieder erinnerte, war wohl der Grund, warum auch sie jetzt sterben musste. Weil er es ahnte, daran hatte sie keinen Zweifel mehr, als er langsam den Schlüssel ins Schloss der Zellentür steckte und herumdrehte.

Krankgeschrieben

Niklas lehnte an einem der Streifenwagen und versuchte per Funk, von einem Kollegen aus Simrishamn mehr über Krister Dahlin, den Mörder seines Vaters, in Erfahrung zu bringen, als er sah, dass Reza hastig die Stengatan heraufkam. Das passte nicht zu ihm, war sein Gang doch meistens schlendernd, oder aber er bewegte sich langsam mit kräftigen und großen Schritten.

»Mein Beileid«, sagte Reza, als er schließlich vor ihm stand. Er legte Niklas die rechte Hand auf die Schulter, blickte allerdings auf den Boden und vermied es, ihn anzusehen. »Wenn ich dir irgendwie helfen kann, gib mir Bescheid.«

»Danke«, sagte Niklas. »Im Moment versuche ich, so gut es geht, bei den Ermittlungen zu helfen. Wenn das alles hier vorbei ist, komme ich gerne auf dein Angebot zurück.«

»Wie ist es denn passiert?«, fragte Reza. »Genau wie bei den beiden anderen Morden?«

»Du weißt es noch gar nicht?«

»Was denn?«

»Der Täter ist tot«, antwortete Niklas. »Er hat meinen Vater mit einer zerbrochenen Flasche erschlagen. Anschließend wollte er sich das Leben nehmen, aber meine Mutter kam ihm zuvor.«

»Dein Ernst?«

»Denkst du, mir ist nach Scherzen?«

»Nein, aber das Ganze klingt einfach so schlimm, dass ich mich gefreut hätte, wenn es einer gewesen wäre. Meinst du nicht, es wäre besser, du ziehst dich etwas zurück und kommst zur Ruhe?«

»Genau das will ich im Moment nicht«, sagte Niklas entschieden. »Wir müssen herausfinden, was genau passiert ist. Ob es etwas gibt, das meinen Vater, Viktor Pålsson und Kjell Sundberg verbindet oder nicht.«

»Oder nicht?«, fragte Reza irritiert. »Was meinst du damit?

Glaubst du, der Täter hat seine Opfer wahllos ausgesucht? Das erscheint mir nicht wirklich –«

»Ich halte es nicht für ausgeschlossen, dass der Tod meines Vaters nichts mit den anderen Morden zu tun hat. Aber ist nur ein Bauchgefühl, weil dieser Tatort da drinnen sich unterscheidet. Die Spurensicherung wird hoffentlich bald Licht ins Dunkel bringen.«

»Wo du gerade die Spurensicherung erwähnst«, sagte Reza. »Hast du zufällig Håkan Malmberg gesehen?«

»Wen?«

»Einen der Kollegen der Spurensicherung, der gestern in der Galerie und heute Morgen am Strand gewesen ist«, erklärte Reza. »Ich habe herausgefunden, dass er der Bruder von Mila Falk ist und ebenfalls auf der Vernissage war. Er steht also auf der Liste derer, mit denen wir noch sprechen müssen. Ehrlich gesagt wundert es mich, dass er uns gegenüber nichts davon gesagt hat, dass er Freitagabend auch in der Galerie war.«

»Keine Ahnung.« Niklas hatte keinen Kopf, darüber nachzudenken, wen Reza meinte, und zuckte mit den Schultern.

»Er hat sich heute Mittag krankgemeldet«, sagte Anders Haglund plötzlich. Er stand etwas abseits, hatte ihr Gespräch aber offenbar mit angehört. »Nach der Sache am Strand ging es ihm nicht gut. Zwei Leichenfunde innerhalb von vierundzwanzig Stunden können wohl auch den härtesten Kriminaltechniker umhauen.«

»Wie sieht er denn aus?«, fragte Niklas jetzt in Richtung Reza. Ihm war ein Gedanke gekommen.

Reza sah ihn stirnrunzelnd an.

»Dieser Malmberg, wie sieht er aus?«, wiederholte Niklas. »Ist er klein und schmächtig?«

»Ja.«

»Nicht älter als fünfundzwanzig, maximal dreißig?«

»Denke schon.«

»Schütteres Haar?«

»Richtig.«

»Stehen seine Augen ziemlich weit auseinander?«

»Das kann ich nicht –«

»Ja, tun sie«, fuhr Haglund wieder dazwischen.

»Okay, dann habe ich ihn heute am frühen Nachmittag noch in der Galerie gesehen. Er hat irgendwie die ganze Zeit dort gearbeitet, wo ich gerade war. Vor allem als ich mit Emma wegen der Bilder von Casper Holmen telefoniert habe. Uns ist nämlich aufgefallen, dass es sich bei der Frau, die er immer wieder gemalt hat, um Rosa Møller handelt.«

»Was hat es denn damit auf sich?«, fragte Reza überrascht.

»Das haben wir uns auch gefragt«, antwortete Niklas. »Wir hatten aber keine Zeit mehr, Holmen danach zu fragen. Leider kam hier etwas dazwischen.«

»Wie spät war es, als du Malmberg in der Galerie gesehen hast?«, fragte Haglund.

»Kurz nach zwei, glaube ich.«

»Ich weiß, dass er sich um eins bei den Kollegen abgemeldet hat. Dass er um zwei noch in der Galerie war, verwundert mich allerdings.«

»Warum war er auf der Vernissage?«, fragte Niklas. »Hat er privat etwas mit der Szene hier zu tun?«

»Davon weiß ich nichts«, antwortete Haglund. »Aber worauf willst du eigentlich hinaus?«

»Wir müssen mit ihm sprechen. Und zwar so schnell wie möglich.« Bei Niklas überschlugen sich die Gedanken. Konnte es wirklich sein, dass Malmberg, der junge Kollege der Spurensicherung, der Täter war? Er musste an die Schlüsselkarte neben Pålssons Leiche denken. Hatte Malmberg sie dort etwa platziert, um den Verdacht auf Rosa Møller zu lenken? Für einen Kriminaltechniker wäre es ein Leichtes, das Ganze so zu arrangieren.

»Dafür müssten wir wissen, wo er sich aufhält«, unterbrach Reza seine Gedanken. »Als Emma und ich bei Mila Falk waren, haben wir beobachtet, wie er das Haus verließ.«

»Ich dachte, er ist krank«, platzte Niklas heraus.

»Vielleicht ist er auf dem Weg zum Arzt«, warf Haglund ein.

Niklas war gedanklich längst woanders. Er musste plötzlich

wieder an Rosa Møllers Worte denken, als er heute Mittag unten am Hafen mit ihr gesprochen hatte. Sie hatte sich hier in Kivik nicht mehr sicher gefühlt. »Wer passt gerade auf Rosa Møller auf?« Sein Blick wechselte zwischen Reza und Haglund hin und her.

»Im Augenblick nur Johan«, antwortete Reza.

»Verdammt, ich habe es befürchtet«, fluchte Niklas. »Los, wir dürfen keine Zeit verlieren. Wir müssen sofort zur Polizeistation.«

Sprachlos

Emma war noch einmal zurück ins Haus der Zetterbergs gegangen, um sich einen genaueren Eindruck davon zu verschaffen, was hier in den letzten Stunden vorgefallen war, als ihr Handy klingelte. Sie kannte die Mobilfunknummer nicht und wollte den Anruf bereits wegdrücken. Doch dann erinnerte sie sich, dass sie Casper Holmen vorhin ihre Nummer gegeben hatte, für den Fall, dass ihm doch noch etwas einfiele.

Sie nahm das Gespräch nach dem sechsten Klingeln an und verstand sofort, dass sie mit ihrer Vermutung richtiggelegen hatte. Am anderen Ende der Leitung meldete sich Casper Holmen.

»Haben Sie einen Moment Zeit?«, fragte er etwas unbeholfen. »Ich muss Ihnen etwas sagen.«

»Eigentlich passt es gerade nicht gut«, antwortete Emma ehrlich. »Ist es denn wichtig?«

»Ich habe Ihnen vorhin nicht die Wahrheit gesagt«, erklärte er. »Oder, besser gesagt, ich habe ein wichtiges Detail verschwiegen.«

»Hören Sie, ich stehe hier gerade am dritten Tatort innerhalb von zwei Tagen.« Emma reagierte für ihre Verhältnisse ziemlich ungehalten. »Sagen Sie jetzt bitte in aller Kürze, worum es geht.«

»Am dritten Tatort?«, fragte Holmen überrascht.

»Ganz genau, es hat einen weiteren Mord in Kivik gegeben. Deswegen habe ich jetzt auch keine Zeit –«

»Die Bilder stammen nicht von mir«, unterbrach Holmen Emma.

»Wie bitte?«

»Kein einziges Bild, das in Pålssons Galerie hängt, wurde von mir gemalt. Ich habe es versucht, aber im Gegensatz zu Kjell, der so talentiert war, dem allerdings der Mut fehlte, bin ich ein fürchterlich durchschnittlicher Künstler. Es ist nicht einfach, sich das einzugestehen, wenn man eine Kunstschule mit gutem Ruf besucht hat und die Leute Erwartungen an einen haben. Zumindest habe ich immer so gedacht.«

»Ich kann verstehen, dass es nicht leicht für Sie ist zuzugeben, hier in Kivik alle angelogen zu haben. Aber warum erzählen Sie das mir?«

»Weil …« Holmen stockte. »Sie sind ja selbst darauf gekommen, wer die Frau auf den Bildern ist«, fuhr er nach einem kurzen Moment zögerlich fort. »Und ich konnte Ihnen keine vernünftige Antwort darauf geben, weshalb ich immer und immer wieder Rosa Møller gemalt haben soll. Das lag daran, dass ich selbst erst seit dem Abend meiner Vernissage dahintergekommen bin, um wen es sich handelt. Ich habe es vorher nicht gesehen, wahrscheinlich weil ich überhaupt nicht daran gedacht habe, dass es Rosa sein könnte. So ging es allerdings allen Gästen am Freitagabend.«

»Worauf wollen Sie eigentlich hinaus?«, fragte Emma. Sie hatte Probleme, Holmens Worten zu folgen. Gedanklich war sie ganz woanders, aber sie versuchte sich zu konzentrieren. »Von wem stammen die Bilder denn dann?«

»Ich kenne Håkan schon seit ein paar Jahren und wusste, dass auch er malt. Nur für sich selbst, ohne Ambitionen, seine Werke –«

»Håkan?«, ging Emma dazwischen. Plötzlich war sie hellwach.

»Håkan Malmberg. Kennen Sie ihn?«

»Der Bruder von Mila Falk heißt Håkan, aber der wird wohl kaum –«

»Doch, ganz genau. Håkan ist ihr Bruder.«

Emma versuchte ihre Gedanken zu ordnen. Mila Falks Bruder hatte also die Bilder gemalt, die Casper Holmen auf der Vernissage als die seinigen vorgestellt hatte. Aber steckte noch mehr dahinter?

»Als Pålsson und Ola Lindvall mit der Frage auf mich zukamen, ob ich für Kjell einspringen möchte, habe ich einfach zugesagt«, redete Holmen weiter. »Das Problem war nur, ich hatte nichts Vernünftiges, was ich hätte ausstellen können. Und da kam Håkan ins Spiel. Wissen Sie, mir gefallen seine Werke wirklich. Und er hatte schon alles fertig und kein Problem damit, sozusagen mein Ghostpainter zu sein. Nur jetzt, wo ich weiß, dass die Frau auf seinen Bildern Rosa ist, kommt mir die ganze Sache etwas seltsam vor.«

»Verstehe ich das richtig«, sagte Emma, »Håkan Malmberg hatte mehr als ein Dutzend Bilder, auf denen er Rosa Møller gemalt hatte, bereits fertiggestellt, bevor es überhaupt zu dieser Vereinbarung zwischen Ihnen kam?«

»Richtig«, antwortete Holmen. »Ich frage mich natürlich, warum er das getan hat.«

»Dafür kann es nur eine Erklärung geben. Und wenn ich mir jetzt ausmale, was das zu bedeuten hat …« Sie brach ab, weil ihre Gedanken wild durcheinanderkreisten, aber noch keine eindeutige Richtung einschlugen. Niklas und sie waren erst gut dreißig Stunden hier in Kivik, aber es war mehr passiert, als dieser Ort in hundert Jahren verkraften konnte. Drei Tatorte mit vier Toten, so viel Widersprüchliches und immer weitere Verstrickungen, die offenbar nicht ans Tageslicht dringen sollten.

»Freitagabend habe ich gesehen, dass die beiden sich unterhalten haben«, sagte Holmen plötzlich. »Ich habe mir nichts dabei gedacht, deshalb habe ich vorhin nichts davon erwähnt. Eigentlich war ich mir sicher, dass sie von Kjell genervt war, aber vielleicht hatte es in Wirklichkeit mit Håkan zu tun.«

»Kann es denn sein, dass Malmberg in Rosa Møller verliebt ist? Oder sollte ich lieber sagen, dass er besessen von ihr ist?«

»Ich habe keine Ahnung, aber es scheint tatsächlich so zu sein.«

»Was wissen Sie über ihn?«

»Um ehrlich zu sein, nicht viel.«

»Aber wie kamen Sie und Malmberg überhaupt zusammen?«

»Der erste Kontakt kam über Richard Zetterberg zustande«, antwortete Holmen.

Emma schluckte schwer.

»Ich weiß, er mag mich und meine Arbeit nicht, deswegen wollte er verhindern, dass ich meine eigenen Bilder ausstelle.«

»Sie haben eben gesagt, Sie hätten sich nicht dazu in der Lage gefühlt, eigene Bilder auszustellen«, entgegnete Emma.

»Das stimmt, aber ich hatte plötzlich das Gefühl, man wolle mich in eine gewisse Richtung drängen.«

»Man?«

»Pålsson, Lindvall und Zetterberg.«

»Das ist Kunstbetrug, was Sie getan haben«, sagte Emma entschieden. »Wollen Sie jetzt etwa in die Opferrolle schlüpfen?«

»Ich sage es so, wie es gewesen ist. Fragen Sie Zetterberg, ich bin gespannt, was er dazu sagen wird.«

Emma war niemand, der leicht die Worte ausgingen. Manchmal schwieg sie, weil sie es nicht für klug hielt, den ersten Gedanken sofort zu äußern. Aber in diesem Moment war sie einfach nur sprachlos.

Nach einigen Sekunden des Schweigens war sie wieder bei sich. »Wenn wir noch etwas von Ihnen wissen möchten, wo finden wir Sie?«, fragte sie. »Weiterhin in der Hütte an der Steilküste?«

»Eigentlich wollte ich heute noch in die Pension. Morgen Früh geht es dann zurück nach Ystad.«

»Wie lautet noch mal die Adresse der Pension?«

»Jochum Becks Väg«, antwortete Holmen. »Hausnummer weiß ich gerade nicht. Aber Sie haben ja meine Telefonnummer.«

Emma bedankte sich bei Holmen. Dann legte sie auf und versuchte zu verstehen, was das alles zu bedeuten hatte. Aber sie konnte sich kaum konzentrieren, da war irgendetwas, das ihre Aufmerksamkeit auf sich zog. Es hatte mit der Pension zu tun. Und mit dieser Schlüsselkarte, die sie am Strand neben Viktor Pålsson gefunden hatten.

Im nächsten Moment wurden ihre Gedanken allerdings schon wieder unterbrochen. Sie hörte Stimmen von draußen. Sie klangen aufgeregt und stammten zweifellos von Niklas und Reza. Und offenbar hatten es die beiden ziemlich eilig.

Hinterm Ohr

Er griff nach der Selbstgedrehten, die hinter seinem rechten Ohr klemmte, und zündete sie an der Glut des kleinen Stummels an, an dem er eben noch kräftig gezogen hatte.

Oscar Fredriksson hatte nie ganz aufgehört zu rauchen, aber die Situationen, in denen er meinte, sich eine anstecken zu müssen, waren in den letzten Jahren immer seltener geworden. Doch angesichts dessen, was er gerade eben beobachtet hatte, schien ihm Snus zur Beruhigung seiner Nerven nicht ausreichend zu sein.

Mit einem kräftigen Schluck aus dem silbernen Flachmann, den er neulich in einer der Fischerhütten gefunden und mit billigem Wodka befüllt hatte, versuchte er seine Gedanken klarzuspülen.

Vor knapp zwei Stunden hatten schon wieder blaue Blitze Kivik heimgesucht. Sirenen waren im ganzen Ort zu hören gewesen. Irgendwo ganz am Ende der Stengatan musste etwas passiert sein. Er hatte bisher nur in Erfahrung bringen können, dass bei den Zetterbergs etwas vorgefallen war.

Er kannte die Zetterbergs kaum, aber vorhin war ihm eingefallen, dass dieser eine Polizist, der aus Malmö angerückt war, denselben Namen trug. Vielleicht nur ein Zufall, aber daran glaubte er eigentlich nicht.

Anfangs war für ihn im Grunde klar gewesen, dass der Mord an Sundberg etwas mit der Sache zu tun haben musste, in die diese ganze Künstlerclique verstrickt war. Aber dann waren ihm erste Zweifel gekommen, schließlich hatte er Freitagabend so einiges mitbekommen, was auf der Vernissage und hier unten am Hafen passiert war. Dinge, die ihn stutzig gemacht hatten. Offenbar ging hier etwas ganz anderes vor sich, als er geglaubt hatte.

Er hatte Håkan Malmberg gestern Abend direkt angesprochen und erst danach gemerkt, in welche Gefahr er sich damit begeben hatte. Aber sein Plan war aufgegangen. Er hatte ihm angeboten, der Polizei nicht die Wahrheit über Freitagabend zu erzählen, und Malmberg hatte ihm tatsächlich bereitwillig zweitausend Kronen gegeben. Dass ihn die beiden Polizisten heute Morgen dann auch noch nach letzter Nacht gefragt hatten und er Malmberg somit doppelt den Hintern gerettet hatte, wollte er ihm eigentlich auch noch in Rechnung stellen. Aber dafür war es jetzt wohl zu spät.

Denn vor einigen Minuten hatte sich die Tür zur Polizeistation geöffnet, und Rosa Møller war auffällig langsam, aber mit einem panischen Blick herausgekommen. Dicht gefolgt von Malmberg, der deutlich sichtbar ein Messer in der Hand gehalten und ausgesehen hatte, als würde er nicht eine Sekunde zögern, es einzusetzen.

Fredriksson hatte ihm zugenickt und endgültig verstanden, dass ausgerechnet jemand, der bei der Polizei arbeitete, dafür verantwortlich war, dass seit zwei Tagen Martinshörner durch Kivik hallten.

Er war alles andere als ein ängstlicher Mensch, war früher keiner Auseinandersetzung aus dem Weg gegangen. Hatte Prügel kassiert, aber auch ordentlich verteilt. Und als junger Kerl hatte er schließlich auch schon Menschen getötet. Aber seine Eltern hatten nichts anderes als den Tod verdient.

Malmberg war eigentlich niemand, vor dem er sich in die Hose gemacht hätte. Ein Hänfling, den er normalerweise zum Frühstück verspeiste. Aber da war etwas in seinen Augen gewesen, das ihm nicht gefallen hatte. Mit dem Blick eines Psychopathen hatte er eine Unberechenbarkeit und etwas so Unkontrolliertes ausgestrahlt, dass Fredriksson für einen kurzen Moment mehr als nur Respekt verspürt hatte. Es war ein Angstgefühl, das ihn beinahe gelähmt hätte. Er hatte einfach regungslos dagestanden, während die beiden weiter die Straße hinuntergegangen waren.

Alle in diesem Ort hatten es immer vorgezogen zu schweigen, rief er sich wieder vor Augen. Niemand verpfiff den anderen, lautete das unausgesprochene Motto. Dabei war es allerdings um vergleichsweise harmlose Delikte gegangen. Es wurde mal die Versicherung mit einem fingierten Brand betrogen, beim jährlichen Apfelmarkt gab es vielleicht mehr Äpfel, die nicht aus Österlen stammten, und bei der Steuer flunkerten wahrscheinlich alle im Ort. Und dann gab es da natürlich diesen großen Kunstbetrug, hinter den niemand gekommen war. Einige von ihnen hatten sich damit die Taschen vollgemacht. Wie sie es genau angestellt hatten, wusste er nicht, aber es war um viel Geld gegangen. Und es war auf keinen Fall legal gewesen.

Aber nichts von alledem hatte auch nur ansatzweise mit dem zu tun, was Malmberg getan hatte. Und womöglich noch tun würde. Worum es ihm ging, wusste er nicht. Dieser Mann war jedenfalls ein Mörder und extrem gefährlich. Für jeden, der sich ihm in den Weg stellte. Und in diesem Moment vor allem für Rosa Møller.

Die Zeit des Schweigens war vorbei, fuhr es Fredriksson durch den Kopf. Er musste etwas unternehmen, um dieser Frau zu helfen. Sein Schweigen würde ein weiteres Opfer fordern. Dadurch dass er den Polizisten bereits etwas Falsches über die beiden vergangenen Nächte gesagt hatte, war er ohnehin schon Teil dieser ganzen Geschichte. Das hatte er nicht gewollt, aber er hatte die ganze Tragweite einfach vollkommen unterschätzt.

Nur was zum Teufel sollte er tun? Hinterherrennen und diesen Verrückten stoppen? Wenn er es richtig gesehen hatte, waren sie auf eines der Boote im Hafen gestiegen. Noch hatten sie nicht abgelegt, aber wahrscheinlich war es nur noch eine Frage der Zeit.

Er war jemand, der beobachtete und eine große Klappe hatte, aber doch niemand, der sich einem Verrückten in den Weg warf.

Hinter seinem linken Ohr steckte eine weitere Selbstgedrehte, aber dafür war jetzt keine Zeit mehr. Er zog noch ein letztes Mal an der Kippe, die er zwischen Daumen und Zeigefinger hielt, bevor er sie wegschnippte.

Fredriksson atmete tief durch, dann nickte er einige Sekunden vor sich hin, um sich selbst zu bestätigen, dass er das Richtige tat. Im nächsten Augenblick wandte er sich um, weil er aus einiger Entfernung plötzlich Stimmen hörte. Er erkannte die Polizisten aus Simrishamn und Malmö. Sie sahen aufgeregt aus, als wüssten sie bereits, was tatsächlich passiert war. Falls nicht, würde er ihnen diesmal die Wahrheit sagen. Und dann sollten sie versuchen, Rosa Møllers Leben zu retten.

Je näher sie kamen, desto stärker wurden allerdings seine Zweifel. Er hatte in seinem Leben mit Polizisten eigentlich immer nur Probleme gehabt. Die Uniformierten waren seine Feinde gewesen, solange er sich zurückerinnern konnte. Was würde es bedeuten, wenn er plötzlich die Seiten wechselte und den Bullen half?

Als sie nur noch ein paar Meter entfernt waren, hatte er sich entschieden. Er war vielleicht ein komischer Kauz und ein verurteilter Mörder. Jemand, dem die Leute lieber aus dem Weg gingen. Aber auch ein Oscar Fredriksson hatte ein Gewissen.

(Keine) Erinnerungen

Die Panik, die sie verspürt hatte, nachdem er hinter dem Paravent erschienen war und sie mit dem Messer an ihrer Kehle aus der Zelle hinaus nach draußen geführt hatte, war mittlerweile verschwunden. Sie spürte nur noch vollkommene Leere. Und Fassungslosigkeit darüber, was er in den letzten Minuten erzählt hatte.

Sie hatte verstanden, dass er sie nicht zwangsläufig töten wollte. Eigentlich wollte er sie dazu bringen, zu ihm zurückzukehren, wie er es genannt hatte. Er war der festen Überzeugung, dass sie ein Paar waren und diese Beziehung nur kurz unterbrochen gewesen war, weil sie einen Fehler begangen hatte, den er ihr verzieh.

Ob sie sich an ihren ersten Kuss erinnere, hatte er sie gefragt. Rosa hatte genickt, dabei war der Moment in ihren Erinnerungen nur ein schwarzer Fleck. Was vor allem daran lag, dass sie an dem Abend damals mit ihren Freundinnen so viel Weißwein getrunken und später in der Nacht noch über der Kloschüssel gegangen hatte. Aber vielleicht hatte sie diese Woche, in der sie mit ihm zusammen gewesen war, auch einfach verdrängt. So gut es ging aus ihrem Gedächtnis gelöscht, weil sie sich im Nachhinein geschämt hatte, mit diesem Freak herumgeknutscht zu haben. Und fast hätte sie ausgerechnet mit ihm ihr erstes Mal erlebt. Eine grauenhafte Vorstellung.

Håkan habe nie aufgehört, sie zu lieben, behauptete er. Er könne ihr Hunderte Briefe zeigen, die er nicht verschickt habe, aus Angst, sie würde seine Worte lächerlich finden. Als er hörte, dass sie nach Malmö gezogen war, habe er sie heimlich beobachtet. An ihrer Hochschule und im Fitnessstudio. Ein paarmal sogar im Kino und im Theater. Ihr war schlecht geworden, als sie sein irres Grinsen gesehen hatte, während die Worte, die über seine Lippen kamen, einfach nur übergriffig, verletzend und ekelhaft waren.

Jetzt stand sie hier auf dem Steg am Hafen wie paralysiert und ließ sich von ihm bereitwillig auf ein kleines Motorboot schieben. Ein paar Meter weiter hatten sie damals gesessen und sich zum ersten Mal geküsst. Während er mit einem Glänzen in den Augen in Erinnerungen schwelgte, erinnerte sie sich kaum mehr daran, was damals passiert war.

Wesentlich wichtiger war, dass die Erinnerungen an Freitagabend zurückgekommen waren. Bei Weitem nicht alle, aber genug, um sicher zu sein, was geschehen war, nachdem Håkan ihr offenbart hatte, dass jedes Bild in der Galerie von ihm stammte. Und dass er sie gemalt hatte, weil er sie vergötterte.

Sie war umgehend zu Kjell gegangen, der sich allerdings angeregt mit Mila Falk unterhalten hatte. Er hatte zu viel getrunken, als hätte er seinen ganzen Frust über Caspers Vernissage und sein eigenes Versagen, wie er es bezeichnet hatte, hinunterspülen müssen.

Rosa war kurz davor gewesen, ihm eine Szene zu machen, weil sie das Gefühl nicht loswurde, Mila mache ihm schöne Augen und er lasse sich davon den Kopf verdrehen. Sie hatte sich zu beruhigen versucht, indem sie sich ihren Negroni von der Theke gegriffen und einen kräftigen Schluck genommen hatte.

Anschließend hatte sie ihm ins Ohr geraunzt, dass er sich benehmen solle und sie dringend mit ihm sprechen wolle. Rosa hatte die Galerie verlassen und sofort, als sie die frische Luft eingeatmet hatte, gemerkt, dass ihr schwindelig wurde. Aber Kjell war ihr tatsächlich bis runter zum Hafen gefolgt, und für einen kurzen Augenblick hatte sie geglaubt, dass er sie in den Arm nehmen und sich um sie kümmern würde. Und sie ihm vielleicht erzählen konnte, was Håkan Malmberg ihr in der Galerie offenbart hatte.

Aber es war ganz anders gekommen. Kjell hatte ihr Vorwürfe gemacht, sie solle aufhören, so viel zu trinken und ständig eifersüchtig zu sein. Und dann sagte er etwas, das besonders wehgetan hatte. Sie und ihr Verhalten seien einer der Hauptgründe, weshalb er nicht mehr so kreativ sei wie früher.

Seine Sätze hatten Rosa völlig aus der Bahn geworfen. Sie waren wie aus heiterem Himmel gekommen, so als wäre plötzlich etwas aus ihm herausgebrochen, das seit Jahren tief in ihm geschlummert hatte. Eine Unzufriedenheit. Frust. Ja sogar Wut war in seinem Gesicht zu sehen gewesen.

Im nächsten Augenblick hatte er sich schon wieder gefangen, sie einige Sekunden mit seinem Blick fixiert und sich dann von ihr abgewandt. Er hatte sie einfach stehen lassen und war zurück in die Galerie gegangen.

Rosa hatte es nicht verstanden. Was war denn in ihn gefahren? An einem Abend, der für ihn vielleicht schwierig war, mit dem er sich aber längst abgefunden hatte, musste er sich doch nicht so aufführen. Wenn er ein Problem mit ihr hatte, hätte er es jederzeit sagen können. Aber doch nicht an diesem Abend, vor allen Leuten.

Sie hatte sich auf die Kaimauer gesetzt und im Abendhimmel vergeblich nach einer Erklärung gesucht. Nicht nur, was das Verhalten von Kjell betraf, vor allem hatten ihr auch die Worte von Håkan Malmberg keine Ruhe gelassen. Sie hatten ihr Angst gemacht, und eigentlich wünschte sie sich doch einfach nur, mit Kjell darüber reden zu können.

Ihr war immer schwindeliger geworden, während sich ihre Augen im Himmel verloren. Mühsam hatte sie sich wieder aufgerichtet und war zurückgegangen. Sie hatte sich kurz mit Viktor Pålsson, der ihr entgegengekommen war, unterhalten. Aber sie war ziemlich aufgelöst gewesen. Hier riss der Film dann allerdings noch immer. Ob sie sich mit Kjell ausgesprochen hatte, wusste sie genauso wenig wie den Zeitpunkt, in dem sie die Vernissage verlassen hatte. Auch erinnerte sie sich nicht mehr, ob sie Håkan noch einmal über den Weg gelaufen war.

Am entsetzlichsten allerdings war der Gedanke, dass er nachts in ihr Haus eingebrochen sein und unzählige Male auf Kjell eingestochen haben musste, während sie danebengelegen und geschlafen hatte.

Sie musste es aus seinem Mund hören, wollte wissen, was er damit bezweckt hatte. Glaubte er denn ernsthaft, sie würde ihm das verzeihen, geschweige denn eine Beziehung mit ihm führen? Er hatte dafür gesorgt, dass sie zwei Tage in dieser Zelle gesessen hatte und als Hauptverdächtige galt.

Er schien nervös zu sein, während er die Leine, mit der das Boot am Steg festgemacht war, löste und den kleinen Außenbordmotor anwarf. »Setz dich«, sagte er. »Es schaukelt da draußen.«

»Wohin fahren wir?«

»Erst mal weg von hier, vielleicht nach Simrishamn«, antwortete Håkan und stellte sich hinter das Steuerrad. »Du musst in Sicherheit gebracht werden.«

»Du bringst mich in Sicherheit?«, fragte sie beinahe hysterisch. »Du bist ja noch irrer, als ich dachte.«

»Wolltest du etwa noch länger im Gefängnis sitzen für etwas, das du nicht getan hast?«

»Ich kann mir jedenfalls Besseres vorstellen, als von demjenigen entführt zu werden, der eigentlich in den Knast gehört.«

»Wie kommst du denn darauf?«, fragte Håkan überrascht.

»Du tötest zwei Menschen auf brutale Weise und stellst ernsthaft so eine Frage? Ich fasse es nicht.«

»Was erzählst du denn da? Denkst du wirklich, ich habe das getan?«

»Natürlich denke ich das«, brach es aus Rosa heraus. »Und wenn ich mir die Polizisten dort hinten ansehe, dürfte das inzwischen jeder denken.«

»Verdammt, ich war das nicht«, reagierte Håkan jetzt ebenfalls ungehalten. »Ich bringe doch keine Menschen um, nur weil ich dich liebe.«

»Du hast mir eben ein Messer an die Kehle gehalten.«

»Ich weiß, das tut mir leid. Aber ich hatte das Gefühl, du würdest nicht freiwillig mitkommen.«

»Ich glaube dir kein Wort«, rief Rosa gegen das lauter werdende Geräusch des Motors und den Fahrtwind an. »Du hast das alles gemacht, weil du nicht ertragen konntest, dass Kjell und ich glücklich waren. Weshalb hast du auch Viktor umgebracht?«

»Rosa, du musst mir glauben, ich habe das nicht getan. Egal, was sie behaupten. Ich habe dir doch am Freitagabend gesagt, was ich beobachtet habe. Erinnerst du dich denn gar nicht mehr?«

»Willst du mich eigentlich verarschen?« Rosa spürte, wie aufgebracht sie war. Sie wollte sich beruhigen, aber Wut und Angst steigerten sich immer mehr. Verzweifelt sah sie sich um. Die Polizisten standen am Ufer und riefen ihnen Worte hinterher, die in der Sommerluft verhallten. Sie steuerten bereits auf die Molendurchfahrt zu und würden gleich das Hafenbecken verlassen. Rosa musste irgendetwas tun, um ihn daran zu hindern, mit ihr in diesem kleinen Boot aufs offene Meer zu fahren.

»Du enttäuschst mich. Wie kannst du so etwas von mir denken?«

Rosa hörte nicht richtig hin, was er sagte, denn gerade fuhr ihr etwas anderes durch den Kopf.

Das Messer. Er hatte es vor sich auf den Boden gelegt, keine zwei Armlängen von ihr entfernt. Ihr Blick wechselte jetzt mehrfach zwischen Håkan und dem Messer hin und her. Als sie sich sicher war, dass er sich nur darauf konzentrierte, das Boot Richtung Meer zu steuern, und dabei immer schneller fuhr, sprang sie mit einer schnellen Bewegung nach vorn. Sie griff nach dem Messer und wollte sich gerade wieder aufrichten, als sie plötzlich einen Schlag spürte. Wasser spritzte hoch. Sie mussten eine Welle erwischt haben.

Rosa verlor sofort das Gleichgewicht und knallte mit dem Kopf gegen den seitlichen Rumpf des Bootes. Sie war benommen, ihr Schädel dröhnte. Håkan sah sie nur noch schemenhaft, aber sie erkannte, dass er das Messer wieder in seiner Hand hielt.

Erneut schlug das Boot auf eine Welle. Die Gischt peitschte hoch und traf sie voll im Gesicht. Als schlüge sie jemand mit einem nassen Waschlappen. Von einer Sekunde auf die andere war sie wieder klar im Kopf. Sie kam auf die Beine und starrte Håkan konsterniert an.

Auf einmal schüttelte sie sich. Der Kopfstoß gegen den Rumpf musste dafür gesorgt haben, dass plötzlich eine weitere Erinnerung da war. Denn in diesem Augenblick verstand sie, was er vorhin gemeint hatte. Håkan hatte ihr am späteren Freitagabend tatsächlich gesagt, was er beobachtet hatte. Und wenn ihr Gehirn ihr kein Schnippchen schlug, war das womöglich die Erklärung für alles.

»Vergiss jetzt mal uns beide, Håkan«, sagte sie. »Du bist Polizist, nur das zählt jetzt.«

Emma hatte kurz gezögert, ob sie Niklas und Reza hinterher-laufen sollte. Aber dann hatte sie sich dafür entschieden, dem Gedanken, der sich bei ihr eingenistet hatte und binnen wenigen Momenten immer größer geworden war, nachzugeben.

Sie hatten einen Fehler gemacht. Warum war niemandem aufgefallen, dass die Schlüsselkarte, die sie am Tatort gefunden hatten, auch von Casper Holmen stammen konnte? Rosa Møller und er hatten in einer Pension im Jochum Becks Väg übernachtet, und sehr wahrscheinlich in derselben. Hatte man Rosa Møller nicht in ihrem Pensionszimmer festgenommen?

In ihrem Kopf hatten sich auf einmal so viele Dinge ver-selbstständigt, dass sie sich an einer alten Vitrine im Flur der Zetterbergs festhalten musste, um nicht das Gleichgewicht zu verlieren. Eben noch hatte sie gedacht, dass Casper Holmen sie auf die richtige Fährte geführt hatte. Dabei hatte sie einfach nur übersehen, dass er sie bewusst auf die falsche locken wollte.

Emma hatte ihm geglaubt, als sie bei ihm gewesen war. Nicht alles an seinem Verhalten war nachvollziehbar gewesen, aber sie hatte es ihm abgenommen, dass er nichts mit den Morden zu tun hatte. Obwohl sie, wenn sie jetzt darüber nachdachte, die ganze Zeit über ein unbehagliches Gefühl in seiner Nähe gehabt hatte.

Sie machte sich auf den Weg zur Pension Bäckagården, wo sie bereits gestern Abend kurz mit der Pensionsbesitzerin ge-sprochen hatten.

Åsa Pettersson öffnete die Tür und begrüßte sie freundlich. »Ich befürchte, dass ich Ihnen auch heute nicht weiterhelfen kann«, sagte sie. »Ich habe den jungen Mann weder gesehen, noch habe ich etwas von ihm gehört.«

»Ich weiß«, antwortete Emma, »Casper Holmen ist nicht hier. Aber ich würde Ihnen gerne ein paar Fragen stellen und mich ein wenig umsehen.«

»Hat es denn schon wieder mit den furchtbaren Dingen zu tun, die hier in Kivik passieren? Heute Morgen wurde diese Frau hier festgenommen. Und andauernd hallen die Martinshörner durch den Ort. Das ist ja schlimmer als in Malmö.«

»So kommt es uns auch vor.« Emma verzog den Mund zu einem bitteren Lächeln. »Wir gehen jeder Spur nach, eine davon führt zu Casper Holmen. Das heißt aber nicht, dass er der Täter ist«, schob sie relativierend hinterher.

»Fragen Sie, was Sie fragen müssen.«

»Wir haben eine Schlüsselkarte gefunden, die aus Ihrer Pension stammen könnte. Wissen Sie vielleicht, ob eine fehlt?«

»Nicht dass ich wüsste«, antwortete Åsa Pettersson. »Ich habe ja nur drei Zimmer zur Vermietung. Nach der Verhaftung stehen jetzt zwei davon leer. Im dritten wohnt der Mann, nach dem Sie fragen.«

»Die Karte von Rosa Møllers Zimmer, der Frau, die letzte Nacht hier geschlafen hat, fehlt also nicht?«

»Nein.«

»Ist Ihnen vorgestern Nacht irgendetwas Ungewöhnliches aufgefallen? Haben Sie Geräusche gehört oder zufällig gesehen, dass Casper Holmen kam und wieder ging?«

»Vorgestern?«

»Ja, in der Nacht, als der erste Mord passiert ist.«

»Ich habe diesen Holmen zuletzt Freitagmorgen gesehen und ihm viel Erfolg für seine Vernissage gewünscht«, erklärte Åsa Pettersson. »Er kam aus dem Zimmer, mit seinem Handy am Ohr, und wirkte ziemlich angespannt.«

»In der Nacht war er also nicht mehr hier?«

»Ich sagte, dass ich ihn Freitagmorgen zuletzt gesehen habe.« Åsa Pettersson wurde plötzlich streng. »Gehört habe ich ihn in dieser Nacht aber sehr wohl. Er kam um kurz nach Mitternacht zurück und war dabei ziemlich laut. Ich denke mal, er hatte zu viel getrunken an diesem Abend. Als ich noch mal raus in den Flur bin, habe ich ihn auch wieder telefonieren hören. Er klang aufgebracht, aber ich wollte nicht lauschen und bin wieder zurück in meine Wohnung gegangen. Ein paar Stunden später bin ich dann erneut aus dem Schlaf hochgeschreckt, weil die Türen recht laut zufielen. Ich habe ihn zwar nicht gesehen, bin mir aber sicher, dass er da das Haus verlassen hat.«

»Wie spät war es da genau?«

»Kurz vor drei, ich habe auf die Uhr geschaut.«

Emma nickte gedankenverloren. Holmen hatte zu ihr gesagt, er hätte die Pension erst verlassen, als er die Martinshörner gehört hatte. Und das war erst in den frühen Morgenstunden gewesen. Er hatte sie also angelogen. »Lassen Sie mich jetzt bitte in sein Zimmer«, forderte sie.

»Haben Sie denn die Erlaubnis dafür?«

»Nein, aber hinter der Tür dort vorne hat einige Tage ein zweifacher Mörder geschlafen. Und ich will verhindern, dass noch mehr passiert.«

»Eben sagten Sie doch noch, dass Sie nur einer Spur nachgehen. Wieso sind Sie sich jetzt plötzlich sicher?«

»Schließen Sie einfach auf«, drängte Emma. »Ich werde nichts anrühren. Niemand wird davon erfahren.«

Åsa Pettersson seufzte tief, dann zog sie eine Schlüsselkarte aus ihrer Hosentasche und ging wortlos in Richtung der Tür auf der rechten Seite des Hausflurs. Sie steckte die Schlüsselkarte ins Schloss, öffnete und ließ Emma eintreten.

»Ich sehe mich allein um«, sagte Emma. »Es wird nicht allzu lang dauern.«

Während sie die Tür hinter sich schloss, erkannte sie noch den langen Hals von Åsa Pettersson. Gern hätte sie offenbar selbst einen Blick in das Zimmer geworfen. Dabei war der erste Eindruck ziemlich nichtssagend. Ein möblierter Raum, aber kaum etwas, das überhaupt darauf schließen ließ, dass hier ein Gast wohnte. Ein paar Schuhe und ein kleiner Stapel Kleidung auf einem Stuhl hinten links in der Ecke. Auf der Ablage oberhalb des Waschbeckens stand eine Flüssigseife, aber Zahnpasta und andere Hygieneartikel fehlten.

Hatte Holmen tatsächlich alles mit in die kleine Hütte genommen?

Emma ging um das Bett herum. Es war nicht gemacht, der

offensichtlichste Beweis, dass hier jemand geschlafen hatte. Auf den beiden Nachttischen lag nichts, auch in den jeweiligen Schubladen nicht. Sie schritt weiter durch den Raum und scannte dabei jeden Winkel, fand aber nichts, was ihr weiterhalf. An der Wand neben der Zimmertür stand ein alter rustikaler Kleiderschrank.

Emma öffnete die Schranktür und schrak direkt zusammen. Sie hatte schon vieles gesehen, und sie waren bei jedem Einsatz auf alles gefasst, aber was Holmen hier in dem Schrank versteckt hielt, ließ ihr nicht nur die Röte ins Gesicht steigen, sondern war vielleicht sogar das Motiv, das ihr bislang bei ihrem Verdacht gegen Holmen gefehlt hatte.

Sie hatte Kjell Sundberg lediglich auf ein paar Fotos gesehen, aber das umrahmte, wahrscheinlich mit Ölfarben gemalte Bild, das auf einem Regalboden im Schrank stand, ließ keinen Zweifel zu, dass es sich um ihn handelte. Er war nackt. Alles, was ihm die Natur mitgegeben hatte, war zu erkennen, während er sich lasziv auf einem weißen Fell rekelte und im Hintergrund das Kaminfeuer flackerte.

Die Szenerie wirkte vollkommen lächerlich, aber zweifellos war das Bild handwerklich gut gemacht. Wenn es von Holmen stammte, hatte er mehr Talent, als er vorgab. Vielleicht waren nur seine Motive etwas zu speziell. Hatte Sundberg ihm etwa Akt gestanden? Oder war das Bild aus Holmens Phantasie entsprungen?

Das Gedankenspiel war sofort da gewesen, nachdem Holmen ihr gesagt hatte, er stehe auf Männer. Die Freundschaft zwischen ihm und Sundberg war eng gewesen, umso erstaunlicher, dass sie offenbar zerbrochen war. Vielleicht, weil es nicht nur Freundschaft, sondern tatsächlich mehr gewesen war.

Sie zückte ihr Handy und machte ein Foto von dem Bild, als sie plötzlich innehielt. Sie hörte Stimmen auf dem Hausflur. Åsa Pettersson unterhielt sich mit jemandem. Und sie hatte keinen Zweifel daran, dass es Casper Holmen war. Er hatte ihr am Telefon gesagt, dass er zurückkommen wollte. Offenbar hatte er es ziemlich eilig.

Emma schloss den Schrank wieder und lauschte. Wenn sie recht hatte, würde er Åsa Pettersson bitten müssen aufzuschließen. Hoffentlich blieb die Pensionsbesitzerin ruhig und verriet nicht, dass sie hier war.

Sie dachte nach. Sie konnte das Fenster öffnen und rausklettern, durch den kleinen Garten nach vorn auf den Weg und verschwinden. Oder aber sie blieb einfach hier und konfrontierte Holmen mit der verlorenen Schlüsselkarte, die sie am Tatort gefunden hatten. Und auch mit diesem auf Leinwand gemalten Bild, das einen gänzlich nackten Kjell Sundberg zeigte.

Emma wartete. Die Stimmen waren plötzlich verklungen. Auch Schritte im Flur waren nicht zu hören. Was passierte jetzt gerade? Ahnte Holmen etwas?

Auf einmal war die Anspannung da. Es war nicht gut, dass sie allein hier war. Sie hatte nicht damit gerechnet, in diese Situation zu geraten, aber klar war, dass sie jetzt Verstärkung brauchte. Erneut griff sie nach ihrem Handy. Sie wollte gerade die Nummer von Niklas wählen, als sie Holmen wieder sprechen hörte. Klar und deutlich.

»Ich finde meine Schlüsselkarte nicht«, sagte er. »Können Sie mir aufschließen?«

Emma zog ihre Dienstwaffe aus dem Holster und hielt sie hinter ihrem Rücken. Dann trat sie ein paar Schritte zurück, bis sie direkt vor dem Bett stehen blieb. Sie atmete tief durch und fixierte die Tür.

Das Schloss klickte. Hauptsache, Åsa Pettersson würde nicht zwischen ihnen stehen, fuhr es ihr durch den Kopf.

Die Tür bewegte sich. Im nächsten Moment sah sie Casper Holmen in die Augen. Es fiel ihr schwer, sich vorzustellen, dass dieser so attraktive Mann zwei Menschen mit zig Messerstichen eiskalt ermordet hatte. Aber nichts sprach mehr für seine Unschuld. Seine versteinerte Miene tat ihr Übriges.

»Gehen Sie«, sagte Emma deutlich, aber mit ruhiger Stimme in Richtung Åsa Pettersson, die unschlüssig im Flur stand und die beiden anstarrte.

»Aber –«

»Keine Diskussionen«, unterbrach Emma sie entschieden. Sie bewegte sich jetzt ganz langsam durch das Zimmer, sodass sie einen besseren Blick auf den Bereich hinter Holmen hatte. Dass er ihre Pistole dabei sehen konnte, nahm sie in Kauf. Sie glaubte nicht, dass er im Besitz einer Schusswaffe war, aber ein Messer konnte er jederzeit zücken.

Als sie sich sicher war, dass Åsa Pettersson zurück in ihre Wohnung gegangen war, trat sie etwas näher auf Holmen zu. Aber noch so weit entfernt, dass er sich nicht auf sie stürzen würde, ohne dass sie reagieren konnte.

»Ich hätte Ihnen fast geglaubt«, begann sie. »Aber dann kam mir wieder die Schlüsselkarte in den Sinn, die wir am Strand gefunden haben. Wir hatten gedacht, sie gehöre zu Rosa Møllers Zimmer, das passte eigentlich perfekt, da wir sie ohnehin in Verdacht hatten. Und dann haben Sie mich auf die Spur von Håkan Malmberg gebracht. Sie wollten ernsthaft dem Mann die Schuld in die Schuhe schieben, der Ihnen bei der Vernissage den Hintern gerettet hat.«

Sie hielt inne und wartete ab, ob Holmen irgendeine Reaktion zeigte. Aber er blieb einfach in der Tür stehen und sah sie mit durchdringendem Blick an. Und einer Mischung aus Irritation und Wut.

»Weshalb haben Sie das getan?«, fragte Emma.

Holmen schwieg weiter.

»Ich habe das Bild in dem Schrank gesehen«, redete sie weiter. »Was hat es damit auf sich?«

Keine offensichtliche Reaktion, aber das bedrohliche Funkeln in seinen Augen wurde immer stärker. Und sie verstand es genau.

»Sie waren in Kjell verliebt, richtig?«

Holmen wurde rot im Gesicht. Aber nicht vor Scham, sondern weil seine Wut anschwoll. Emma musste aufpassen. Er war unberechenbar und würde nicht davor zurückschrecken, mit ihr dasselbe anzustellen wie mit Sundberg und Pålsson. War das auch der Grund, weshalb er den Galeristen getötet hatte? Weil der etwas gewusst hatte, das ihn in Gefahr gebracht hätte?

»Was ist Freitagabend und später in der Nacht passiert?«
Ihre Unsicherheit versuchte sie mit fester Stimme zu verbergen.
»Und diesmal will ich bitte die Wahrheit hören. Ich weiß, dass
Sie Ihr Zimmer hier nicht erst verlassen haben, als die Martinshörner zu hören waren. Sie sind mitten in der Nacht gegangen,
genau zu der Zeit, zu der laut rechtsmedizinischer Untersuchung Kjell Sundberg zu Tode gekommen ist.«

»Wenn Sie sich schon alles so genau zurechtgelegt haben,
warum nehmen Sie mich nicht einfach fest?« Holmen ging einen
Schritt auf Emma zu. Seine ernste Miene verschwand von einer
Sekunde auf die andere, und ein Lachen erschien auf seinen
Lippen, das in diesem Augenblick fast diabolisch aussah.

»Bleiben Sie stehen, wo Sie sind!« Emma griff noch fester um
die Pistole in ihrer rechten Hand. Wenn er noch einen Schritt
näher kam, würde sie die Waffe auf ihn richten müssen.

»Sie haben keine Ahnung, was zwischen Kjell und mir war«,
sagte Holmen. Seine Stimme bebte jetzt.

»Dann sagen Sie es mir.«

»Wieso sollte ich ausgerechnet mit Ihnen darüber sprechen?«

»Damit ich endlich verstehe, worum es hier eigentlich geht.«

»Er hat mich gedemütigt«, brach es aus Holmen heraus.
»Und mich wie Dreck behandelt, obwohl er wusste, dass ich
ihn liebe.«

»War zwischen Ihnen jemals mehr als nur Freundschaft?«,
fragte Emma jetzt vorsichtiger. »Stand Kjell auch auf –?«

»Ob er schwul war, wollen Sie wissen?«, unterbrach Holmen
sie rüde. »Natürlich war er das. Wir waren ein Jahr lang ein Paar,
damals an der Kunsthochschule.«

»Was ist dann passiert?«

»Wir hatten große Pläne, wollten Schweden gemeinsam verlassen. Irgendwohin, wo wir so sein konnten, wie wir waren.«

»Und das ging in Malmö nicht?«, fragte Emma überrascht.

»Wir fühlten uns nicht frei. Aber vor allem wollte Kjell sich
nicht eingestehen, schwul zu sein.«

»War Rosa der Grund, dass die Sache mit Kjell und Ihnen
auseinanderging?«

»Die Sache?«, fragte Holmen wütend. »Das war keine Sache, sondern eine feste Beziehung. Es war Liebe.«

»So meinte ich das«, entgegnete Emma beschwichtigend.

»Er war der Meinung, sie passe besser in sein Lebensmodell, wie er es nannte. Ich hätte ihn damals umbringen können«, schob er verächtlich hinterher.

War das ein Geständnis? Emma entschied sich dafür, sich dieser Frage vorsichtig zu nähern. »Sie haben sich damals also im Streit getrennt?«

»Nein, ich habe gute Miene zum bösen Spiel gemacht, schließlich haben wir uns heimlich weiterhin getroffen.«

»Wie lange ging das noch so?«

»Bis Kjells Angst immer größer wurde, sie könnte dahinterkommen.«

»Wann war das?«

»Vor zweieinhalb Jahren. Kurz danach bin ich nach Ystad gezogen und habe mein Atelier eröffnet.«

Emma nickte. Holmen war offener, als sie geglaubt hatte. Diesmal schien er wirklich die Wahrheit zu sagen. Dennoch blieb sie auf der Hut. Dieser Mann hatte bereits zwei Menschen getötet.

»Reden wir jetzt über Freitagabend«, sagte sie mit deutlich zurückgenommener Stimme. »Was ist zwischen Ihnen und Kjell vorgefallen?«

Holmen lächelte wieder. Jetzt wirkte es jedoch resigniert, als könnte er selbst nicht glauben, was geschehen war.

»Sind Sie beide aneinandergeraten?«

»So kann man das auch nennen«, antwortete Holmen. »Ich war ziemlich gut drauf, wenn Sie verstehen, was ich meine. Und Kjell hatte einiges getrunken, so kam eins zum –«

»Moment«, fuhr Emma dazwischen. »Heißt das, Sie haben sich etwas eingeschmissen?«

»Wenn Sie mir daraus jetzt einen Strick drehen wollen, sage ich kein Wort mehr.«

»Bei unserem Gespräch vor ein paar Stunden haben Sie gesagt, jemand habe Ihnen womöglich etwas ins Glas getan. Es fällt mir schwer, Ihnen jetzt zu glauben.«

»Darum sage ich Ihnen ja gerade, was passiert ist.«

»Kann es sein, dass auch andere Gäste der Vernissage dieses Zeug genommen haben?«, hakte Emma nach.

»Das weiß ich nicht.«

»Über welche Drogen reden wir denn?«

»Liquid Ecstasy.«

»Das Sie selbst dabeihatten?«

»Nein, natürlich nicht!«, antwortete Holmen entschieden.

»Woher kamen die Drogen dann?«

»Es war Mila, die es mir plötzlich angeboten hat. Sie meinte, das würde gegen meine Nervosität helfen.«

»Mila?«, fragte Emma überrascht.

»Ja, Mila Falk. Ich dachte –«

»Ich weiß, wer sie ist«, fuhr Emma dazwischen. »Aber warten Sie mal, Sie hatten doch erwähnt, dass Kjell und Mila womöglich eine Affäre gehabt haben könnten. Wie sicher sind Sie sich da?«

»Das war gelogen«, antwortete Holmen. »Die beiden haben sich an diesem Abend lange und intensiv unterhalten, das habe ich selbst gesehen. Aber dass zwischen ihnen etwas läuft, habe ich nur gesagt, um abzulenken.«

Emma versuchte einen Zusammenhang zwischen Rosa Møller und Mila Falk abzuleiten. War Rosas Knock-out etwa die Folge von Liquid Ecstasy gewesen? Hatte sie versehentlich am falschen Glas genippt, oder war es sogar Absicht von Mila Falk gewesen?

»Hören Sie«, sagte Holmen und kam mit leicht erhobenen Händen noch einen kleinen Schritt näher. »Die Sache mit der Ausstellung und den Bildern, die Håkan gemalt hat, ist nichts, worauf ich stolz bin. Und auch ein paar andere Dinge hätte ich mir sparen können. Kjell war zu Recht sauer auf mich, ich habe es, nachdem endgültig Schluss war, nicht wahrhaben wollen und ihm das Leben schwer gemacht. Ich war ein richtiger Stalker. Aber die Zeiten sind längst vorbei. Sie müssen mir glauben, ich habe nichts mit seinem Tod zu tun. Im Gegenteil, es macht mich unendlich traurig, dass er nicht mehr da ist.«

»Und das Aktbild von Sundberg im Schrank? Was ist damit?«

»Eigentlich wollte ich es ihm an diesem Wochenende schenken. Ich habe es damals gemalt, als wir zusammen waren.« Holmen ließ die Hände wieder sinken. Für einen Moment schien es so, als würde jede Energie aus seinem Körper entweichen.

»Ich habe Ihnen heute bereits einmal geglaubt«, sagte Emma und richtete ihre Waffe nun direkt auf Holmen. »Noch einmal werde ich Ihnen nicht auf den Leim gehen. Gehen Sie zwei Schritte zurück und bleiben Sie dann stehen. Ich rufe jetzt Verstärkung, damit wir Sie mit auf die Polizeistation nehmen. Vielleicht erzählen Sie uns dann endlich, was tatsächlich in den letzten beiden Nächten passiert ist.«

Emma zog mit der linken Hand ihr Telefon aus der Hosentasche, während sie mit der rechten weiterhin auf Holmen zielte. Gerade als sie einen Blick auf das Display warf, vibrierte es. Es war Niklas, der anrief. Sie nahm das Gespräch an und führte das Handy langsam an ihr Ohr.

»Wo steckst du gerade?«, kam Niklas sofort zur Sache. Er klang aufgebracht und so, als würde er nach Luft ringen.

»Im Zimmer der Pension, in dem Casper Holmen wohnt. Ich richte gerade meine Waffe auf ihn.«

»Was?«, fragte Niklas verwirrt. »Wieso –«

»Ich wollte dich gerade anrufen, damit ihr hierherkommt. Holmen ist der Mann, den wir suchen.«

»Nein, ich befürchte, nicht«, sagte Niklas. »Ich bin bereits auf dem Weg in den Södra Rödjevägen. Du weißt, wer dort wohnt.«

Emma wusste, wer dort wohnte. Und tatsächlich war sie von Niklas' Nachricht nicht einmal überrascht.

Pampasgras

Es war bereits kurz nach sechs, als Niklas etwas abseits des Hauses parkte. Die Sonne stand noch immer recht hoch, und nur ein paar weiße Wolken hatten sich am strahlend blauen Abendhimmel verirrt. Er blieb noch einige Minuten in seinem Wagen sitzen, bis er Emma schließlich im Rückspiegel erkannte. Sie war den knappen Kilometer von der Pension Bäckagården bis hierher zu Fuß gelaufen. Da sie sportlich und durchtrainiert war, wunderte er sich, dass sie einen erschöpften Eindruck machte, als sie neben dem Auto stehen blieb.

»Frag nicht«, sagte sie nach Luft ringend. »Ich wollte eine Abkürzung nehmen und musste über einen Zaun klettern. Ich dachte, es wäre einfach eine Wiese, aber da dösten ein paar Rinder, die nicht so begeistert von meiner Anwesenheit waren. So musste ich dann den Turbo zünden, um es über den Zaun am Ende der Weide zu schaffen.«

»Hauptsache, du bist da.« Ein kleines Lächeln konnte sich Niklas nicht verkneifen, aber angesichts der Situation, in der sie sich befanden, war er froh, dass Emma schnell zur Sache zurückkam.

»Wo ist Reza?«, fragte sie.

»Er kümmert sich um Rosa Møller und Håkan Malmberg. Aber wie kamst du denn auf die Idee, dass Holmen der Täter ist?«

»Es war seine Schlüsselkarte, die wir bei Pålsson gefunden haben. Und es gibt ein Motiv für einen möglichen Mord an Sundberg: verschmähte Liebe. So wie ich es schon vermutet hatte. Aber offenbar lag ich falsch.«

»Nicht mehr als Reza und ich. Wir waren uns sicher, dass Malmberg der Mörder ist. Ziemlich viel sprach dafür.«

»Das wollte mir Holmen auf subtile Weise auch einreden.«

»Malmberg ist übrigens einer der Kriminaltechniker aus Simrishamn, er war an beiden Tatorten im Einsatz.«

»Ernsthaft?«

»Ja, eigentlich kaum zu glauben.«

»Jetzt, wo du es sagst, erinnere ich mich tatsächlich wieder an sein Gesicht«, sagte Emma nachdenklich. »Es ist etwas unheimlich, aber er scheint besessen von Rosa Møller zu sein.«

»Woher weißt du das?«

»Holmen hat es mir erzählt. Malmberg hat die Bilder gemalt, die er auf seiner Vernissage ausgestellt hat.«

»So verrückt es klingt, so wenig wundert es mich«, sagte Niklas. »Er hat Rosa Møller aus der Polizeistation entführt.«

»Was?«, fragte Emma perplex.

»Er wollte mit ihr auf einem kleinen Motorboot fliehen.«

»Wollte?«

»Sie waren schon kurz davor, den Hafen zu verlassen, als sie umgekehrt sind. Ich habe keine Ahnung, was passiert ist, aber plötzlich kamen sie zurück und legten wieder an. Sie waren kooperativ und haben mit einer Stimme gesprochen. Das, was sie uns erzählt haben, klang im ersten Moment abstrus, aber am Ende tatsächlich schlüssig. Deshalb sind wir jetzt hier.«

»Du bist dir also sicher, dass Sundberg sterben musste, weil er in irgendeine Sache verwickelt war, in der auch Mila Falk drinsteckt?«

»So haben es Rosa Møller und Malmberg gesagt«, antwortete Niklas. »Malmberg hat ein Gespräch mit angehört, in dem seine Schwester Sundberg mit Konsequenzen drohte, falls er nicht seine Klappe halten und weiter das machen würde, wofür er bezahlt werde. Daraufhin hat sich Sundberg wohl ziemlich uneinsichtig gezeigt.«

»Und jetzt verrät Malmberg seine eigene Schwester?« Emma klang skeptisch. »Ich hoffe, wir liegen richtig. Aber ob das Motiv nun stärker ist als das von Holmen, weiß ich nicht. Nicht dass ich ihn vorhin fälschlicherweise habe ziehen lassen. Dann stehen wir ganz schön dumm da.«

»Da war noch etwas, das Rosa Møller vorhin erwähnt hat, weshalb ich mir sicher bin, dass wir hier richtig sind«, setzte Niklas noch einmal an. »Sie hatte seit Langem das Gefühl, irgendetwas stimme mit Kjell nicht. Er hat sich immer mehr zurückgezogen und wirkte angespannt.«

»Und weshalb hat sie das nicht sofort erzählt, als wir sie befragt haben?«

»Das habe ich sie auch gefragt«, antwortete Niklas. »Angeblich hatte sie die Befürchtung, er würde sie betrügen, was ihr unangenehm war.«

»Mit Mila Falk?«

»Offenbar.«

»Glaubst du ihr nicht?«

»Im Grunde schon. Wenn sie nicht die Wahrheit sagen würde und selbst in diese Sache, was auch immer es sein mag, verwickelt wäre, hätte sie wohl besser geschwiegen.«

»Kjell ist tot, er kann sie nicht mehr mit hineinreißen«, merkte Emma an.

»Du kannst sie nicht leiden, oder?«

»Ich finde sie seltsam, aber das spielt keine Rolle. Hier in Kivik gibt es einiges, was merkwürdig ist.« Emma seufzte, dann sah sie Niklas tief in die Augen. »Wie geht es dir überhaupt? Ich halte es nach wie vor für keine gute Idee, dass du weitermachst.«

»Diese Sache hier hat nichts mit dem Tod meines Vaters zu tun, Befangenheit ist also kein Argument.«

»Meinst du das ernst? Sieh dich doch mal an. Du bist nicht im Vollbesitz deiner Kräfte. Wenn ich dich daran erinnern darf, du hattest vor ein paar Stunden einen totalen Zusammenbruch, verständlicherweise.«

»Lass uns das hier zu Ende bringen, danach werde ich mir die Zeit nehmen, alles zu verarbeiten.«

»Und wie gehen wir vor? Klingeln wir einfach und konfrontieren sie mit unserem Verdacht?«

»Einfach festnehmen wäre mir auch lieber, dürfte aber schwierig werden«, antwortete Niklas etwas zu sarkastisch, wie er sofort merkte. »Du weißt, wie ich das meine. Natürlich müssen wir mit ihr sprechen. Vielleicht gelingt es uns, sie in die Enge zu treiben, sodass sie zugibt, Sundberg und Pålsson getötet zu haben.«

»In Ordnung«, sagte Emma. »Gehen wir.«

Niklas staunte über die moderne Architektur des Gebäudes mit dem Dach in Form eines Segels. Auch wenn er nicht jedes Haus hier im Ort kannte, war er sich ziemlich sicher, dass es einzigartig war. »Sie scheint Geld zu haben«, stellte er nüchtern fest. »Was macht sie noch mal beruflich?«

»Musikmanagerin.«

»Nie von ihr gehört, verdient man damit so viel?«, fragte er argwöhnisch.

»Von einer Scheidung hat sie jedenfalls nicht profitiert«, antwortete Emma. »Mila Falk ist übrigens ein Künstlername, in Wirklichkeit heißt sie Eva Malmberg.«

»Dass sie in so einem Haus lebt, spricht dann wohl auch dafür, dass sie sich an irgendwelchen krummen Geschäften bereichert hat.«

Niklas wollte Emma gerade ein Zeichen geben, die letzten Meter Richtung Haus zu gehen, als plötzlich ein Motorgeräusch zu hören war. Ein großer SUV fuhr im nächsten Moment an ihnen vorbei. Der Audi hielt direkt vor Mila Falks Haus. Hastig stieg ein groß gewachsener, durchtrainierter Mann mit schütterem hellem Haar aus und knallte die Tür hinter sich auffallend laut zu. Zweifellos war er wütend.

»Wer ist das?«, fragte Niklas leise.

»Erkennst du ihn nicht von den Fotos, die wir uns angesehen haben?«, fragte Emma überrascht. »Das ist Ola Lindvall.«

»Tatsächlich.« Niklas fasste sich mit der rechten Hand an die Stirn und fuhr dann über seinen glatzköpfigen Schädel. Ihm fiel wieder ein, dass Reza nach seinem Gespräch mit Ola Lindvall die Vermutung geäußert hatte, dass er und Mila eine Affäre hätten. »Reza hat es wahrscheinlich richtig erkannt«, sagte er. »Zwischen ihnen läuft etwas.«

»Sie hat es bei unserem Gespräch vor ein paar Stunden sogar zugegeben. Die beiden haben eine Affäre.«

»Das sagst du erst jetzt?«, fragte Niklas verwundert und etwas zu vorwurfsvoll.

»Wann wäre denn die Gelegenheit dazu gewesen? Seit ich

zuletzt hier war, sind vielleicht vier Stunden vergangen, und was in dieser Zeit passiert ist, brauche ich dir wohl nicht zu erklären, oder?«

»Nein, natürlich nicht. Tut mir leid.«

»Schon gut. Die Affäre der beiden scheint jedenfalls nicht so gut zu laufen. Lindvall ist ja völlig außer sich.«

Niklas sah, dass Mila Falk die Tür öffnete und sie sofort wieder zuschob. Aber Lindvall stellte einen Fuß dazwischen und presste seinen Körper ins Haus. Im nächsten Moment fiel die Tür hinter den beiden zu.

»Jetzt zu klingeln macht keinen Sinn«, sagte Niklas. »Besser wäre es, wenn wir mitbekommen, weshalb Lindvall so aufgebracht ist.«

»Wir können es hinten über den Garten versuchen«, schlug Emma vor. »Als Reza und ich vorhin hier waren, habe ich gesehen, dass die Terrassentür offen stand. Allerdings hat das Haus zu allen Seiten hin diese riesigen Panoramafenster. Die werden uns sehen, wenn wir uns Richtung Rückseite bewegen.«

»Außer sie sind zu sehr mit sich selbst beschäftigt«, warf Niklas ein und zeigte auf das Küchenfenster, durch das man bis in den Flur sehen konnte. »Sieh dir an, wie die beiden streiten. Sie wird gleich handgreiflich.«

»Na schön, versuchen wir es. Solange sie im Flur sind, stehen unsere Chancen gut, nicht gesehen zu werden.«

»Warte«, sagte Niklas. Er trat einen Schritt auf Emma zu und gab ihr einen Kuss auf den Mund. Das hatte er während eines Einsatzes noch nie getan, aber in diesem Moment hatte er einfach das Bedürfnis.

Sie lächelte und zog seinen Kopf für einen zweiten Kuss zu sich heran.

»Jetzt aber genug«, sagte Niklas. »So viel Zärtlichkeit haben wir ja schon seit einer halben Ewigkeit nicht mehr ausgetauscht.«

»Und wieder bestimmst du, was gemacht wird«, entgegnete Emma.

»Aber ich –«

»Alles gut, war nur ein Spaß«, unterbrach sie ihn. »Lass uns jetzt gehen.«

In gebückter Haltung schlichen die beiden in einigen Metern Entfernung an dem frei stehenden Haus vorbei. Einzig ein paar Sträucher und Zierkiefern boten Möglichkeiten, ein wenig in Deckung zu gehen. Mila Falk und Lindvall stritten so laut, dass ihre Worte selbst durch die geschlossenen Fenster zu hören waren. Und je näher Niklas und Emma der Rückseite des Hauses kamen, desto besser waren sie zu verstehen.

Die beiden erreichten die Terrasse, und die Hoffnung, dass die Tür offen stand, erfüllte sich. Sie traten so nahe heran, dass sie durch die Scheibe bis weit in den Wohnbereich hineinsehen konnten. Hinter zwei Blumenkübeln, aus denen große Pampasgräser wuchsen, fanden sie etwas Sichtschutz. Mila Falk und Ola Lindvall standen sich im Flur gegenüber und machten sich gegenseitig Vorwürfe.

»Worüber reden die?«, fragte Emma.

»Wenn ich Lindvall richtig verstehe, glaubt er, dass irgendetwas auffliegt, weil sie zu unvorsichtig gewesen sind.«

»Spitzen wir am besten die Ohren.«

»Du hast doch gefragt.« Niklas warf ihr einen verständnislosen Blick zu, gefolgt von einem Lächeln. Dann konzentrierten sie sich auf das Geschehen im Haus.

Ola Lindvall hatte begonnen, zwischen Flur und Wohnbereich auf und ab zu gehen. Das Risiko, dass sie gesehen wurden, war dadurch deutlich gestiegen.

»Es ist nichts passiert, weswegen du dich hier so aufführen musst«, rief Mila Falk ihm hinterher. »Ich verstehe nicht, warum du so nervös bist.«

»Muss ich es jetzt noch einmal sagen?«, schrie Lindvall fast. »Wir stehen kurz davor aufzufliegen. Da draußen laufen Menschen herum, die alles kaputt machen können, was wir erreicht haben. Ich habe große Zweifel, dass nach dem, was passiert ist, alle ihre Klappe halten. Dein Bruder ist doch das beste Beispiel.«

»Håkan ist klug genug, nichts zu verraten. Und im Grunde können wir doch fast froh sein, dass Kjell und Viktor tot sind.«

»So makaber kenne ich dich«, sagte Lindvall und nahm sich ein Glas aus einer Vitrine, um es dann mit Wasser aus einer Karaffe zu füllen, die auf dem Esszimmertisch stand. »Aber lustig ist das alles ganz und gar nicht. Ehrlich gesagt finde ich es ziemlich beunruhigend, was hier vor sich geht. Ich kannte Kjell nicht gut, aber dass Viktor tot ist, hat mich wirklich getroffen. Welcher Irre macht denn so etwas? Nicht dass am Ende noch jemand auf die Idee kommt, wir hätten etwas damit zu tun.«

Emma sah Niklas an und schüttelte irritiert den Kopf. »Das klingt überhaupt nicht danach, als hätten sie etwas mit den Morden zu tun.«

»Lindvall nicht, davon bin ich aber auch nicht ausgegangen. Möglicherweise führt Mila Falk da drinnen allerdings gerade ein grandioses Theaterstück auf.«

»Ich weiß nicht«, sagte Emma. »Die beiden sprechen davon aufzufliegen. Sie scheinen gemeinsame Sache gemacht zu haben, was auch immer dahintersteckt. Dabei wird es sich doch bestimmt um die Angelegenheit handeln, von der Rosa Møller euch eben erzählt hat.«

»Psst, sie reden weiter«, flüsterte Niklas.

»Die Polizei war ja vorhin schon hier und hat versucht, mich auszuquetschen.« Mila Falk sprach jetzt etwas leiser. Die aufgebrachte Situation zwischen den beiden hatte sich beruhigt.

»Bei mir in Malmö ebenfalls.«

»Siehst du, die wissen gar nichts und tappen völlig im Dunkeln«, sagte Mila Falk.

»Aber sie stellen zu viele Fragen, das gefällt mir nicht.«

»Wer ist denn überhaupt noch übrig, der weiß, was wir getan haben? Denkst du, dass Rosa eine Gefahr ist? Ich glaube, Kjell hat die Sache für sich behalten und ihr nichts erzählt.«

»Ich habe meine Zweifel bei ihr. Du weißt, wie Kjell war. Wenn sie es weiß und auch so tickt, wird sie uns hochgehen lassen. Noch mehr Sorgen macht mir dieser Fredriksson. Wenn es wirklich stimmt, dass er über alles informiert ist, was in Kivik ...«

Niklas hörte nicht mehr richtig zu. Schlagartig war ihm klar geworden, dass er sich geirrt hatte. Mila Falk war nicht die Person, die sie suchten. Sie und Ola Lindvall hatten irgendetwas getan, das nicht auffliegen sollte. Etwas, in das Kjell Sundberg verwickelt gewesen war. Und offenbar auch Pålsson.

»Ich habe falschgelegen«, sagte er leise. »Die beiden hier haben richtig Dreck am Stecken, daran habe ich keinen Zweifel. Aber mit den Morden haben sie nichts zu tun.«

»Sag mir jetzt bitte nicht, dass ich Holmen tatsächlich fälschlicherweise habe gehen lassen.«

»Holmen wäre eine Möglichkeit«, sagte Niklas. »Oder aber Malmberg.«

»Du warst dir doch sicher, dass –«

»Was, wenn ich auf ihn hereingefallen bin?«, sagte Niklas niedergeschlagen. »Vielleicht hast du recht, ich bin nicht im Vollbesitz meiner Kräfte und habe die Lage falsch eingeschätzt.«

»Und möglicherweise habe ich mich von Holmen täuschen lassen«, sagte Emma in dem Versuch, Niklas aufzumuntern. »Ich hätte ihn nicht gehen lassen dürfen. Vielleicht war alles, was er mir über Malmberg erzählt hat, an den Haaren herbeigezogen. Denk an die Schlüsselkarte.«

»Malmberg kann sie genauso gut am Strand platziert haben«, entgegnete Niklas. »Es wäre ein Leichtes für ihn gewesen.«

»Das heißt, im Grunde stehen wir fast wieder ganz am Anfang.« Jetzt klang auch Emma resigniert. »Es gibt wohl nur eine Person, die uns helfen kann: Rosa Møller. Erinnert sie sich denn an alles, was am Freitagabend passiert ist?«

Niklas sah sie irritiert an. »Ich weiß es nicht«, sagte er schließlich.

»Dann sollten wir so schnell wie möglich los und noch ein weiteres Mal mit ihr reden.«

»Vielleicht ist Rosa Møller nicht die Einzige, die wissen könnte, was tatsächlich passiert ist«, entgegnete Niklas nachdenklich.

Plötzlich hatte er an Oscar Fredriksson denken müssen, wahrscheinlich weil Lindvall eben seinen Namen erwähnt hatte. Fredriksson war der Herr der Informationen in Kivik. Wenn jemand wusste, was geschehen war, dann er. Nicht nur was die Sache, in die Falk und Lindvall verwickelt waren, betraf, sondern auch die Morde. Dass er ihnen nicht die volle Wahrheit gesagt hatte, obwohl Haglund ihm Geld zugesteckt hatte, war ihm längst klar.

Ein Fehler. Ein verdammt großer Fehler. Der ihn letztlich selbst in Gefahr brachte.

»Was meinst du?«

»Fredriksson«, antwortete Niklas. »Er weiß womöglich, wer der Mörder ist. Und das könnte bedeuten, dass er sich gerade in Gefahr befindet.«

»Holmen ist auf freiem Fuß«, sagte Emma. »Aber was ist mit Malmberg?«

»Ich hoffe, Reza passt auf ihn auf, andererseits hätten wir kaum einen Grund, ihn länger festzuhalten.«

»Er hat Rosa Møller aus der Polizeistation entführt, ist das etwa kein Grund?«

»Doch, aber er hat uns auch den vermeintlich entscheidenden Hinweis auf Mila Falk gegeben.« Niklas zuckte mit den Schultern. »Ein Ablenkungsmanöver, auf das ich reingefallen bin.«

»Okay, hauen wir hier ab.« Sie nickte Niklas zu.

Sie bewegten sich erst langsam, dann immer schneller von der Rückseite des Hauses weg. Sie rannten an den großen Fenstern vorbei in Richtung Straße, in der Hoffnung, trotzdem nicht gesehen zu werden. Aber Lindvalls plötzlicher Aufschrei war ein untrügliches Zeichen, dass er sie entdeckt hatte. Als sie vor dem Grundstück angekommen waren, wurde die Haustür aufgerissen, und Lindvall stürmte auf sie zu.

»Bleiben Sie sofort stehen!« Niklas zückte seine Dienstwaffe und richtete sie auf Lindvall.

»Wer zum Teufel sind Sie? Und was haben Sie hier zu suchen?«

»Kripo Malmö, wir ermitteln in den Mordfällen«, sagte Emma. »Gehen Sie zurück ins Haus und verlassen Sie es nicht. Wir haben Grund zu der Annahme, dass Sie in Gefahr sind.«

»Wie bitte?«

»Es ist zu Ihrem eigenen Schutz. Wir schicken Streifenwagen, die das Haus bewachen.«

»Aber –«

»Haben Sie mich verstanden?«

»Ja.«

»Gut, dann gehen Sie jetzt rein.«

Lindvall zögerte noch einen Moment, schüttelte den Kopf, ehe er zurück ins Haus schlich und die Tür hinter sich schloss.

»Nicht schlecht.« Niklas schmunzelte. »Den merke ich mir.«

Emma sagte nichts, aber die Genugtuung war ihr deutlich anzusehen.

Wortlos gingen sie rüber zu seinem Wagen. Mit einem unguten Gefühl im Bauch, was Oscar Fredriksson betraf, und quietschenden Reifen fuhr Niklas los, zurück in den kleinen Hafen von Kivik.

Bei Sinnen

Nur zwei Minuten später hielten Niklas und Emma vor dem Backsteingebäude, in dem sich die Polizeistation befand. Auf den ersten Blick war alles wie immer. Aber im nächsten Moment stach Niklas etwas ins Auge, das anders war.

Fredriksson.

Er stand nicht wie üblich auf der anderen Straßenseite. Seine Sorge, dass dieser eigenartige Kauz, der immer einen Beutel Snus unter der Oberlippe hatte, in ernsthafter Gefahr war, wuchs weiter.

Sie betraten das Gebäude und sahen sich sofort dem überraschten Blick von Anders Haglund ausgesetzt, der vor Johan stand und seiner Gesichtsfarbe nach zu urteilen offenbar gerade eine hitzige Diskussion mit ihm geführt hatte.

»Was macht ihr hier? Ich hatte Reza so verstanden, dass ihr euch meldet, wenn wir Verstärkung in den Södra Rödjevägen schicken sollen.«

»Schick zwei Streifen hin, die sollen sich direkt vor das Haus stellen. Mehr brauchen sie nicht tun.«

»Alles in Ordnung?«, fragte Haglund.

»Mila Falk ist nicht die Mörderin«, antwortete Niklas. »Malmberg und Rosa Møller haben uns wohl auf eine falsche Fährte gelockt. Wo sind die beiden?«

»Reza hat Rosa Møller in ihre Pension begleitet, er wollte ihr noch ein paar Fragen stellen. Und Malmberg haben wir fürs Erste gehen lassen. Wir wissen ja, wo er wohnt. Unglaublich, dass einer unserer Leute sich so verhält. Ich werde noch heute dafür sorgen, dass er suspendiert wird. Natürlich wird er sich dafür verantworten müssen, dass er –«

»Verdammt, ich habe es befürchtet«, entfuhr es Niklas. »Hast du Fredriksson gesehen?«

»Was willst du jetzt von dem?«

»Ihm das Leben retten.«

»Wovon redest du eigentlich? Kannst du mal deutlicher werden?«

»Komm, wir müssen ihn finden«, rief Niklas Emma zu, während er die Polizeistation schon fast wieder verlassen hatte.

Draußen schimpfte er leise vor sich hin. Über Haglund, aber vor allem über sich selbst. Weil er so blauäugig gewesen war, Malmberg zu glauben, obwohl so vieles dafür gesprochen hatte, dass er der Mörder von Sundberg und Pålsson war. Erst recht die Tatsache, dass er Rosa Møller entführt hatte.

»Und jetzt?« Emma sah ihn fragend an. »Wohin?«

»Fredriksson schläft in einer der Fischerhütten dort unten«, antwortete Niklas. »Vielleicht sind sie dort.«

Sie teilten sich auf, um sich von beiden Seiten den Holzbaracken zu nähern. Niklas lief auf der Rückseite an ihnen vorbei. Er zählte neun Hütten, die in Frage kamen. Manche sahen aus wie neu errichtet, andere wirkten heruntergekommen.

Als er an der vorletzten, einer besonders baufälligen Hütte vorbeikam, hörte er plötzlich Geräusche aus dem Innern. Dumpfe Schläge. Stöhnen und Ächzen. Ein lauter Schrei voller Schmerzen. Sofort zückte er seine Pistole und suchte den Blickkontakt zu Emma. Aber er sah sie nicht. Sie musste irgendwo zwischen den Hütten sein, vielleicht kontrollierte sie jede einzelne. »Emma, schnell!«, rief er.

Wieder drang ein Geräusch aus der Hütte, das sich anhörte, als fiele jemand zu Boden. Gefolgt von einem weiteren Schmerzensschrei.

Niklas konnte nicht länger warten. Er rannte um die Hütte herum und riss sofort die Tür auf. Håkan Malmberg fuhr herum und blickte ihn aus weit aufgerissenen Augen an, während er auf dem massigen Körper von Fredriksson kniete und dessen rechten Arm im Polizeigriff auf dem Rücken fixierte. Niklas erkannte zudem eine Platzwunde an Fredrikssons Stirn, wahrscheinlich war sein Kopf auf den Holzboden geschlagen worden.

In Malmbergs linker Hand blitzte ein Messer mit einer mindestens fünfzehn Zentimeter langen Klinge. Sein Gesichtsausdruck ließ Niklas nicht daran zweifeln, dass er die Waffe jeden Moment einsetzen würde.

»Leg das Messer weg und komm runter von ihm.« Niklas versuchte es mit ruhiger Stimme. Er war in der Tür stehen geblieben und richtete seine Pistole auf den jungen Kriminaltechniker.

Malmberg machte keine Anstalten, von Fredriksson abzulassen. Sein Blick flirrte jetzt. Die Hand, in der er das Messer hielt, zitterte.

»Es ist vorbei, Håkan. Lass ihn am Leben.«

Niklas spürte, dass er Malmberg mit seinen Worten nicht erreichte. Auch über die Augen gelang es ihm nicht, einen Kontakt herzustellen. Er schien wie im Wahn zu sein. In einem Tunnel, den nur er sah.

Malmberg stabilisierte seine linke Hand, griff dann fest um das Messer und hob sie im nächsten Moment in Kopfhöhe. Er würde zustechen, war sich Niklas sicher. Er musste etwas tun. Entweder schießen oder …

Bevor er den Gedanken zu Ende bringen konnte, rauschte Malmbergs Hand hinunter. Niklas hechtete auf ihn zu und trat ihm mit voller Wucht gegen die Hand, sodass das Messer weggeschleudert wurde. Dann packte er den schmächtigen Mann an den Schultern, zog ihn von Fredriksson herunter auf den Boden und setzte seinerseits den Polizeigriff an.

Aber Malmberg wehrte sich und stieß seinen linken Arm in Niklas Unterleib, sodass er sich direkt wieder aus dem Griff befreien konnte. Der Schmerz ließ Niklas kurz schwarz vor Augen werden. Malmberg rollte sich zur Seite und fasste nach Niklas' Pistole, die er noch immer in der rechten Hand hielt. Im letzten Moment zog er sie weg, doch dabei rutschte sie ihm aus den Fingern und schlitterte über den Boden.

Trotz der Schmerzen im Unterleib richtete Niklas sich schnell auf und verpasste Malmberg einen Schlag mit seiner rechten Faust mitten ins Gesicht. Das Knacken brechender Knochen hallte durch die Hütte. Malmberg ging zu Boden wie ein k. o. geschlagener Boxer. Blut spritzte aus seiner Nase, während er benommen neben dem erleichterten Fredriksson, der sich seinen Arm hielt, liegen blieb.

Niklas schüttelte seine schmerzende Hand. Vielleicht waren es auch seine Knöchel gewesen, die so geknackt hatten, fuhr es ihm durch den Kopf. Er trat ein paar Schritte nach hinten und bückte sich nach seiner Waffe, nicht ohne den Blick von Malmberg zu lassen.

Er tastete den Boden ab, bis er plötzlich gegen etwas stieß, das sich wie ein Schuh anfühlte. Niklas drehte sich um, in der Erwartung, Emma in die Augen zu sehen, doch stattdessen stand plötzlich Rosa Møller hinter ihm. In ihrer rechten Hand hielt sie seine Pistole und richtete sie auf ihn.

»Was zum Teufel …?«

Im nächsten Moment erschienen Emma und Reza in der Tür. An ihren Gesichtern war abzulesen, dass sie überrumpelt worden waren.

»Ich wollte sie aufhalten«, sagte Emma entschuldigend.

»Wolltest du sie nicht in die Pension begleiten, Reza?«, fragte Niklas.

»Plötzlich wollte sie noch einmal zurück, weil ihr noch etwas eingefallen wäre«, antwortete er.

»Und was?« Niklas fixierte jetzt Rosa Møller. Sie machte einen entschlossenen Eindruck, aber was wollte sie überhaupt hier?

»Die Wahrheit über den Abend in der Galerie«, sagte sie leise. »Die Erinnerung kommt Stück für Stück zurück. Ich hatte gedacht, sie wäre schon wieder vollständig da. Aber das entscheidende Detail kam mir vorhin, als wir durch die Kapplabacken gingen und an der Galerie vorbeikamen.«

Niklas verstand allmählich, dass Rosa Møller nicht durchgedreht war und auf ihn zielte. Offenbar hatte die Erinnerung ihr endgültig die Augen in Bezug auf Malmberg geöffnet. »Würden Sie mir bitte meine Waffe zurückgeben?«, bat er daher bestimmt.

»Ich hatte mich vorgestern Abend draußen vor der Galerie noch kurz mit Pålsson unterhalten, bevor ich wieder reingegangen bin. Mir ging es nicht gut, mir war schwindelig, und ich war müde. Drinnen war es stickig, es wurde viel getrunken und geraucht. Kjell sagte mir, ich solle aufpassen, es würden Drogen rumgehen. Ich bin dann auf die Toilette gegangen und musste mich übergeben. Als ich gerade wieder gehen wollte, stand er in der Tür.« Sie nickte zu Malmberg hinüber, der noch immer benommen am Boden lag.

»Er drängte sich zu mir in die Kabine und fing bereits an, mich zu begrapschen, als Kjell plötzlich auftauchte. Er wollte nur nach mir sehen, weil mir schlecht war. So hat er mich davor gerettet, dass mich dieses Schwein vergewaltigt.«

Niklas atmete tief durch und tauschte kurze Blicke mit Emma und Reza aus. Er merkte ihnen an, dass die Geschichte sie mitnahm.

»Kjell hätte ihm am liebsten das Leben aus dem Leib geprügelt, aber ich habe ihn sogar noch zurückgehalten«, fuhr sie fort. »Verstehen Sie? Ich trage Schuld daran, dass Kjell tot ist. Hätte ich ihn nicht beruhigt, wäre dieses Stück Scheiße niemals mehr in der Lage gewesen, nachts bei uns einzubrechen und Kjell umzubringen.«

»Was ist danach passiert?«, hakte Niklas nach.

»Wir sind wieder zurück unter die Leute. Ihn habe ich danach nicht mehr gesehen.«

»Nach dem Schock sind Sie wieder vollständig bei Sinnen gewesen?«, fragte Emma. »Wieso konnten Sie sich bis eben dennoch nicht mehr daran erinnern, was passiert ist?«

»Weil ich anschließend noch mindestens zwei Negroni getrunken habe. Und dann kam auch noch dieses Dreckszeug dazu.«

»Sie sprechen von dem Liquid Ecstasy, das Mila Falk dabeihatte?«

Rosa Møller nickte.

»Sie haben es also freiwillig genommen?«

»Am Anfang des Abends nicht, da muss es mir jemand ins Getränk geschüttet haben.«

»Malmberg?«

»Keine Ahnung.«

»Was glauben Sie, weshalb musste Viktor Pålsson sterben?«, fragte Niklas.

»Meine einzige Erklärung ist, dass Håkan uns draußen zusammen gesehen hat und glaubte, ich hätte Viktor etwas erzählt, das ihn belastet hätte.«

»Haben Sie ihm denn etwas erzählt?«

»Am früheren Abend hat Håkan mir offenbart, dass er unsterblich in mich verliebt sei. Es war ein furchtbarer Moment, alle Gäste standen um uns herum, und er flüsterte mir ins Ohr, ich solle Kjell verlassen. Es kann sein, dass ich Viktor gegenüber ein paar Andeutungen habe fallen lassen. Wenn er das wirklich mit angehört hat, dann ...« Sie brach ab und schloss für einen kurzen Moment die Augen, die Pistole noch immer im Anschlag.

»Okay, ich denke, wir haben erst mal genug gehört«, sagte Niklas und versuchte, die Lage zu beruhigen. »Geben Sie mir jetzt die Waffe, und dann regeln wir hier alles.«

»Nein!«, rief sie unvermittelt. »Dieses Monster hat Kjell getötet, und dafür soll er sterben.«

Rosa Møller trat zwei Schritte vor und zielte jetzt auf Malmberg. Niklas reagierte sofort, aber diesmal kam er zu spät. Ein Schuss löste sich, die Kugel traf Malmberg seitlich am Oberkörper. Dann erst gelang es Niklas, ihr die Waffe abzunehmen. Von hinten stürmten Emma und Reza heran und drückten sie hart zu Boden.

Niklas bückte sich und sah nach Malmberg, der durch den Treffer wieder bei Bewusstsein war. Nur ein Streifschuss. Zum Glück, dachte er, auch wenn er keinerlei Mitleid für den Mann aufbringen konnte.

Während Reza Rosa Møller aus der Hütte führte, hörte er im Hintergrund Haglunds Stimme, gefolgt von Martinshörnern, die hoffentlich für lange Zeit zum letzten Mal durch Kivik hallten.

Als Emma neben ihn trat und ihm ein kurzes Lächeln schenkte, verstand er endgültig, dass es vorbei war.

Chardonnay

Seine Mutter sprach kein einziges Wort, während sie durch den Ort gingen. Niklas überlegte, sie unterzuhaken, aber letztlich verzichtete er darauf, ihr das Angebot zu machen. Sie sendete einfach keinerlei Signale, dass es ihr wichtig wäre. Sie ging in ihrem Rhythmus, so wie sie es die letzten Jahre getan hatte. Egal, was geschah, sie behielt die Fassung, ohne dabei seine Unterstützung anzunehmen. Und genau so waren auch die letzten Tage verlaufen.

Die Beerdigung seines Vaters auf dem kleinen Friedhof in Kivik hatte gestern in sehr kleinem Kreis stattgefunden. Es war der Wunsch von ihm gewesen, niemanden außer seiner Familie und ganz wenigen Menschen aus dem Bekanntenkreis dabeizuhaben. Der Pfarrer hatte tröstliche Worte gefunden, aber angesichts dessen, was passiert war, hing die Bedrückung logischerweise noch stärker über der Trauerfeier als bei jeder anderen Beerdigung.

Etwas anderes bereitete Niklas aber noch viel mehr Kopfzerbrechen. Seine Mutter wollte ihm dringend etwas zeigen, bevor er nach Malmö zurückkehrte. Das hatte sie ihm gestern Abend gesagt, als er noch einmal bei ihr gewesen war. Und dabei ginge es nicht um das Haus, das sie mit Sicherheit verkaufen würde, weil alles sie an das dort erlebte Grauen erinnerte.

Sobald die Ermittlungen abgeschlossen wären und feststand, dass Gunilla Zetterberg Krister Dahlin aus Notwehr getötet hatte, wollte sie nur noch weg von hier, sich irgendwo in einer Stadt eine Wohnung kaufen. Bloß nicht mehr in so einem Dorf leben. Und schon gar nicht in Kivik. Als er schon auf der Türschwelle gestanden hatte, hatte sie ihm noch mit auf den Weg gegeben, dass er vielleicht verstehen würde, was sie meinte, wenn er es gesehen hatte und die ganze Wahrheit kannte.

Welche Wahrheit meinte sie, hatte er sich die ganze Nacht

gefragt. Wusste sie, weshalb sein Vater sterben musste? Wer dieser Krister Dahlin eigentlich war?

Die Kollegen aus Simrishamn hatten inzwischen zwar einige Informationen über ihn zusammengetragen, aber ein Motiv hatten sie daraus noch nicht ableiten können. Dahlins Leben war das eines noch jungen, psychisch kranken Mannes gewesen, das sich zwischen Klinikaufenthalten, Arbeitslosigkeit und kleineren Vergehen abgespielt hatte, für die er meistens zu Sozialstunden verurteilt worden war.

Seine Eltern waren geschieden und lebten in kleineren Dörfern an der Südküste westlich von Ystad. Sein Vater war Alkoholiker und dem Tode bereits ein paarmal nur knapp von der Schippe gesprungen, während seine Mutter nur durch krude Verschwörungstheorien in den sozialen Medien aufgefallen war. Einer Arbeit gingen beide nicht mehr nach.

Was vor etwas mehr als einer Woche in diesem kleinen Ort in Österlen vorgefallen war, kam Niklas noch immer unwirklich vor. Dass jemand seinen Vater umgebracht hatte, wollte ihm einfach nicht in den Kopf. Vor allem die Bilder aus dem Haus tauchten nicht nur nachts, sondern eigentlich ständig vor seinem inneren Auge auf und ließen diesen Alptraum immer und immer wieder ablaufen. Die Bilder machten ihm fast mehr zu schaffen als die Tatsache, dass sein Vater tot war. Ein Gedanke, für den er sich eigentlich schämen musste, aber die letzten Jahre und das Verhalten seines Vaters hatten tiefe Spuren hinterlassen.

Und auch der Briefumschlag, den die Kollegen der Spurensicherung im Arbeitszimmer seines Vaters gefunden hatten, sorgte nicht dafür, dass er in Trauer um ihn versank. Der Grund, weshalb er am frühen Morgen nach der Vernissage Kjell Sundberg aufsuchen wollte und unfreiwillig dessen Leiche entdeckt hatte, waren ein Brief und hunderttausend Kronen in großen Scheinen gewesen. Eine Art Stipendium, wie er es genannt hatte. Für einen hochbegabten Maler, der sein Talent nicht verschwenden und aufpassen solle, nicht ausgenutzt zu werden. Er verknüpfe damit keine Erwartungen an Sundberg, hatte sein Vater geschrieben, aber er solle sämtliche Energie in seine kreative

Schaffenskraft legen und dann den Mut aufbringen, seine Werke der Öffentlichkeit zu zeigen.

Niklas hatte sich nicht einmal groß darüber gewundert. Dass sein Vater einem Maler, dem er persönlich nicht einmal besonders nahestand, so viel Geld schenkte, passte irgendwie in das Bild von ihm, das sich in den letzten Tagen in Niklas' Kopf endgültig verfestigt hatte. Er hatte immer nur getan, was er für richtig und wichtig hielt, ohne dabei an andere zu denken. Geschweige denn an ihn.

Was ihn tatsächlich viel mehr beschäftigte, war allerdings die Frage, wie es nur möglich sein konnte, dass in einem kleinen Ort wie Kivik, diesem Idyll an der Ostküste, gleich mehrere schwere Verbrechen geschehen waren. Als hätte sich alles an krimineller Energie, die normalerweise für ganz Schonen und lange Zeit reichen sollte, binnen wenigen Tagen über Kivik entladen. Nach und nach waren gleich mehrere Feuer aufgeflammt, die sie hatten löschen müssen. Doch bei manchen Brandherden waren sie leider zu spät gekommen. Die Tage hier in Kivik würde er jedenfalls sein Leben lang nicht vergessen, obwohl er sich nichts mehr wünschte als genau das.

Emma war bereits Mitte der Woche nach Malmö zurückgefahren, um nach Gustaf zu sehen und sich um Dinge zu kümmern, die auf ihrem Schreibtisch liegen geblieben waren. In Wirklichkeit hatte sie es allerdings wohl keine Sekunde länger mehr hier ausgehalten. Denn Schwermut, Trauer und Ungläubigkeit über das, was vorgefallen war, hingen wie eine unsichtbare Glocke über dem Ort.

In zwei Stunden würde sie allerdings noch mal zurückkommen, um ihn abzuholen. Und obwohl auch er mittlerweile die Minuten zählte, bis er ins Auto stieg und das Ortsausgangsschild passierte, hatte ihn heute Morgen ein seltsam sentimentales Gefühl erfasst. Bevor er Kivik verlassen würde, wollte er noch möglichst viel von der Meeresluft, die hier noch viel frischer als im Südwesten am Öresund war, einsaugen. Seitdem keine Martinshörner mehr durch den Ort dröhnten und die Kollegen aus Simrishamn größtenteils abgezogen waren, genoss er die Ruhe und Einsamkeit bei Spaziergängen am Strand oder in den niedlichen Gassen. Ein Jammer, dass Emma und er erst wegen des Mordes an Kjell Sundberg an diesen traumhaften Flecken Erde gekommen waren. Und zu verarbeiten, dass der Aufenthalt hier dann noch in dem Mord an seinem Vater gegipfelt hatte, würde noch einige Zeit in Anspruch nehmen.

»Wir sind da«, sagte seine Mutter, als sie die Wohnbebauung auf dem Bredarörsvägen hinter sich gelassen hatten.

Vor ihnen lag eine restaurierte Bestattungsstelle, ein aufgetürmter runder Steinhügel mit einem Durchmesser von über siebzig Metern, der vor mehreren tausend Jahren in der nordischen Bronzezeit entstanden war. Niklas hatte das Grab vor fünfunddreißig Jahren schon einmal besucht, aber bis eben nicht einmal mehr gewusst, dass es sich in Kivik befand.

»Das Königsgrab«, sagte er, während sie langsam um das Grab herumgingen. »Ich war schon mal als Schüler hier. Das wolltest du mir zeigen?«

»Nicht das Grab, aber diesen Ort.«

»Und warum?«

»Hier liegt der Grund, weshalb dein Vater getötet wurde«, antwortete Gunilla Zetterberg. Ihre Worte blieben rätselhaft.

»Was hat sein Tod mit diesem jahrtausendealten Grab zu tun?«

»Ich werde dir jetzt etwas erzählen, das außer Richard und mir niemand wusste. Etwas, das alles in unserem Leben verändert hat. Es wird für dich schwer zu verstehen sein. Vielleicht ist heute der letzte Tag, an dem wir uns sehen.«

»Keine Ahnung, worauf du hinauswillst, aber du machst mir Angst.«

»Angst brauchst du nicht zu haben«, sagte sie. Ihre Stimme klang noch immer klar und ruhig. Jedes ihrer Worte schien wohlüberlegt. »Die Zeit der Angst ist vorbei.«

»Ihr habt in Angst gelebt? Etwa vor diesem Dahlin?«

»Davor, dass es irgendwann passiert.«

»Dass er Vater tötet?«

»Dass er Rache nimmt«, antwortete sie.

»Rache? Wofür?«

»Es liegt jetzt ziemlich genau sechzehn Jahre zurück«, erklärte sie und schluckte nun schwer. »Ein warmer Samstagmorgen. Dein Vater und ich waren in Österlen unterwegs, weil wir uns endlich dazu entschieden hatten, hier nach einem Haus für unseren letzten Lebensabschnitt zu suchen. Wir fuhren durch Simrishamn, wo wir uns etwas angesehen hatten, das uns sehr gefiel. Richard und ich waren für unsere Verhältnisse fast euphorisch. Wir waren mittags eine Kleinigkeit essen und haben mit einer teuren Flasche Chardonnay auf das Haus angestoßen. Wir planten bereits, wie wir die Möbel stellen wollten, wie wir den Garten mit Blick aufs Meer gestalten. Als wir wieder losfuhren, passierte es dann. Auf einmal rannte dieses Mädchen auf die Straße und …« Sie verstummte und wandte ihr Gesicht ab.

Niklas versuchte zu verstehen, was er da gerade gehört hatte. Hatte sein Vater damals ein Kind angefahren?

»Sie war plötzlich einfach da«, fuhr sie fort. »Und im nächsten Augenblick auch schon wieder weg. Unter dem Defender verschwunden. Der Augenblick, ab dem sich alles änderte.«

»War das Mädchen etwa tot?«

»Wir wussten es zunächst nicht. Aber als wir ausstiegen und sie auf dem Asphalt liegen sahen, war uns sofort klar, dass sie nicht mehr zu retten sein würde.«

»Der Notarzt konnte nichts mehr machen?«

»Es gab keinen Notarzt.«

»Ich verstehe nicht.«

»Doch, das tust du. Denk daran, was passiert ist.«

»Ich will nicht denken, erzähl es mir einfach«, sagte Niklas ungeduldiger, als er eigentlich klingen wollte.

»Das Mädchen war tot«, sagte seine Mutter. »Daran gab es keinen Zweifel. Genauso wenig wie an der Tatsache, dass wir getrunken hatten. Nicht viel, aber genug, um …« Ihre Stimme bebte jetzt. »Das Ganze hat keine zwei Minuten gedauert. Wir waren wie in Trance. Richard hat ihren Körper unter dem Wagen hervorgezogen und in den Rückraum gelegt. Aus dem Augenwinkel habe ich einen Jungen auf dem Spielplatz, neben dem wir standen, gesehen. Er blickte sich um, als suchte er jemanden. Ich wusste sofort, dass er ihr Bruder oder ein Freund gewesen sein muss.«

»Krister Dahlin?«

»Ja, er war ihr Bruder.«

Niklas schüttelte ohne Unterlass den Kopf. Er konnte und wollte nicht begreifen, was ihm seine Mutter da gerade erzählt hatte. Dutzende Erklärungen, weshalb sein Vater ermordet worden war, waren ihm in den letzten Tagen durch den Kopf gegangen, aber diese schien ihm unvorstellbar.

»Wir standen unter Schock. Es gibt keine Entschuldigung dafür, was wir getan haben.«

»Es ist nicht nur dieses Mädchen gestorben. Ihr habt durch euer Schweigen die ganze Familie zerstört.«

»Das haben wir immer gewusst.«

»Und nichts gemacht?«

»Nein, wir haben einfach immer weiter geschwiegen und die Sache verdrängt.«

»Und dann taucht nach sechzehn Jahren plötzlich der Bruder des Mädchens auf und konfrontiert euch mit der Sache?«

»Tatsächlich ist es so gewesen«, antwortete Gunilla. »Eigentlich hatten wir zuletzt nicht mehr damit gerechnet, dass Dahlin dahinterkommen würde, wer seine Schwester auf dem Gewissen hat. Aber um ehrlich zu sein, war diese unterschwellige Angst immer unser Begleiter. Und das war auch der Hauptgrund, weshalb wir uns so sehr zurückgezogen haben. Nicht nur von dir, auch von allen anderen Menschen.«

»Das macht es nicht besser«, sagte Niklas hart. »Wie hat er euch gefunden?«

»Wenn ich ihn richtig verstanden habe, hat er unseren Defender zufällig wiedererkannt, als Richard und ich einen Ausflug in die Hügel von Brösarps Backar unternommen haben. Er muss uns dann bis nach Hause gefolgt sein.«

»Also hat er euch damals gesehen?«

»Offenbar ist ihm damals unser Wagen aufgefallen. Ich erinnere mich, dass die Polizei ein halbes Jahr nach dem Unfall bei uns gewesen ist, weil sie alle grünen Land Rover Defender in Schonen überprüft haben. Da es niemanden gab, dem unser Kennzeichen in Simrishamn aufgefallen ist, konnten wir sie aber schnell überzeugen, dass wir nichts mit dem Verschwinden des Mädchens zu tun haben. Schließlich wohnten wir damals ja auch noch südlich von Malmö, der Umzug nach Kivik stand erst bevor. Das war jedenfalls auch der Grund, weshalb wir anschließend den Defender nicht verkauft haben, damit niemand auf ihn aufmerksam wird.«

»Was hast du jetzt mit ihm gemacht?«

»An einen Ort gebracht, wo ihn hoffentlich so schnell niemand findet. Gerade noch rechtzeitig, bevor du und deine Kollegen ins Haus kamt.«

»Mir fehlen echt die Worte«, sagte Niklas fassungslos.

»Dann kannst du ja vielleicht verstehen, wie es uns in den letzten Jahren oft ergangen ist.«

»Nein, das kann und will ich nicht!«, platzte Niklas heraus. »Was ihr getan habt, ist unverzeihlich. Ich hätte vieles für möglich gehalten, aber das ist einfach nur …« Er brach ab und verzichtete auf die letzten Worte. Aus dem Augenwinkel erkannte er, dass seine Mutter weinte. Die Tränen flossen plötzlich ungehemmt ihre Wangen hinunter.

»Was habt ihr mit dem Mädchen gemacht?«, fragte er, ohne seine Mutter in den Arm zu nehmen und zu trösten.

»Je weiter wir fuhren, desto klarer wurde uns, was wir getan hatten«, antwortete Gunilla, nachdem sie sich wieder etwas beruhigt hatte. »Der erste Schock wich einer Panik. Wir mussten etwas tun, um die Leiche des Mädchens zu verstecken.«

»Ihr hättet immer noch zur Polizei gehen können«, ging Niklas dazwischen.

»Ja, hätten wir«, seufzte Gunilla. »Aber wir haben uns dagegen entschieden.«

»Wir?«, fragte Niklas provokant. »Oder hat Vater bestimmt, was ihr macht?«

»Ich habe nichts dagegen unternommen.« Sie zuckte mit den Schultern.

Niklas fuhr mit der Hand über seine Glatze, als er auf einmal verstand, weshalb sie hier waren. Augenblicklich verkrampfte sich sein Magen. »Sie ist hier?«, fragte er leise.

»Ja.« Ihre Lippen bewegten sich kaum, während sie sprach. »Richard wollte sie irgendwo vergraben, wo sie niemand jemals findet. Als wir an Kivik vorbeikamen, fuhr er plötzlich in den Ort und steuerte das Königsgrab an. Da waren noch Besucher, also warteten wir und gingen eine Weile durch den Ort und an den Strand. Ich war noch immer wie paralysiert. Ausgerechnet an diesem Tag entdeckten wir das Haus in der Stengatan, vor dem ein Schild stand, dass es zu verkaufen war. Nach Simrishamn zu ziehen, kam nicht mehr in Frage.«

»Ihr hattet nach dem, was passiert ist, nichts anderes zu tun, als nach einem Haus zu suchen, während in eurem Auto eine Mädchenleiche lag? Was seid ihr bloß …?« Wieder hielt er inne. Obwohl ihm schlimme Beschimpfungen auf der Zunge lagen, riss er sich zusammen. »Wo genau hat Vater sie begraben?«

»Ich weiß es nicht.« Gunilla klang aufrichtig. »Als die Sonne unterging, hat er auf einer Baustelle eine Schaufel geklaut und ist dann allein noch einmal hierhergefahren. Irgendwo unter oder neben diesem Steinhaufen liegt dieses Mädchen, und niemand außer mir und jetzt dir weiß davon. Ich überlasse es dir, ob es dabei bleibt.«

»Du überlässt es mir?« Niklas war jetzt außer sich vor Wut auf seine Mutter. »Kannst du das nach so vielen Jahren noch immer nicht selbst entscheiden?«

»In all den Jahren bin ich niemals hier gewesen«, wich sie aus. »Bis zum heutigen Tag, aber jetzt kann ich mit dieser Zeit hier in Österlen endlich abschließen. Krister Dahlin hat seine Schwester zwar nicht zurückbekommen, aber er ist jetzt dort, wo auch sie ist. Diesen Gefallen habe ich ihm getan.«

Niklas schüttelte entsetzt den Kopf. »Vater ist tot, macht dich das gar nicht traurig?«

»Doch, aber es ist gleichzeitig auch eine Befreiung.«

»So denkst du?«

»Nein, so fühle ich«, antwortete sie. »Seit der Sache damals war dein Vater ein anderer Mensch. Richard hat sich zurückgezogen und komplett zugemacht. Wir haben kaum noch miteinander gesprochen. Er stand nur noch vor seiner Staffelei und hat gemalt. Wir haben über den Unfall und darüber, wie wir damit umgegangen sind, nicht gesprochen. Jeder von uns hat es mit sich selbst ausgemacht. Wir haben geschwiegen, bis zum letzten Moment. Bis zum letzten Atemzug von Richard.«

»Und jetzt verlangst du von mir, dass ich dieses Schweigen ebenfalls mein Leben lang mit mir herumtrage? Warum hast du es mir überhaupt erzählt?«

»Weil ich finde, dass ich es dir schuldig bin«, antwortete sie. »Wir haben uns nie bei dir gemeldet, waren keine guten Eltern. Es war nicht in Ordnung, wie wir uns dir gegenüber verhalten haben. Das tut mir sehr leid.«

»Ich weiß nicht.« Niklas war hin- und hergerissen.

»Ob du schweigen möchtest oder nicht, kannst nur du entscheiden«, sagte Gunilla und legte vorsichtig ihre Hand auf seine Schulter. »Eine Sache gibt es aber noch, die du wissen musst.«

»Was noch?«, fragte Niklas argwöhnisch.

»Etwas sehr Wichtiges, damit ich mich endgültig frei fühlen kann.«

Niklas nickte nur zögerlich. Er hatte ein mulmiges Gefühl.

»Krister Dahlin ist gestorben in dem Wissen, Rache genommen zu haben«, sagte Gunilla. »Allerdings hat er offenbar gar nicht in Erwägung gezogen, dass damals nicht Richard am Steuer gesessen haben könnte. Ich habe dieses Mädchen überfahren.«

Big Sur

Niklas war noch einmal zurück zu seiner Ferienwohnung gegangen und hatte die wenigen Klamotten in seinen Rollkoffer gepackt. Jetzt stand er schon seit einer ganzen Weile an der Kaikante unten am Hafenbecken und blickte auf das aufrauende Meer. Die Hoffnung, dass sich seine zahllosen trüben Gedanken irgendwo in den Wellen der Ostsee auflösten, erfüllte sich nicht. Denn alles, was hier passiert war, lief immer wieder wie ein Film vor seinem inneren Auge ab. Aber die Ruhe hier unten am Hafen und der Blick auf die faszinierenden Abstufungen von Blautönen in Wasser und Himmel sorgten immerhin dafür, dass sein Schmerz etwas erträglicher wurde.

Oscar Fredriksson hatte nach dem Angriff von Malmberg ein paar Tage im Krankenhaus verbracht. Dort hatten Haglund und seine Kollegen aus Simrishamn ihn ausgequetscht. Was er über Håkan Malmberg wusste, war erstaunlich wenig gewesen. Und es stand in Verbindung mit dem großen Kunstbetrug, hinter dem einige aus der Künstlerszene Kiviks steckten. Es war die Sache, von der Malmberg gesprochen hatte. Er hatte sogar seine Schwester verraten, um den eigenen Hintern zu retten.

Fredriksson hatte ihnen die Namen genannt, von denen er vermutete, dass sie involviert gewesen waren. Er wusste, dass es um Fälschungen im großen Stil gegangen und eine Menge Geld geflossen war. Mit diesen Informationen hatte Haglunds Team eigene Recherchen angestellt und schließlich Ola Lindvall und Mila Falk damit konfrontiert.

Lindvall war der Kopf der Gruppierung gewesen, das hatten sie schnell herausgefunden. Ausgerechnet derjenige, der von allen am wenigsten mit Kunst zu tun hatte. Aber es war seine Idee gewesen, mit der alles angefangen hatte. Der Plan bestand darin, bereits verstorbene Künstler posthum bekannter zu machen, indem er und seine Mitstreiter bei Auktionen die Preise der Werke der Maler in die Höhe trieben, um anschließend mit gefälschten Bildern, die vom Stil her denen der Künstler täuschend ähnlich sahen, das große Geld zu machen. Mila Falk, mit der Lindvall eng zusammenarbeitete und auch privat mehr als nur befreundet war, hatte das Vertriebsnetz organisiert. Über sie waren sie an die entsprechenden Käufer der vermeintlichen Originale gekommen.

Auch Viktor Pålsson war Teil des Ganzen gewesen, genau wie mindestens zwei weitere ältere Personen aus Kivik, die auch zu den Gästen der Vernissage gezählt hatten. Welche Rolle sie gespielt hatten, war noch unklar, aber offenbar hatten sie keinen großen Einfluss auf Lindvall und die Planungen genommen. Es schien vielmehr so, als hätten sie vor allem dafür gesorgt, den Bekanntheitsgrad der Künstler, deren vermeintliche Werke sie verkauften, durch Mund-zu-Mund-Propaganda zu erhöhen.

Es blieb noch ein Mann übrig, der neben Lindvall wohl die wichtigste Aufgabe übernommen hatte. Kjell Sundberg. Er hatte die Bilder angefertigt, die den Werken von Künstlern wie Arto Kallaste oder Jaroslav Musil so ähnelten, dass kein Unterschied zu erkennen war. Es waren Namen, die Niklas zwar nichts sagten, deren Bekanntheit in der Kunstszene in den vergangenen Jahren jedoch stark gestiegen war. Und deren Bilder für Preise verkauft wurden, bei denen ihm fast schwindelig wurde. Haglund ging nach ersten Schätzungen davon aus, dass Lindvall und die anderen in den letzten vier Jahren Bilder im Wert von mindestens achtzig Millionen Kronen verkauft hatten. Kein Wunder, dass Lindvall sich in Österlen ein Ferienhaus nach dem anderen kaufen konnte.

Sundberg hatte sich nicht wertgeschätzt gefühlt. Nicht als Künstler und nicht mit dem Anteil, den er vom Kuchen abbekommen hatte. Er hatte aussteigen wollen und Lindvall und Mila Falk damit gedroht, alles auffliegen zu lassen. Durch seinen Tod war es dazu von seiner Seite nicht mehr gekommen. Dass Rosa Møller von der ganzen Sache wusste, konnten sie nur vermuten. Es schien eigentlich ausgeschlossen, dass sie nicht involviert gewesen war oder zumindest Kenntnis gehabt hatte, aber bislang bestritt sie vehement, jemals auch nur gehört zu haben, dass Sundberg Teil einer Gruppierung gewesen war, die in großem Stil Kunstbetrug begangen hatte.

Niklas sah vom Hafen aus die Brogatan hinauf. Oscar Fredriksson stand schräg gegenüber von der Polizeistation auf dem Bürgersteig. Wie immer eigentlich.

Er verspürte den Drang, ein letztes Mal mit ihm zu sprechen, um ihn diese eine Sache noch zu fragen, als er sah, dass Fredriksson sich gerade mit Johan unterhielt. Doch der kauzige Mann mit dem Karohemd hatte Niklas bereits erkannt und winkte ihn zu sich. Er lächelte sogar. Zum ersten Mal in diesen Tagen.

Als Niklas sich näherte, wandte Johan sich sofort ab und ging über die Straße zurück auf seinen Posten. Die Situation war dem Kollegen offenbar unangenehm. Durchaus zu Recht, wie Niklas fand. Denn nur weil er die Polizeistation letzten Sonntag verlassen hatte, um sich ein Fischbrötchen in dem Restaurant am Hafen zu kaufen, war es Håkan Malmberg überhaupt erst gelungen, unbemerkt Rosa Møller zu entführen. Wobei unbemerkt nicht ganz korrekt war, schließlich hatte auf der anderen Straßenseite jemand gestanden und ihn beobachtet.

Fredriksson schien es inzwischen den Umständen entsprechend ganz gut zu gehen. Lediglich sein bandagierter rechter Arm, den er in einer Schlaufe trug, und ein großes Pflaster auf der Stirn deuteten auf die Geschehnisse vom vergangenen Sonntag hin.

»Mein Lebensretter«, rief Fredriksson ihm entgegen. »Dass ich jemals einem Bullen dafür danken würde, hätte ich mir auch nie träumen lassen.«

»Keine Sekunde zu spät«, antwortete Niklas nüchtern. »Hätten Sie uns einfach frühzeitig gesagt, was Sie über Malmberg wissen, wäre es wohl gar nicht so weit gekommen.«

»Woher wollen Sie denn wissen, was ich über Malmberg wusste?«

»Weshalb wollte er Sie dann umbringen? Es gab drei Personen, die wussten oder zumindest ahnten, dass er der Mörder von Kjell Sundberg war. Viktor Pålsson, Rosa Møller und Sie. Malmberg hat Rosa dazu gebracht zu glauben, Mila Falk wäre die Täterin. Was natürlich vollkommen irrwitzig war, weil dieser Plan niemals funktioniert hätte. Denn auch sie ist schließlich dahintergekommen, als ihre Erinnerungen wieder vollständig waren. Aber bei Ihnen war er sich offenbar sofort sicher, dass Sie zu viel wussten. Was nicht überraschend ist, denn schließlich beobachten Sie jede Menge hier. Und leben von Informationen.«

»Ich wusste nicht so viel, dass Sie mir daraus jetzt einen Strick drehen können.«

»Das habe ich auch gar nicht vor«, wehrte Niklas überrascht ab. »Dennoch können Sie im Grunde froh sein, dass Sie überhaupt noch leben.«

»Eigentlich wollte ich mich ja bei Ihnen bedanken und mich erkenntlich zeigen, aber ihr Bullen seid doch am Ende alle gleich.«

»Sie brauchen sich nicht erkenntlich zu zeigen.« Niklas winkte dankend ab. »Womit denn auch? Einer Dose Snus?«

Fredriksson lächelte wieder. Er schien auf seine Weise zunehmend Gefallen an der Unterhaltung zu finden.

»Ich habe aber noch zwei letzte Fragen an Sie«, fuhr Niklas fort. »Die Sie mir bitte beantworten, ohne dass ich Ihnen dafür Geld zustecke.«

»Das kommt ganz –«

»Nein, kommt es diesmal nicht.«

»Na schön«, sagte Fredriksson. »Dem Mann, dem ich mein Leben zu verdanken habe, werde ich natürlich zwei einfache Fragen beantworten. Sie sind doch hoffentlich einfach?«

»Das hängt ganz von den Antworten ab.«

»Schießen Sie schon los.«

»Es sind sehr persönliche Fragen«, sagte Niklas. »Die erste betrifft Sie. Haben Sie jemals bereut, Ihre Eltern getötet zu haben?«

»Okay, das ist wirklich persönlich«, reagierte Fredriksson sichtlich überrascht. »Ich kann mich nicht erinnern, dass mir diese Frage schon einmal jemand gestellt hat. Meistens wurde ich nur gefragt, was für ein Mensch ich sein muss, wenn ich zu solch einer Tat fähig bin. Worauf ich dann immer geantwortet habe, ein zerstörter, verlorener und nicht gehörter.«

Niklas fixierte Fredriksson. Er wirkte weniger zerstört und verloren als noch bei ihrem ersten Gespräch. Vielleicht hatten die letzten Tage schon einige Wunden verheilen lassen.

»Also keine Reue?«, fragte er.

»Nicht im Geringsten.«

»In Ordnung, dann kommen wir jetzt zu mir.« Niklas atmete schwer durch. Seit einer Woche brannte ihm diese Frage unter den Nägeln. Seit dem Moment, als ihnen klar geworden war, dass in Kivik über Jahre im großen Stil Kunstbetrug begangen worden war. Auch Emma, mit der er kurz über die E-Mails auf Pålssons Computer gesprochen hatte, hatte gleich einen Zusammenhang gesehen. Aber aus Rücksicht auf seinen mentalen Zustand hatte sie ihn erst am Tag danach darauf angesprochen.

»Sie wissen, wer mein Vater war?«

»Ich wusste es schon, als Sie hier aufgekreuzt sind«, antwortete Fredriksson mit einem leichten Grinsen auf den Lippen. »Es tut mir wirklich leid, was mit ihm passiert ist. Glauben Sie mir, hätte ich gewusst, dass er sich in Gefahr befand, ich hätte es Ihnen gesagt. Weiß man mehr über die Gründe?«

»Nein, meine Kollegen tappen im Dunkeln«, antwortete Niklas. Er musste nicht einmal lügen, niemand der eingesetzten Ermittler hatte den Hauch einer Ahnung, was die Motive von Krister Dahlin gewesen waren. Bislang gingen sie davon aus, dass es sich um geschleiterten Raubmord handelte. »Mir geht es um etwas anderes«, fuhr er fort. »Hat mein Vater auch dazugehört? So wie Pålsson?«

»Ich wusste, dass Sie das fragen würden«, antwortete Fredriksson. »Eigentlich wundere ich mich darüber, dass Sie es nicht schon früher angesprochen haben.«

»Und?«, drängte Niklas.

»Nein, er gehörte nicht dazu. Da bin ich mir ziemlich sicher. Er hat sich von dieser ganzen Künstlerclique nicht vereinnahmen lassen. Eine Zeit lang hatte er noch mit Pålsson und den anderen zu tun, aber dann hat er sich immer mehr zurückgezogen.«

Niklas nickte. Wie viel die Worte von Fredriksson wert waren, konnte er nicht mit Bestimmtheit sagen, aber vielleicht war sein alter Herr wenigstens in dieser Sache konsequent gewesen und damals vor vier Jahren nicht mit nach Göteborg ins Auktionsverk gefahren.

Seine Gedanken wurden plötzlich durch ein Hupen unterbrochen. Aus dem Augenwinkel sah er den cremefarbenen Fiat 500 von Emma die Brogatan herunterkommen. Sie hatte das Faltdach des Cabrios nach hinten geklappt und winkte ihm lachend zu. Die Tage in Malmö hatten ihr allem Anschein nach geholfen, die Erlebnisse hier in Kivik beiseitezuschieben.

Auch Niklas verspürte sofort Erleichterung. Dabei konnte dieser Ort unter anderen Umständen das Paradies bedeuten. Ein Idyll, das es für seine Eltern viele Jahre gewesen war. Bis die Vergangenheit sie eingeholt hatte.

Er griff nach seinem Rollkoffer, warf ihn auf die Rückbank des Fiat und stieg ein. Als sich Emmas und seine Lippen berührten, schloss er die Augen und stellte sich vor, auf die Big Sur zu sehen. Emma an seiner Seite, der Highway 1 vor ihnen.

In zwanzig Tagen würden sie mitten in der Nacht aufstehen und auf die andere Seite des Öresunds fahren, um von dem großen Flughafen dort Richtung San Francisco abzuheben. Dann würde auch Niklas endlich abschalten können und die Bilder der letzten Tage in einer weiteren Box ganz hinten in seinem Bewusstsein ablegen. Er lächelte bei dem Gedanken daran, auch wenn er wusste, dass es ganz so leicht nicht werden würde. Vor allem nicht der Tod seines Vaters.

»Nichts wie weg«, sagte er.

Emma rollte langsam los. Sie wendete kurz vor dem Hafenbecken und fuhr dann die Brogatan wieder hoch. Vorbei an der kleinen Polizeistation. Und vorbei an Fredriksson, der gegenüber stand und einen weiteren Beutel Snus unter seine Oberlippe schob.

Niklas blickte in den fast wolkenfreien Himmel und ließ sich den Fahrtwind über das Gesicht wehen. Vielleicht würden auf diese Weise ein paar der trüben Gedanken hierbleiben. Und die schönen Bilder, Kivik mit seinen Holz- und Fachwerkhäuschen, den Stockrosen davor, dem feinen und gleichzeitig auch wilden Strand und dem faszinierenden Licht, würde er einfach mitnehmen.

Alle Bücher von Jesper Lund und unter seinem Namen Jobst Schlennstedt

Auch als eBook erhältlich

Krimi mit Niklas Zetterberg und Emma Steen

Schwedensommer
ISBN 978-3-7408-1133-4

Krimis mit Jan Oldinghaus

Westfalenbräu
ISBN 978-3-89705-768-5

Dorfschweigen
ISBN 978-3-89705-996-2

Sennegrab
ISBN 978-3-7408-0526-5

Velmerstot
ISBN 978-3-7408-0819-8

Mord auf Westfälisch
ISBN 978-3-96041-914-3

www.emons-verlag.de

www.emons-verlag.de

Krimis mit Simon Winter

Spur übers Meer
ISBN 978-3-95451-450-2

Lübeck im Visier
ISBN 978-3-95451-691-9

Hafenstraße 52
ISBN 978-3-7408-0002-4

Thriller

Küste der Lügen
ISBN 978-3-95451-534-9

www.emons-verlag.de